◎施旻 著

走向文化多元的
英美女作家与作品研究

A Study on Women's English Writing in the Age of Multiculturalism

全国百佳图书出版单位
时代出版 APGTIME
时代出版传媒股份有限公司
黄山书社

图书在版编目（CIP）数据

走向文化多元的英美女作家与作品研究 / 施旻著
. -- 合肥 ：黄山书社，2019.11
ISBN 978-7-5461-8669-6

Ⅰ. ①走… Ⅱ. ①施… Ⅲ. ①英国文学—女作家—文学研究②女作家—文学研究—美国 Ⅳ. ① I561.06
② I712.06

中国版本图书馆 CIP 数据核字（2019）第 273747 号

走向文化多元的英美女作家与作品研究
ZOUXIANG WENHUA DUOYUAN DE YINGMEI NÜZUOJIA YU ZUOPIN YANJIU 施旻 著

出 品 人 王晓光
责任编辑 秦矿玲
装帧设计 三仓出版
出版发行 时代出版传媒股份有限公司（http://www.press-mart.com）
黄山书社（http://www.hspress.cn）
地址邮编 安徽省合肥市蜀山区翡翠路 1118 号出版传媒广场 7 层 230071
印 刷 北京虎彩文化传播有限公司
版 次 2019 年 11 月第 1 版
印 次 2019 年 11 月第 1 次印刷
开 本 880mm × 1230mm 1/16
字 数 184 000
印 张 11.75
书 号 ISBN 978-7-5461-8669-6
定 价 98.00 元

服务热线 0551-63533706
销售热线 0551-63533761
官方直营书店（https://hsss.tmall.com）

目　录

前　言

在文明的交融与互识中书写个人、书写世界

在论及女性问题时，一位西方哲人曾无奈地感言："人类对于历史的想象力也太有限了，以至于根本无法充分意识到一百年前后人们对于同一事物的显著不同的看法。"不得不说，女性这一话题已无多少新鲜感了。受天赋人权、人人平等思想影响，两个世纪前，受过教育的知识女性不再忍受被奴役、被压迫的社会地位，争取在政治、社会、教育、家庭等方面与男子取得平等权利，以英国的玛丽·沃斯通克拉夫特（Mary Wollstonecraft）、美国的伊丽莎白·凯迪·斯坦顿（Elizabeth Cady Stanton）、苏珊·布朗奈尔·安东尼（Susan Brownnell Anthony）等为代表，她们与废奴主义者并肩作战，召集一大批知识女性与有识之士，于1848年7月在美国纽约州北部的塞内加福尔斯小镇，召开了人类有史以来的第一次"女权大会"（The First Women's Convention），发起并领导了声势强劲的女权运动（Women's Suffrage Movement），距今已有170多年的历史。自此，女性的平权运动百折不回，争取平等与自由的呼声日渐高涨，女性近两个世纪的呐喊与奋斗激励着一代又一代后世女性前仆后继。在不绝于耳的平权声浪中，女作家的创作更是成就卓著，不断引领女性社会思潮的进步与超越。女作家们多以自身的经历与感受，以女性特有的敏锐的笔触，

塑造了一个个感人至深的人物形象，努力消解人们对于女性的刻板印象，同时也引发了社会对于女性问题的更为深刻的思考与关注。在当今这样一个文化价值多元的时代，借助女性主义思想和女性主义思潮影响下的英美女作家的创作，重提这些时时牵动女性灵魂、常常让女性进退维谷的问题，重新思考女性在当今时代的处境，依然具有强烈的现实意义。

毫无疑问，女性主义思潮在很大程度上已经将女性从封闭、依赖、备受奴役的境况引向了更为广阔的与男性平等的世界中来。其实早在女权运动肇始之前，从简·奥斯丁笔下的女子如何寻找一位个性“契合”的如意郎君，摒弃金钱与门第观念开始，就已经形成了寻求男女地位平等的萌芽；在寻得丈夫之后，又出现了易卜生笔下不满足于玩偶地位、毅然出走的娜拉，还有夏洛特·吉尔曼笔下的文坛上的第一位“疯女人”形象，再到罹患抑郁症的弗吉尼亚·伍尔夫呼吁女性写作需要“一间自己的屋子”。此后的妇女文学，被人戏称为“疯子的文学”或“痴人说梦般的文学”。一个不容忽视的事实就是，进入20世纪，西方女作家们几乎都患有不同程度的抑郁、焦虑、写作障碍症。西方女性文学在近两个世纪的变迁，正是女性运动在文学上的折射。同样，在封建半封建时期的中国，如果说到“压迫”的话，除了毛泽东所指的压在所有中国人民头上的帝国主义、封建主义、官僚资本主义“三座大山”之外，妇女可以说是处于“四座大山”的压迫之下——还有父权制这一座大山。在民主、科学和个性解放、妇女解放的春风中，也有许多新女性毅然走出封建大家族的大门，加入革命与运动的洪流中来，而且这一时期的文学创作亦不乏表现此类主题的作品，即使在“文革”时期，“妇女能顶半边天”的口号也从未停止使用过，当然这一切显然并不意味着女性已经获得了彻底的自由与解放，但是至少男女平等已经成为当今中国人的共识，即使是出于“政治上正确”的考量，不得不说也是令人无比欣慰的。这无疑是女权运动向根深蒂固的男权社会发起的挑战，也是一场意义深远的启蒙。

今天，尽管曾经红红火火的女权运动已辉煌不再，然而究其初衷和意欲达成的目标来看，我们无一不是其中的受益者，也包括男性。其实，女性运动大潮之下的女性书写，不应仅仅是书写个人的恩怨、个人的小世界，而是女性以自身的经验书写着人类共同的命运。

本书的第一章和第二章主要考察了西方女性运动发展的历史脉络，对女性主义思潮进行了一番细致的梳理，努力寻找其发生和发展的轨迹，特别是其与中国文化语境的对比。

首先，女性主义思想在中国的变异是基于西方女权主义思想在20世纪末的中国所遭遇的尴尬，尤其是国人对“女权主义”这一外来词语形成的种种曲解或误解，造成了众多中国女性学者对于“女权主义者”立场的不认同或不敢认同，现象背后的原因在于异质的中西文化。女权主义与中国特定的传统文化相遇和碰撞，产生了某种程度的变异，由原来激进的、女性自主的行动演变为温和的、由男权参与的、借助社会政治手段实现的解放妇女的运动。翻译中由“女权主义”到“女性主义”措辞的选取，“妇女解放”与“解放妇女”的差异，不应仅仅被视为词语偏正关系上的变化，而是有着深刻的、内在的、民族文化心理上的原因。

针对学界众说纷纭、莫衷一是的女性问题，研究者多从史学的角度谈论其变迁，或者从道德学家那里汲取力量，进而为女性所受到的不公正待遇鸣不平，较少从文化角度追溯其渊源。本书试图从中国传统文化的几个突出层面，寻找华夏文明中女性所扮演的角色和其在文化层面上的成因，指出与西方文化背景下女性地位的低下相比，中国女性地位的不平等具有更大的隐蔽性，也就是说，中国传统文化里的阴阳相合、阴阳互补，在很大程度上遮蔽了女性在主流的儒家文化中的卑微地位。

本书通过对中西女性文化的迥异进行追根溯源，认为我们早已处于价值多元、文化多元的时代，女性自身的价值取向也应当是多元的。抛开所有的“主义”，但愿所有女性都能做出自己真诚的自我选择，但愿她们能去掉一离开男人的呵护，便觉得生命无所皈依的惶恐。一种民族文化经过数千年的积淀，一旦形成，任何改变都是十分困难的。我们不得不说，西方女性在独立自主方面是值得中国文化下的女性借鉴的，当然中国女性的出路也必定是独特的。对待不同文化背景下的女性问题，我们不能以任何一种价值取代另一种价值，或者一味寻求某种固定的价值模式，这样做都会对女性研究造成致命的打击。在中西文化之间构建一种动态的、相互融合而又相互借鉴、互惠互补的性别文化，可能是超越男女两性和中西差异纷争之上的、相对理想的一种境界。因此，对女性主义理论与女性研究的再认识与再追踪显得尤为必要。

本书的第三章至第六章主要是英美女作家的创作实践。首先是对 17 世纪新旧大陆的英格兰地区两位女性诗歌创作者和其作品的追溯与解读，来观照这一时期女性的生活和创作。这些几近散佚的作品，一如她们的生活，处在“藏于深闺无人识”的状态，不仅被主流的男性文学史所湮灭，也往往被女性研究者所忽略。穿行于朴实的文字之间，我们分明感受到一种清新、天然与纯真的原生态创作。对这些女性和其作品的考察，不仅是对现代女性 / 女权运动的一种反哺，也带给我们对现代伦理家庭观的某些反思。

如肖瓦尔特所言，正当女作家在模仿男性写作中走过一个世纪的维多利亚时代即将结束的时候，文坛上有了小说《觉醒》（*The Awakening*，1899）“横空出世”，这是一个世纪以前，也就是 1899 年 7 月，美国女作家凯特・肖班以小说《觉醒》回应了女性运动第一次浪潮后的美国社会。一个世纪后的今天，任何一位对于美国女性文学创作略知一二的人，都会认为这部小说的问世是美国女性文学创作由展现罗曼史和自得其乐的家庭生活，转换到探索女性情感和性需要主题的一个临界点，理应被列为美国文学经典之一。然而具有讽刺意味的是，虽然《觉醒》的出版是对肖班作为小说家的最高艺术成就的肯定，却引来众口一词的谴责，不仅断送了她的文学生涯，她本人也在抑郁中结束了自己的生命。其作品也被尘封长达半个世纪之久。直到女性运动在 20 世纪 60 年代再度高涨，人们才真正将她视为美国最为重要的小说家之一，并把肖班的作品列入文学课的必读书目。

通过对美国南方派文学代表人物之一尤多拉・韦尔蒂的短篇小说中的女性人物形象——“畸零人”的解读与分析，我们会发现，在当时的社会环境中，正直与诚实者生存得很艰难，作家对于人性中真善美的渴求将地域文化升华为一种人类共有的主题。

加拿大作家蒙哥马利的《绿山墙的安妮》塑造了安妮这一加拿大妇孺皆知的文学形象，后世学者探寻人们如此喜爱这一形象的诸多缘由，认为社会文化、生存环境、艺术心理等诸多因素使得这一形象逐渐成为加拿大，乃至世界读者心目中清纯自立，集情感与理性、乖巧伶俐与智慧大气于一身的青春偶像。“红发安妮”充满青春与生命的活力，她是生生不息的大自然孕育的女儿，是大自然母亲的杰作，是引领人们飞升的力量。安妮这个加拿大本土文学培育出的文学形象影响了整个20世纪加拿大女性文坛，在劳伦斯、阿特伍德、门罗等一大批女作家的生活与创作中，安妮的影子无处不在。可以说，加拿大女性的文学成就足以抗衡加拿大的男性文坛，这在其他国家文坛尚属罕见。所以“红发安妮”理应成为加拿大民族形象之一。

诺贝尔文学奖获得者、加拿大女作家艾利斯·门罗的小说《远离她》试图通过女主人公菲奥娜罹患阿尔茨海默综合征之后的举动，并以男主人公的叙述视角而跳出两性关系进行一种反思，来审视男女两性情感关系的复杂性与丰富性，揭示出找寻个人身份与生命意义的艰难，并从中折射生命的苦痛与疗伤的需要。门罗认为，主人公的失忆，不应仅仅看作病态或女性在创痛后对于男权社会的报复，而更是对人的生存状态的痛定思痛的反思，这是男人与女人共同的存在状态，是男人与女人共同交织起来的、一种无法逃脱的生命常态。这一常态过程时而意趣盎然，令人流连忘返；时而荒诞不经，让人急于挣脱；是无奈与妥协，又是妥协与抗争之后的和谐。如此循环往复，直至生命的终点。在漫长的人生旅途里，无论是男人主导，还是女人优先，生命终究抵御不了岁月无情的利剑，还要经受冰冷的大自然的漠视。小说至结尾也并未提供读者所期待的道德暗示。读者一方面会因为他们二人重回一种甜蜜、和谐与平静的生活而感到释然；另一方面也会替他们担心这种平静与安然将会维持多久，会是一种什么样的生命与情感的体验，平静是否能够永恒。或许只有生的意义永远无解才是永恒，也或许只有失忆才能暂时了却那种无言的生之痛楚。门罗借《远离她》给予我们一种超越性别的、对生命的阐释。

诺奖得主莱辛关注女性的出路或归途这个并不轻松而又有些陈腐的话

题，我们姑且抛开以上那些遮蔽了女性探求自我解放的无谓的论争和喋喋不休，也暂且忽略一下莱辛本人对此所持的态度。《金色笔记》的确以其独特的艺术魅力为我们展示了现代女性真实而又普遍的生存状态。正是为某些批评家所不屑的散乱的结构，将主人公分裂的心态真切地表露出来，那是任何语言都无法描绘的一种处于疯狂边缘的心态，语言的囚笼已牢牢地困住了身为作家的安娜，一切挣扎都已成为徒劳，在尝试了为“自由”而付出的种种代价之后，她认清了“自由”的虚幻性，这似乎应验了鲁迅先生对出走的娜拉的预言，但我并不认为那是一种简单的回归或倒退。

作为 20 世纪最多产的人类学家和作家之一，玛格丽特·米德在 1925 年到 1975 年间为学术及流行刊物撰写各类文章千余篇，她可能比任何其他人类学家都更有意识地尝试着人种论写作的实验与探索。然而她的诗性写作风格却饱受一些正统学界的诟病，认为是对严肃科学的不尊重；或因其写作所流露出的女性特质，而被认为缺乏深刻性。鉴于米德与众不同的写作风格和她作为美国的知识分子和作家等多重公众角色所吸引的来自学界的持久不衰的兴趣，有必要再度观察她对文化人类学的书写所做出的独特贡献。本书认为传统的人类学写作没有认真倾听米德对于文化人类学的独到的理解，没有给予米德的独特的书写风格以尊重，实质上是以男性为主导的人类学界对于女性人类学者在某种程度上的傲慢与偏见，是西方惯有的将科学与艺术、男人与女人、理性与非理性对立起来的二元思维模式。本书还认为科学与艺术之间不应有人为的、不可逾越的鸿沟，尤其是关乎人类过去与未来的人类学写作，更需要一定程度的人文艺术表现形式，而非单一的纯理论的模式一统天下。

本书辑录的是西方女作家内心的渴求与呼唤，是她们爱与痛的书写。

施旻
2019 年 6 月 18 日
于杨咏曼楼

第 1 章　夏娃的探索：西方女性文学的批评范式

1.1　西方女作家探索自我的心路历程

回顾近两个世纪的世界文坛，作家尤其是女性作家以其独有的笔触刻画出一系列以各种方式寻求自我的女性形象，道出了女性在这个以男性为主导的世界中的困惑。批评家则以各自敏锐的视角关注着女性问题与女性解放运动的走向。曾几何时，人们在不断地追问：罹患失语症的女性何时能找回自己的话语？妇女自我发展的障碍在于男权社会还是女性自身？女性最终能否走出男权或自我设置的藩篱？女性的终极到底指向何处？正是这些困扰着女性的“斯芬克斯之谜”一直在引导着人们对女性问题做出不懈的探求。

1.1.1　平权的呼声

早在两百年前，出身于英国乡绅阶层的女作家简·奥斯丁以书信等形式，写成系列作品，如《第一印象》，后改为家喻户晓的《傲慢与偏见》《理智与情感》《劝诫》等长篇小说。按其兄长亨利·奥斯丁的话说，她写作纯粹是出于“个人兴趣”，并为了“家庭消遣”。女人舞文弄墨在当时还是一件特别见不得人的事，客人到访时要藏起来的（朱虹，1985）。今天的读者除了欣赏作品中那些姐妹们住所周围如诗如画的英国乡间旖旎风光，羡慕她们的闲情逸致之外，最大的收获莫过于分享女主人公寻到了各自的如意郎君时的喜悦心情。按照奥斯丁的标准，他的气质与才情一定要与她达成一种“契合”。所以，奥斯丁笔下的女性的最高理想莫不指向美满的婚姻，过上衣食无虞的生活。遗憾的是，现实中的奥斯丁却不如她的主人公那样幸运，她终生未嫁，早早地在抱恨中离世。其后的英国女作家夏洛蒂·勃朗特在《简·爱》中塑造了一位出身卑微的家庭女教师形象，她相貌平凡、身材弱小，是当时典型的有知识、有文化的英国“剩女”，亦称为“蓝袜子”一族。然而我们能够从她孱弱的躯体内觉察到巨大的追求平等的精神力量。当然这种追求更多地指向了不平等的社会阶层对于自由与平等的向往，是女教师到女主人地位的变换，而并非女主人公自我意识觉醒之后，向男权世界发起的挑战。

直到19世纪的中叶，我们终于听到了这样的诤诤话语：“我们认为这些真理是不言而喻的：所有男人和女人生而平等；造物主赋予她们若干不可剥夺的权利，其中包括生命、自由和追求幸福的权利……”这是1848年7月美国著名女活动家伊丽莎白·凯迪·斯坦顿（Elizabeth Cady Stanton，1815—1902）在纽约州的塞内加福尔斯小镇主持召开人类历史上的第一次女权大会上所做的《舆情宣言》（*Declaration of Sentiments*）。这段听上去十分耳熟的文字即《女权宣言》，它模仿《独立宣言》的口吻，仅仅加入了“女人”二字，有史以来第一次向世人宣称：男女生而平等，女人也是人，有独立的人格，也应有人的基本权利。这次大会通过了12项在当今人们看来已经习以为常的决议，然而它标志着美国妇女权利意识的真正觉醒。自此，美国女性在这个男权主宰的世界上开始了有组织地为她们自己争取平等权利的、漫长而艰辛的斗争，期间，与斯坦顿并肩奋斗的还有苏珊·布朗奈尔·安东尼，她曾因为参加选举锒铛入狱，后因交了一定数额的罚金才免于牢狱之灾。美国女性直至1920年才获得了美国宪法修正案中赋予的选举权。

1.1.2　两难中的蹒跚

在美国，尽管有红红火火的妇女解放运动和一批又一批积极的妇女活动家，与旧大陆的英国相比，美国女性文坛略显寂寞。19 世纪的美国最重要的小说家首推撰写《汤姆叔叔的小屋》的斯托夫人，这当然与男性主导的文坛对于经典文本的衡定标准不无关系。她被林肯总统约见，并被奉为“写了一本小书并导致了一场革命的人”。而最杰出的女诗人当数艾米莉·狄金森，然而女诗人终日生活在一个封闭的世界中，过着幽闭的生活，其诗歌多以死亡为主题，生前并未发表。多数作品是由后人整理而出版发行。直到 19 至 20 世纪的转折之际，美国女性文坛才出现了第一次女性文学的繁兴，如凯特·肖班（Kate Chopin，1851—1904）、伊迪斯·华顿（Edith Wharton，1862—1937），还有夏洛蒂·帕金斯·吉尔曼（Charlot Perkins Gilman，1860—1935）等一批卓有成就的女作家，她们已经开始有意识地以文学的形式来思索女性的处境，探索女性的人生价值，张扬她们的反叛精神，尤其是发表于 19 世纪最后一个年头的凯特·肖班的《觉醒》（*The Awakening*，1899）最为引人瞩目，它一时间唤醒了沉睡了千百年的女性意识。

问世之初的《觉醒》在当时的文坛乃至社会上引起的反响无异于一场毁灭性的大地震，它被视为伤风败俗，被列为禁书。在今天的读者看来，小说只不过是描写了女主人公埃德娜追求自由、爱情和独立的人格，大胆地表达了女性自我意识和性意识的觉醒，也许这是有史以来女性文学作品中第一次吧。结果不但该书遭禁，作者的文学生涯也从此断送，作者本人也在人们的飞短流长中抑郁而亡。肖班与她书中的女主人公埃德娜一样为自由、为觉醒了的女性意识而付出了生命的代价，不禁令人为之扼腕。随着 20 世纪中后期女性运动的再次勃发，被冷落了半个多世纪的《觉醒》才被重新发掘，成为女性主义文学史上最早的代表作之一，一直吸引着关注女性问题的人们。

在这篇小说中，作者向我们展示了女主人公埃德娜的一段心路历程。

她嫁给了一位极有理性、视她为一件贵重财物的商人为妻，他们有两个孩子，在她丈夫的头脑中，一个根深蒂固的观念就是，她理应取悦自己的丈夫，管理好家务，照顾好孩子。按照主流社会价值观，这是女人的分内之事啊，难道有什么过分吗？然而埃德娜却时常为此感到莫名的委屈与压力。这年夏天，她与几位朋友在海滨度假，埃德娜结识了风流潇洒的罗伯特，浪漫的爱情使她终于认识到自己作为一个独立的人在茫茫宇宙中的位置，作为一个女人在世间的价值。她决心服从自己内心的召唤，开始执着地追求自己的幸福。作者依托大海来促成埃德娜的一系列心理变化，她决定改变自己的从属地位。她从丈夫的大房子里搬出来，开始以绘画为生，独立地发挥自己的潜能，实现自己的价值。她也曾不计后果地与异性有过肉体之恋，性意识觉醒后的埃德娜也清醒地意识到她将面临的困境。首先她不可能在这个社会上找到认同，她将不被这个社会所接纳、容忍，甚至她深爱的罗伯特也对她大胆而独立的行为感到了恐惧与难以理解；其次，作为母亲的她耳边时常回响着这样的声音：想想孩子们吧，埃德娜。噢，想想他们吧！别忘了他们（肖班，1998）！她无法拒绝母性的光环，也走不出母性的泥泞，浪漫的爱情与肉体之恋也无法拯救她，无法让她逃离所处的两难困境。她在内心已经找不到安宁来安顿躁动不安的灵魂，万般无奈之中，她选择了曾经使她觉醒的大海，也只有大海的博大深邃才能安抚她已经疲惫不堪的心灵。

以肖班创造的埃德娜为例，我们看到，当觉醒了的女性意识的火花终于从千百年来深藏着的地下迸发出来时，却又在世人们的冷遇中悄然熄灭。不知是作者有意安排了主人公的归宿，还是主人公预言了作者的命运。尽管妇女运动在美国一直起着先导作用，然而在19—20世纪之交的美国文坛，依然缺乏独立地追求人生价值的鲜明的女性形象。在一些男性作家的笔下，女性价值更多指向了对物质的追求，如家喻户晓的德莱塞的《嘉莉妹妹》《珍妮姑娘》、菲茨杰拉德的《了不起的盖茨比》中的女主人公都为了生存而不择手段地进入上流社会，误入一个又一个自我或男权设置的圈套之中，而男作家却将男主人公悲剧性的结局强加在了女性人物的物欲之上（盛宁，1995）。女性主义批评家凯特·米利特（Kate Millett）在她的博士论文《性政治》（*Sexual Politics*）中认为，如果用性政治的观点来回顾历史，我们就会发现，从 1830 年到 1930 年的 100 年内，存在着以争取女性解放为标志的一股正向运动，而从 1930 年到 1960 年的 30 年中，女性解放运动却受到一股逆向思潮的阻遏。如备受主流文学史推崇的美国女作家薇拉·凯瑟（Willa Cather，1873—1947），她的多部小说里的女主人公都是那种将自己的生活纳入丈夫的轨道，对丈夫感恩戴德，并视追求自我的女性为“迷途的羔羊”，她们心甘情愿地承接和传递着男权思想，主动泯灭自我意识。在她的《花园小屋》（*The Troll Garden*，1905）中，女主人公卡罗琳出身于贫寒的艺术世家，她不惜放弃自己的艺术追求，年仅 24 岁就嫁给了华尔街上一位年逾 40 的金融巨头，当她实现了儿时盼望的所有物质享受和愿望之后，却陷入了一种“以前她从未允许的感伤的情绪之中”。作为知识女性，卡罗琳当然懂得精神追求在女性生活中的重要性，“缺少它，生活就会变得像锯木屑一样毫无价值”。而她的理智又在告诉她“感情是一个女人吃大亏、产生人生悲剧的根源，女人想在世上生存，那就必须把内心的真实需求与冲动一次次压抑掉”。薇拉·凯瑟在这里道出了女性在欲望与理智上所处的困境。所不同的是，主人公卡罗琳的人生目标不乏对精神生活的依恋与崇拜，但最终却指向物质享受；而肖班笔下的埃德娜却聆听了自己心灵的召唤，义无反顾地从代表着物质享受和男权统治的丈夫的房子里搬出，试图依靠自己的努力独立实现自身价值，在不被社会所认可的情况下，她选择了死亡。在卡罗琳的眼中，埃德娜就是那种“吃大亏”的女人（朱虹，1985）。

1.1.3 不懈的求索

正是由于这样一些以卡罗琳为代表的、不愿“吃大亏”的女性的响应，又由于社会大众文化传媒——妇女杂志、商业广告、影视剧、畅销书、专栏作家对女性家庭问题的分析咨询，在 20 世纪中叶的美国这一切似乎都在向女性施加各种影响，他们营造出种种梦幻与偶像，又让这些梦幻与偶像成为女性可以模仿的对象与规范。这也正是西蒙·德·波伏娃要告诉女性的一句话：“女人不是天生的，而是被变成的。”时隔一个世纪，在女性解放运动走向倒退、走向谷底的 20 世纪中叶，美国著名女性活动家、知识女性的代言人、时为新闻记者的贝蒂·弗里丹（Betty Friedan），基于众多美国家庭主妇罹患心理疾病的事实，向她的母校史密斯女子学院的校友们发起了一次问卷调查。结果表明，女性对于她们的生存状况的不满带有普遍性，来自男权世界的压力仍在困扰着她们。1963 年，她将调研结果结合自身的经历写成《女性的奥秘》（*The Feminine Mystique*，1963）一书公开发表，引起很大的轰动，后被誉为改变美国历史的 20 本书之一，在美国当代女性运动中具有里程碑式的意义。弗里丹认为，女性为一种“莫名烦恼”（a problem that has no name）所困扰的原因，在于被神话为“女性的奥秘”的一种虚幻。二战之后，理想中的女性形象已经从事业型转为家庭主妇型，女人再次回到家中当好妻子、好母亲，拥有在郊区的一栋花园房屋和一切现代化的家用电器设施，做个像电视屏幕上所宣扬的“快乐的郊区家庭主妇”（A Happy Suburbia），这才是女性的终极目标（弗里丹，2000）。当时美国的社会文化所推崇的价值与战后诸多文学作品中所体现的价值观不谋而合。之所以如此，除了传统的男权观念外，来自各方的经济压力、社会压力，加之弗洛伊德性心理学说、社会学功能论以及庞大的商业攻势等，都起了推波助澜的作用。从女性自身来讲，她们心甘情愿地选择了一条“较容易”的人生道路，或是一条捷径。人们曾经戏谑地称那些陪丈夫圆满完成学业的妻子获得了“Ph.T 学位”，即“putting husband through”，这无疑是对妇女解放的一个莫大讽刺。弗里丹还认为，二战以后，极具诱惑力的“女性的奥秘”活埋了几百万美国妇女，使她们在“舒适的集中营”中逐渐非人化，女性必须从此诱惑中走出，以自己创造性的劳动来实现自己的人生价值。

进入动荡的 20 世纪 60 年代后期，在民权运动的推动下，妇女解放运动在走出低谷之后，开始以前所未有的规模猛烈爆发。米利特的《性政治》

《阁楼里的疯女人》等一系列女性主义经典作品先后问世，千千万万的妇女在追问着她们人生的价值到底何在。她们之中既有受过精英教育，但在生活和心理上仍依附于男人的知识女性，如麦卡锡在《毕业班》中塑造的八位女性；又有为生计所迫，不得不过着平凡生活的劳动阶层妇女，如蒂丽·奥尔森（Tillie Olsen）的短篇小说《我站在这里熨衣服》（*I Stand Here Ironing*），这些作品除了宣泄身为女性的苦衷，依旧缺乏追问生命价值、大胆挑战世俗偏见的鲜明的女性形象。终于，在 20 世纪 70 年代，当时正值加拿大文学复兴时期，有一位被批评家称为“加拿大的托尔斯泰”的女作家，她就是玛格丽特·劳伦斯（Margaret 劳伦斯，1926—1987）。最能够代表她创作成就的是她以加拿大为背景的五部长篇小说，皆以女性作为主人公，以虚构的玛纳瓦卡镇作为场景，刻画了一系列独立自强的女性群像。《石头天使》（*The Stone Angel*，1964）中的哈格·希普利，历经人生曲折，依然坚毅顽强，她的自尊与傲骨宛如大理石石雕，从她晚年的忏悔中，我们得知她的刚毅的性格也是她的致命伤（劳伦斯，1985）。在《上帝的玩笑》（*A Jest of God*，1966）中，作者又为我们刻画了一位性格上极度懦弱的女教师形象，透过她的成长经历，作者试图告诉我们，女性在寻求自我解放之中切莫从一个极端走向另一个极端（劳伦斯，1985）。劳伦斯的系列小说中的最后一部《占卜者》（*The Diviners*，1974，又译为《预言家》）达到了劳伦斯创作的顶峰，也是一部探索女性自我身份的长篇小说。书中描写了主人公莫拉格成为知名作家的艰辛历程，她曾经在自己热爱的写作与家庭生活中陷入困境，然而最终她不仅收获了事业上的成功，生活上也是一位开明仁慈的母亲。这是一部半自传性的小说，劳伦斯与丈夫离异后，与书中的主人公一样，她一个人凭借写作来抚养两个孩子。莫拉格的内心独白是这样的：“莫拉格在这片荒芜的土地上无所畏惧…… 如果来到一片丛林，莫拉格会害怕吗？我以上帝的名义发誓，她不会，她只会笑着说：‘森林不会伤害我，因为我有力量、洞察力和坚定的信念。’”（劳伦斯，1975）

作为一名女性意识极强的女作家，劳伦斯的可贵之处在于她不仅深入地探讨了女性的艰难处境，更为重要的是，她以切身的经验，为那些困顿无助的女性指明了一条实现自我价值的道路，这条道路既不像埃德娜那样走向死亡以寻求心灵的安宁，也不像卡罗琳那样不得不舍弃精神追求而选择物质享受，更不像嘉莉妹妹那样为了自己的成功而不择手段，她去掉了哈格身上极端的强势与傲慢，她历经沧桑却始终不改初衷，朝着自己的梦想一步一步前行，而且她总是在行进的道路中不断审视着、思索着过去、现在与未来。可以说，她既属于过去，也属于现在和未来，她代表着女性在寻求自我解放的过程中已经渐趋成熟，渐入佳境。

1.1.4 小结

近两个世纪已经过去了，女性为争取在男权世界中获得属于自己的一片天地，走过了漫长而曲折的道路，在人类文明史上留下了亮丽的奋斗者的足迹。在以美国为代表的西方世界，妇女运动时而轰轰烈烈，时而悄无声息，并时刻伴随着反女权运动的种种阻碍，然而一批又一批女性活动家从未停止过他们对女性人生意义的探寻。在又一个世纪已经到来的今天，在人类物质文明与科学技术达到崭新高度的当今世界，我们的目光早已不止于男人和女人之间的对立与矛盾，不止于强求女人与男人的一致，也不止于如何做人、做女人的条条框框，那样往往会从另一角度限制自己的自由与发展。女性是社会的产物，但是本质上也是自然的产物。依据自身的特点，展示自己的智慧与能力，应该是一种跨越国界、性别、种族与文化的共同追求。当今女性需要思考的是，在人工智能时代已然到来的时代，女性又该做些什么呢？女性自我的发展空间是否又一次拓展了？

1.2 西蒙·德·波伏娃与存在主义女性文化的建构

女性所具有的一切气质，都是处境强加给她的，是整个以男性为中心的文明造就了女人，将女人树为他者。

如果有一天社会给予女性的处境同男性一样，女性也可以像男性一样，通过自我设计，实现超越，成为主体。

男性自身的生理优势在远古时代的特定环境中使他取得了对女性的优势，从而建立了对女性的统治，使其沦为第二性。

两性等级制度建立后，男性采取一切措施维护其统治地位。这是因为在男性心目中，女性是他者，是他人，而“他人即地狱”，所以男性将女性视为地狱，视为恶。认为必须将其置于自己的统治之下，否则女性将会为他们建造一座人间地狱，他们将处于女性的统治之下。

——波伏娃《第二性》

1.2.1　波伏娃与《第二性》的影响

西蒙·德·波伏娃（Simone De Beauvoir，1908—1986）出身于巴黎中产阶级家庭，父亲是一名律师，一战之后家境开始败落。母亲是一位虔诚的天主教徒，有着深厚的政府与银行界背景。母亲对女儿的教育极为严苛、极为传统。然而传统的家庭教育却将波伏娃培养成了一位传统的反叛者。对于智力上早熟的波伏娃，其父认为她的思维模式像男性（Simone thinks like a man）。西方学界普遍认为她是“后 1968 女性主义之母”（post-1968 feminism），她也被誉为法国思想家和存在主义哲学家，思想上的巨大成就在很大程度上遮蔽了她在文学创作上的成功，较少有人提及她的小说和散文。她曾与萨特探讨过，她并不敢肯定自己是否真的会思考，最终她还是加入了她的明星同学萨特的圈子，而且她一直是萨特最新手稿的第一读者。

1949 年 11 月，西蒙·德·波伏娃出版了被后世人们尊崇为女性圣经的《第二性》（*The Second Sex*），成为新女性主义高潮的理论指南，影响了几代女性主义者。全书分为上下两卷，作者在上卷中首先从生物学角度探讨了雌雄两性的性生活，从最简单的单细胞动物一直到复杂的哺乳动物，详细地讨论了单性生殖和有性生殖的种种表现，认为单性生殖和有性生殖

具有同等重要的作用，驳斥了将女性等同于子宫和卵巢的观点。接着她介绍了精神科学的妇女观，认为弗洛伊德所谓的“恋父情结”是他依照男性模式得出的“恋母情结”炮制出来的，实质上，女性是否存在“恋父情结”的说法很受质疑，从而批判了以男性为中心的、把女性的生理、心理和处境归结为“性”的“性一元论”。

书中波伏娃运用了大量的妇女传记、史料等第一手资料，突出地表明了一种女性的、辩证的观点，认为马克思主义有关妇女的论述对妇女理论的发展做出了重大的贡献，尤其是私有制或世袭财产的私有制的出现，是妇女受压迫的一种根本性根源的观点，对研究妇女的历史和现状更是起到了奠基性的作用。

在《第二性》一书的下卷，作者沿着从童年到老年这条生命发展轨道，以各类妇女（女性同性恋者、妓女、恋爱中的女人或情妇、神秘主义的女人或修女、独立的女人或职业妇女）为对象，广泛地探讨了女性的个体发展史，尤其探讨了各个年龄段、各种类型女性的心理、生理及处境的变化，并得出结论：妇女要得到解放，就必须正视同男性的自然差异，同男人建立起手足关系。

作为法国存在主义大师让·保罗·萨特的“终身伴侣”，这本书有着浓重的存在主义色彩。第一，存在先于本质，萨特认为人首先存在，然后才按自己的思想改造自身，人的本质并不是天生的，不像物的本质是被人事先规定好了的，人的本质是自己规定的。基于此，《第二性》一书的一个基本思想形成了：女人并非天生的，而是被变成的——也就是按男人的意愿培养出来的。这种思想在西方已经家喻户晓，成为新女权运动向男权社会作战的宣言。无疑，波伏娃反对以自然生理结构为基础的性别本质主义，试图在理论和观念上为女人的独立和平等扫清道路，这的确具有振聋发聩的作用。然而这种过于简单化的判断和过激的言辞也越来越受人们的质疑。首先，无论时代怎样变迁，男女在诸多方面仍然是不同的，而并不完全是社会文化使然。较为中肯的表述是，女人虽然是天生的，而女人身为“次等性别”的地位却是后天造成的。第二，人是自由的，他/她可以通过自由选择、自我设计来创造自身。如果按照这种浓重的存在主义观点，即使男性社会为女性设下了种种限制，女人作为独立存在的个体，仍然有选择的自由和可能。若女性未能积极主动地进行选择，她就应当为自己最终尴尬的处境承担责任。这一点直接或间接地对后来的女权主义者弗里丹的女性思想产生一定影响。第三，他人是地狱，人是自由的，但是他人和社会总是限制这种自由，因此人与人之间充满矛盾冲突。而这一点无疑为米利特的男权与文学共谋迫害女性找到了一定的理论依据。

1.2.2 《第二性》的主要观点

作为“存在主义教母”的波伏娃，受萨特存在主义思想的影响，她一直本着对人自身的基本问题的深切关怀进行思考与创作。围绕着人是什么、人怎样生存、人应该如何生存等问题，波伏娃认为，人的生命存在状况即本体论，这也一直是波伏娃关心的首要问题。她从人的生存状态和生死存亡的关系来考察精神与肉体的融合与撞击。孤独感刺激波伏娃思考人的身体与思想、死亡和存在的偶然性。

波伏娃不仅在人的个体生命观上是悲观的，对人生价值的实现和整个人类社会发展史也是绝望的。她认为人生来就是孤独的，生命和社会都没有出口和前途。人们必须不断通过遗忘来更新存在的感觉，在对前辈的否定和克服中前行。永生的痛苦是人类的悲哀，这是个人与社会的悲剧。她更关心的是作为个体的人，而不是社会，历史政治的描写是为个人的自我实现而设置的。她更关心人的“自由”，而不是人的“幸福”，试图帮助人们从浑噩无知或孤芳自赏中走出来，去发掘对处境有意识、有承担、有超越的“真正自我”。

在自我与他人的关系方面，波伏娃展示了意识之间冲突的恐怖，提倡平等的交流与互识功能：理解与建构。每个人都是主体，应该接受、宽容、理解不同于自我的意识，尊重他人的价值，不能忽略个人自由主体的存在。当不同的意识有抵触时，应该及时疏导、调整、平衡“自我”与“他人”、

"主体"与"我们"的关系，小心维护每个不同的主体，才能达到人际关系和意识关系的平衡。

在波伏娃看来，男人并没有按照一种平等的交流与互识来与女性进行对话，他们一厢情愿地将女人视为"偶像，仆人，生命之本；又是魔鬼，阴谋家，搬弄是非的人，骗子。她是男人手中的猎物，又是毁灭他的祸根。她意味着他不曾有但又特别渴望的一切"。难怪在众多男作家的笔下，女性时而天使，时而女巫，因为"男人从不就女人的本身来解释女人，而是以他自己为主而论女人的；女人不是天然进化发展而形成的一种人类类别"（波伏娃，1988）。

其实，对于女性形象的肆意歪曲，古今中外均有数不清的故事至今流传。在我国宋代有"河东狮吼"，在古希腊有苏格拉底的悍妻。在西方文学史上，悲剧之父埃斯库罗斯在《奥瑞斯提亚》中塑造了迈锡尼王后克吕泰美斯特拉这个形象，她弑君篡权，谋杀丈夫，堪称西方文学中悍妇的原型，又有欧里匹得斯的美狄亚先后杀死自己的亲兄弟，将父亲碎尸万段，最后亲手杀死自己的一双爱子。这些骇人的举止使得美狄亚成了魔女的化身。在莎士比亚的悲剧中，我们看到麦克白夫人比丈夫的野心更大，心肠比丈夫更为狠毒，在使丈夫从国家的功臣堕落为血腥的弑君罪臣的过程中，麦克白夫人的怂恿起了关键的作用。而且，大凡可归入泼辣、凶悍一类的"悍妇"型文学个性，均是男性笔下的造物。而女作家以同等理由指斥同胞姐妹的现象则十分罕见。可见，性别的差异甚至对峙，确实是造就不同文学个性的重要因素，"悍妇"形象在很大程度上是男权文化一手捏造出来的，它们并不能代表女性在本真意义上的情感和欲望（杨莉馨，1998）。

后人较少提到波伏娃在《第二性》中对文学作品的分析，就在于她对五位男作家的评判所占的篇幅极小，而且她对男作家在作品中对于女性的歪曲的清算远不如后来的凯特·米利特（Kate Millett，1934—2017）在《性政治》（*Sexual Politics*，1970）一书中概括的到位。然而她却为后世的女性文学批评找到了可供借鉴的方法。我们透视悍妇文学形象，就是为了从性别视角重新审视女性在男权文化中的角色意义，能否说女性作家笔下的女性形象一定能代表真实的女性自我呢？事实上，在长期的男权文化意识形态代代承袭、潜移默化的影响下，女作家也很难突破男权主导的价值判断的框架。

波伏娃在书中提出女人因为体力较差，当生活需要体力时，女人自觉是弱者，对自由感到恐惧，男人用法律形式把女人的低等地位固定下来，而女人则甘心服从。

她不同意恩格斯所说的从母系氏族社会向父系氏族社会的过渡是男人重新获取权力，认为历史上女人从没有得到过权力，即使是在母系氏族社会。她认为妇女真正的解放必须是获得自由选择生育的权力，并向中性化过渡。

任何女性都没有天生的本质，她是什么、具有怎样的气质完全取决于她自己的选择。女性的生理特征并不能决定女性的气质，女性的生理特征仅仅是一种客观存在，与女性的本质无关。

先有存在，后才有根据一个人的选择而决定的本质，女性也是如此。

波伏娃以此观点为基石，深刻分析批判了千百年来奴役女性、歪曲女性形象的“女性神话”的实质，指出它不过是男性根据自身的利益和要求所编造出来的他们心目中的女性形象。

这一大胆揭露使许多人尤其是女性朋友的视野豁然开阔，使她们认识到女性不是天生低劣的，不是注定要依附男性过寄生生活的。

波伏娃认为，女性同男性一样，也有超越的冲动，女性在从女孩到母亲的生命历程中，本可以根据自己的意志通过自我设计，成为一个“人”、一个主体。但是，处境却使她们被迫根据社会的要求、男性的需求进行自我设计，使自己成为人们心目中的女性，成为第二性。

波伏娃既引用了萨特“他人即地狱”的观点，又提出自己的看法，认为人与人之间可以建立起互利互惠的关系，“达到完美的平等状态”。

> 共同的生活对于两个自由人是一种丰富，每一方都会从对方的职业中得到对自身独立性的保障。自立的妻子把丈夫从婚姻的奴役中解放出来……

> 男人成功地奴役了女人，但他也成功地让占有失去了吸引力。随着女人与家庭和社会结为一体，她的魔力不是改变了，而是消失了。她被降到仆人地位，不再是代表着各种财富的未被征服的猎物。自骑士文明兴起以来，婚姻扼杀爱情就是司空见惯的事了。过多的蔑视，过分的尊重，过频的日常琐事，使得妻子不再有性的吸引力。婚礼本来就是用来让男人防范女人的；她成了他的财产。
>
> ——《第二性》第九章
>
> 由以上种种事例可以看出，每一个作家都独特地反映了很多集体的神话：我们一直把女人视为纯粹的肉体；男人的肉体生自母亲的体内，又在恋爱中的女人怀里得到再造。因此女人与自然相关，她体现了自然：血之谷、开放的玫瑰、海妖、山区，她在男人的眼中象征着沃土、精气、物质的美和世界的灵魂。她掌管着诗歌；她成为人间与彼岸世界的中介：为贵妇或为传神谕的女祭司，做明星或做女巫，她开启了通往超自然和超现实的大门。她注定要处于被限定的存在中；她通过她的被动性布施了和平与和谐，只要她扮演这个角色，就会被视为“祈祷的螳螂”、吃人的女妖。在任何情况下，她都以特权的他者（the privileged Other）出现，通过她，主体实现了他自己：她就是男人的手段之一，是他的抗衡，是他的拯救、历险和幸福。
>
> ——《第二性》第十章

1.2.3 针对波伏娃的争议

时至今日，波伏娃一直备受争议。保守主义者指责她敌视男性，无视男女差异，破坏传统家庭观，其结果势必造成离婚率的提高和单亲家庭的增多，造成男女对立，社会矛盾增多；而自由主义者则认为她的观点有平均主义之嫌，不仅如此，她还受到了一些女权主义者的批评。

对于女作家，波伏娃在《第二性》里涉及也不多，但引起的争议却很多。总体来说，她在其中表现出一种轻视的态度（张岩冰，2001）。她认为，她们不能作为主体去观察另一个性别，而是常常像男人那样把自己作为观察对象，因而容易自恋。这种自恋阻碍了她们的真实体验的表达。与此同时，妇女的依附地位，又使那些比较保守的中产阶级女作家不得不接受男性对她们的要求，尽量表现出优雅等被男性作为对象化的品德；即使是乔治·艾略特、弗吉尼亚·伍尔夫、简·奥斯汀和勃朗特姐妹，虽然“她们向这不公平的社会挑战，写出反抗性的文字，是有力量的诚实作品”，但“她们竭尽力量也不过才达到男作家已经很早达到，而且正预备离开换一个方向的阶段”。她说她们的作品“没有任何的讽刺，也没有司汤达的悠闲自如，或平和真诚的性质。她们没有陀思妥耶夫斯基的丰富经验，或者像托尔斯泰，这可以解释为什么那本精彩的《行军未央》仍然不能和《战争与和平》相比；不管《呼啸山庄》多么伟大，仍然没有《卡拉马佐夫兄弟》一书那么有眼界”（张岩冰，1988）。在对女作家的评价中，波伏娃的自身矛盾深切地表露出来：一方面，她反对将女性贬抑为对象性存在；另一方面又不自觉地运用男性的文学批评标准来衡量女性的文学作品，这种男性的文学批评标准阻碍了她对女性作品做出公正的评价。在这一点上，她不及伍尔夫（波伏娃，2001）。然而这种矛盾性似乎并不止于波伏娃，后世的女性主义理论家们多陷入这种缱绻与决绝的矛盾心态之中，或是以激进的、矫枉过正的姿态与男权对抗着，往往走入一种超出现实社会所能接受的极端孤立的状态之中，甚至连大多数女性都认为怪异的举动之中。

其实，在《第二性》中，波伏娃辩证地看待妇女的受贬抑的地位，论者往往忽略这一视角的巨大价值。似乎人们极少考虑它的合理性的一面，认为女性未被当作第一性来看待，对我们社会的进步只能是有百害而无一利的，波伏娃对此提出自己的质疑。笔者认为，波伏娃对于女性边缘地位的评说，还是相当中肯的。她认为这种边缘性的地位，有利于她们很好地观察这个社会，并将这种观察结果变成文学作品。应该说“当局者迷，旁观者清”。在《第二性》中，波伏娃对女性的这种观察和表达能力也表示了赞赏：“她们的优点在于对存在的事实有深刻的观察。……女人擅长去

形容周遭的气氛和它的特性，表明性别之间的微妙的关系，使我们也感受到内心所酝酿的波动。……她们很少创造如希斯克利夫那样男性化的英雄。对男人，她们所能了解的是他们是男人而已。但是她们很容易地形容自己的内在生活、经验和天地。对于事情隐藏成分的察觉，她们表现出特有的经验，以温暖、芬芳，也许世俗的语句形容。”（波伏娃，1988）但是，女人对这个世界的观察不是对这个世界提出质疑，而是“很严肃地接受它表现的对象”（波伏娃，1988）。有论者认为，波伏娃在这里一面认为女性创作有其特点和可取之处，一面又不忘用固有的男性文学标准对之表示轻视。妇女创造不出伟大的作品也与她们的这种边缘性位置有关。这是因为，首先，边缘性的位置无法使妇女创作出和整个世界抗辩的作品。她们会批评、驳斥某些细节，但要和整个世界抗辩就需要对世界有一种深切的责任感。这是一个男人的世界，在这个程度上来说，妇女是不负责任的。她们不必像伟大的艺术家们那样去为这个世界承担责任（张京媛，1992）。

我认为这不应当被视为波伏娃对女性作家的轻视，而应被看作作者在总结了以往两性创作的不同特点之后，指出一种既成的创作现实，这本身就是一种身处边缘的他者地位上的客观观察——是他者之镜中的印象。如果把这视为“她并不珍视女性已有的东西，她是在用男性的眼光来看待她的女性同胞，用男性的标准来衡量妇女的生活，在这一点上，她又充当了她的男性敌人的同盟”（张岩冰，2001）。上述观点对于波伏娃来说是有失公允的，必然陷入一种非此即彼的二元对抗中，引来的攻击很可能就是：难道以女性的眼光来看待以往的创作就是公正的吗？就能改变所有的不平等吗？女性珍视自己已经拥有的一切，是否就是抱残守缺呢？那么，波伏娃扬扬洒洒60万言著女性圣经，就是为了维护男人的上帝般的地位吗？

1.2.4 小结

对于波伏娃，乃至任何一位理论巨人，我们理应保持大胆质疑的精神，却不能求全责备。她的作品《第二性》曾经使她遭受到恶毒狂怒的攻击，诸如“性贪婪”“性冷淡”“淫妇”“慕雄狂患者”“女同性恋者”等恶骂之声仍不绝于耳。但是这一切不能阻止她将自身作为反传统、追求个体独立的典范，不加粉饰和本真地奉献出来。

当今，我们重读波伏娃和她的《第二性》时，最值得我们关注的是她的理论对后世到底有无指导意义，其意义何在，后人又是在哪些方面有所继承，有所发展，有所创新，又怎样以全新的、科学的态度来超越她。波伏娃首先让女性从理论的高度上认识到女人的他者地位，而且借助女性的文学创作，使得这一从属地位变得昭然若揭。所以，波伏娃和《第二性》最大的意义就在于：让我们学会从理性的高度思考女性自身的处境，并以其存在主义的感召力，让女性行动起来了，成为思想着的行动者和行动中的思想家。而这样一位真正意义上的身体力行者就是贝蒂·弗里丹。

1.3　贝蒂·弗里丹与美国女性的性别政治诉求

如果说早在 20 世纪中叶的法国的西蒙·波伏娃从一位存在主义者的角度，让人们首次在理论的层面上认清了女性沦为第二性的社会文化原因，而在其后的贝蒂·弗里丹（Betty Friedan），作为 NOW（The National Organization for Women）的创始人之一和第一任主席继承了波伏娃的哲学思想，实现了女性主义理论向现实的社会生活与社会公平变革实践的转化。她从自身的成长历程与心路历程出发，从《女性的奥秘》（1963）到《生命之泉》（1993），在 30 多年的创作历程中，一系列女性著作问世，弗里丹为我们留下了一位女性主义践行者不断求索的足迹。弗里丹的女性主义思想从萌生、成长到成熟，她出于对女性切身问题的思考而在视角上的不断更新，恰好见证了一位探索女性的自身价值实现和自我身份的学者所倾注的全部的关爱，也代表了一段时间里美国女性在性别政治上的策略和诉求，她被誉为“美国妇女的马丁·路德·金”。

1.3.1 被“无名的烦恼”所困扰的“绝望的主妇”

1963年，贝蒂·弗里丹出版了她的《女性的奥秘》一书，在社会上引起了强烈的反响。一时间，妇女问题又成了大众注目的焦点。此书被认为是继法国西蒙·德·波伏娃的《第二性》之后，妇女解放的又一里程碑式的著作，堪称一本将自己写进历史的书。在《女性白皮书》的序言中，弗里丹说：“当我写《女性的奥秘》时，我并非有意要掀起一场革命，可它改变了我作为一名妇女和一位作家的生活，其他妇女则告诉我，这本书改变了她们的生活。我必须对这场革命承担责任，因为它是在我的文字的作用下产生的。”（弗里丹，2000）

作为一个拥有博士学位的家庭主妇，弗里丹凭直觉隐约地感到，美国妇女存在着问题：存在着什么问题？这个问题背后的实质是什么？为什么会存在这个问题？该如何解决这个问题？她迫切地感到必须对这些问题作出解释。于是她对所谓的“快乐的家庭主妇”——受过高等教育的中产阶级妇女进行了大量的调查研究，她发现，让“解放了的”知识妇女重返家庭、重新扮演传统“女性角色”是一个错综复杂的社会现象，有着深刻的社会历史根源，多种客观因素与各种主观因素交织在一起，形成了一股强大的社会逆流。《女性的奥秘》猛烈抨击了当时流行的，认为妇女只有成为贤妻良母、只有生儿育女，才能实现女性的完美、获得女性的满足这一虚伪的观点，并且揭示了被描绘得天花乱坠，但实际上是狭隘的、枯燥无味的家庭主妇生活，是套在妇女身上的桎梏，只会残害妇女，使妇女成为男子的附庸，她形象地称之为“舒适的集中营”，身在其中的知识妇女逐渐失去了自我，丧失了人性。弗里丹从理论、社会心理、经济等角度，佐以大量事实（访谈）对上述思潮进行了深刻的分析，还向弗洛伊德、玛格丽特·米德这些有影响的社会理论家在妇女问题上的观点进行了挑战，应该说这在当时是非常大胆的。

弗里丹提出：“今天，即使是非常年轻的妇女，必须首先想到自己是个人。……要能把作为妻子与母亲所承担的义务同自己对社会的义务结合起来。”她还根据马斯洛关于人的需求的观点，指出“人的最终需要不是寻欢作乐，不是满足生物的需要，而是要求向上，充分发挥自己的潜力”（弗里丹，1988）。“他 / 她必须严肃认真地对待自己的存在，对生活、对未来承担义务”，“人的自我来自他 / 她对人类社会做出贡献的创造性劳动”。这些观点在当时是很鲜明的。茫茫宇宙之中，人类何其渺小，然而人类有别于动物的伟大之处就在于能够以自身的渺小挑战宇宙的无限。在现实生活中，我们不得不承认这样的事实，即人的需要是有层次的，连动物也有本能的需要，类似于人类在发展过程中产生的需要，对人类来说，在本能的生理需要得到满足之后，必然会产生更高层次的需要，如对知识的需要、自我实现的需要。

而令人遗憾的是，自从人类进入文明社会，女性便成为男权社会的附庸，妇女的发展在很大程度上被限制在生物的、本能的方面，人们往往只承认她们对爱和性的需求，以至于激进的女权主义者设想如果将“人类历史”由“男人的故事”改为“女人的故事”时，人类文明会是什么样子的呢？是否会多一些爱与温馨、少一些战争与掠夺？弗里丹认为，尽管现在有“职业家庭主妇”的说法，然而，如果这种职业不要求，或不允许妇女充分发挥才能，使她得不到足够的自尊，致使她被妻子、母亲、女儿等众多角色束缚得无处躲藏，无法实现人类高层次的需求，无法发挥自己的潜能时，所谓的“女性的奥秘”便是虚伪的和欺骗性的，是一种温柔的陷阱。

众所周知，人类即使面临极大危险，也从未放弃对知识和真理的追求。此外，心理学家通过对心理健康的人所进行的研究表明，人类对真理的追求、对重大问题的关心，是人类心理健康的一个重要特征。那些从来不对某种理想承担义务的人，从不冒险探索未知事物的人，从不试图完成创造性活动的人，在某种程度上讲不完全具有人性。依此，我们可以说，如果作为人类一半的女性不对自身价值作有意义的探索，如果男性对女性的追求以种种理由加以干涉，这些都是人格不健全的表现。实际上，对于真理的执着求索，正是西方文化的重要特征之一，也是西方女权主义理论发展较为完备的重要原因。相比之下，中国的女性解放运动更多地呈现出一种与男权社会的妥协与依赖。

20 世纪 30 年代末，马斯洛教授开始研究性欲和所谓的妇女的“支配感”“自尊”或“自我”之间的关系。他发现，妇女的自我力量或支配感越强，就越是不会以自我为中心，就会更加关心他人和世界上的各种问题。与此相反，那些较为因循守旧、有女性气质、支配感弱的妇女，由于主要关心的是她们自己和自己的自卑感，便会越发变得以自我为中心。首先，支配感强的女性在心理上更自由，更独立，更能保持自己的本色。而支配感弱的妇女没有保持本色的自由。这类妇女更容易把他人当成偶像崇拜，并仿效，完全“自愿从属于他人”且对他人极为尊重，另一方面又受“憎恨、反感、羡慕、妒忌、猜疑和不信任”的情绪的支配。他还发现，越是能够充分发挥自己潜力的人，越具有本色的个性，更能同他人完全打成一片，更能做到既超越自我的界限，又不放弃自己的个性，他 / 她们在心理上能不加掩饰，时常感到被人爱、被人需要，感到安全。他 / 她们很少有所保留，与异性之间能够在保持自己个性的同时达成和谐与共识，做到我们中国古语所说的“和而不同”，这是一种两性之间的理想境界。

其实，衡量妇女的解放程度，既非用寻求与男子绝对的、毫无差别的平等，又非女性回到厨房做全职主妇，或是否以走出家庭参与社会竞争作为衡量的条件，而是女性能否摒弃所谓的“女性奥秘”，也就是那种“乐在家中做天使，两耳不闻窗外事”的单一的主妇角色，而是首先要做一个个性全面发展的人，立足于现代社会，充分发挥个人的潜能。而承认男女两性之间的差异，将更加有助于女性潜能的发挥，有助于女性的自由与解放。

1.3.2 《女性的奥秘》的性别政治解析

“从某种意义上讲，我写《女性的奥秘》——可以说是一种偶然或是一种巧合。从另外一种意义上讲，我的整个的生命都为这本书的诞生做好了准备。我生活中所有的片段头一次聚积起来将其完成。”（弗里丹，1976）

可以说，这本书是弗里丹青春和生命的第一次结晶，是对冷战以来美国妇女生存状况的细致入微的思考。然而此时的弗里丹并未如人们所想象的那样确立起自己鲜明的女权思想，而是在一种内心极度矛盾与困惑中下意识地做了她所能做的一切。

1973 年，弗里丹曾说，她在开始写作《女性的奥秘》时，“我才意识到妇女问题”。1976 年，她又评述说，20 世纪 50 年代初期，她本人“仍然迷失在女性的奥秘之中”（弗里丹，1973）。当然她在 1974 年也坦陈自己的过去存有一些潜在的矛盾情愫。现在看来，这本具有里程碑意义的著作，是出自她所描述的一种无法抗拒的力量。弗里丹本人也曾一度陷入“女性奥秘”的陷阱，《女性的奥秘》的撰写恰好是其对自我的重新发现。通过她的现身说法，读者与她本人找到了某种认同感。与此同时，她又通过读者强化了这本书内在的吸引力。然而，这样就掩盖了她在 20 世纪 40 年代和 50 年代早期所参加的活动和 60 年代她所极力倡导的女权主义。从一个较为狭窄的视阈来看，正如书中大多数战后家庭主妇一样，风景优美的郊区别墅生活的烦恼与困惑促使她写成《女性的奥秘》；从广义上讲，很明显，这本书的初衷追溯起来更早一些——与她大学时代和 20 世纪 40—50 年代她参与工人运动的经历有着密切的关系。

如果对贝蒂·弗里丹的生活，特别是她在 20 世纪 40—50 年代的写作作一番确切的记述的话，她在 60 年代的女权主义运动中所扮演的角色便可一目了然。大多数史学家认为，60 年代的女权主义运动肇始于那个年代所发生的一系列重大变革，例如黑人民权运动。然而也有学者认为，早期为争取妇女选举权而进行的抗议活动与 60 年代的女权运动的高涨存在着必然的联系。我比较倾向于后者。弗里丹在女权主义的第一次浪潮落潮后，为工人阶层妇女的正义而进行的斗争，和 60 年代的女权主义运动之间存在着的具体的、有意义的联系，为这种连续性提供了证据。这种关系给予女性主义一种对全人类命运的关怀，另一方面，又给予弗里丹一种可引以为傲的作为探索者的过去。长久以来，人们一直在谴责女性主义者和弗里丹缺乏对工人阶级和第三世界国家妇女的关注。可以说，《女性的奥秘》

的出版是弗里丹对女性命运表示最初的关怀的明证。

总的来说，将《女性的奥秘》纳入一种新的性别政治的视野，我们能够观照到的是战后美国的知识和政治生活。弗里丹借社会批评的形式，重新以女性主义的目光对一些重要主题进行了审视。弗里丹的亲身经历也很好地说明了她激情澎湃的60年代和她志满意得的早年岁月的显著不同。与此同时，弗里丹所参与的工人活动和她的女权主义思想之间的关系也呼应了乔治·里普西滋所谓的“集体记忆”，紧随战后的经历，很快又出现在某个意想不到的地方。更进一步讲，对《女性的奥秘》的重新解读，又是对美国进步力量的整合。这一过程是由对各种工会组织的倚重到对中上层阶级的倚重的转化。最后，对《女性的奥秘》的审视，能使我们想起左翼意识形态的转变：从早期建立在马克思主义基础上的经济分析转移到50年代的人文心理学，从对工人阶级对生产环境的关注到中产阶级消费主义心态的膨胀（科斯塔，利希滕斯坦，1987）。当然这也源自弗里丹的专业教育背景 。

1.3.3 弗里丹女性主义立场的形成：矛盾与夹缝中的生存

基于以上思考，我们再来考察一下弗里丹的政治生涯。弗里丹早期的政治生活始于她在史密斯学院的校园生活，然而有一点却很重要，她曾因为自己是犹太人，喜好读书，而且是个有头脑的女孩而感到怪异和孤独（弗里丹，1936）。她觉得自己在大学本科阶段的生活产生了一个新的转机。她在后来的回忆中说：“我头一次感到，我并非因为有头脑而成了一个怪异的人。”弗里丹承认，她在史密斯学院大展才华，她是学生报纸的记者，并获得了一系列的奖学金（弗里丹，1963）。

弗里丹1938年进入史密斯学院后，关于她的生活的文字记录与《女性的奥秘》中的叙述是有所不同的。首先其陈述中所缺失的，是她在学校中如何形成了她作为一个激进主义者的意识。她所选学的课程，她与同学和教授们的友谊，在美国及海外的一系列事件，以及她在校园里所担任的职务，曾使她从一个局外人一跃成为一个坚定的社会改革的拥护者、一位对权威的怀疑者和自由言论的捍卫者，还是一位激进的、对她所在阶层的社会消费特权的质疑者。

在史密斯学院，她将她的新闻生涯与政治活动紧密地联系起来。1941年春天，她开始担任校园报纸的总编。她为报纸加的编者按极好地表明了她的政治主张。在她的引导下，学生报纸承担起集会重任，并成功地进行一系列的抗议活动，为放宽对学生社交生活的限制而斗争，指责社交俱乐部的隐蔽性，对一些教授的授课方式进行了批评。为了回击一家校园杂志歧视为学生打扫房间、供应饭菜的女工，编者按对这家杂志进行了批评。

弗里丹认为，在 1942 年她从史密斯学院毕业和 21 年后她著书出版的这段时间里，正是“女性的奥秘”不断俘获她的时候。在她的著作、一系列的演讲、撰写的文章和始于 1963 年的访谈中，她提到这是她生命中的至关重要的时期，标志着她要终其一生为此奉献一切。她大学毕业后进入加州大学伯克里分校读研究生的第一年，学校给予她的荣誉反使她陷入了痛苦的抉择之中。原来她的第一位真正意义上的男朋友，同为研究生却没有获此殊荣，便威胁她中断关系，除非她拒绝领奖。她在 1963 年这样写道：“我解释不了，这到底是为什么，我对自己一点也不了解。”她从此远离了自己的学者生涯。她决定拒绝这份荣誉，因为她发现自己快要成为“老处女大学教师了”。在当时的史密斯学院，有丈夫、有孩子的女教授简直凤毛麟角。所以弗里丹认为，“女性奥秘”在那个时候就已经有了它的第一个牺牲品——她自己（弗里丹，1963）。

离开伯克里之后，弗里丹开始进行一些“实用性的社会科学研究”。从弗里丹的传记中我们知道，在 20 世纪 40 年代，“她在有意识或不经意之间做了一些枯燥乏味、漫无目的的工作”。在 1948 年至 1956 年之间，她生育了 3 个孩子，全家搬到了令人羡慕的郊区，然而这些经历使她感觉困惑。她对这段生活的描述，丝毫谈不上的满足。她把自己看成一个“脾气古怪的人，有一份职业，又担心忽略了对孩子应负的责任。面对一份职业调查表，她填上“家庭主妇”，但又心存一种犯罪感、不情愿感，对此内心充满了矛盾。有时她会迟疑一下，写上“作家”二字（查尔斯，1965）。身为知识女性，她的矛盾心态一直如影随形。

弗里丹在《女性的奥秘》中暗示了她本人与郊区姐妹们的共同感受。在开篇中，她说她意识到妇女的生活肯定出了问题，这是在我“第一次感到我作为一个妻子和三个孩子的母亲而被打上问号的时候，我感到这是犯罪，便有一种心不在焉的感觉，我在运用我的能力和所受的教育做一些使我摆脱家庭束缚的事情”。弗里丹说要不是因为 1957 年她为纪念毕业 15 周年而发起的问卷调查，她可能会一直沿“女性的奥秘”的路走下去。问卷中她发现了她所说的“无名的问题”，即她的郊区姐妹们感觉到却难于表达的困惑。她在写给杂志的文章里这样说，那些编辑们总是篡改或干脆拒绝采用她为一些有争议的问题而提出的建议，她决定写本书来澄清这一切。

《它改变了我的生活：妇女运动札记》这本书涵盖了她在 1974 年所撰写的自传性文章，弗里丹记录了她早年忽略了的一段生活。

大概是为了回击那些指责她不够激进的言辞，她坦言，在她结婚前以及结婚后的几年里，她曾参与过激进的运动，为工人运动的出版物而工作。她和她婚前的朋友们认为她们是“工人运动的先锋”，参与了马克思主义小组，参加过政治集会，对那些“像她们的父亲一样的资本家，怀有的只是轻蔑”。还未及做一些具体的事务，战争一结束，她就“义无反顾地卷入激进的运动中，天哪！这些运动竟不是关涉妇女问题的”，而是涉及美国黑人妇女、工人、战争、反共产主义等（弗里丹，1998）。这是她作为记者的一段生涯，她从中发现了隐藏在美国现实之中的丑恶的行径。

20 世纪 70 年代中期，她说：“我那时当然不是一个女权主义者——也没人是。只是对妇女权利感兴趣而已。”1952 年，弗里丹当时身怀第二个孩子，她被所供职的工人协会出版社炒了鱿鱼，并被告知说她的这次怀孕是个错误，因为报社无法为她的怀孕而放长假。后来弗里丹为此曾多方努力，召开会议进行抗议。她说这是“我第一次在心中涌起女性主义的思潮。但是另外一些妇女感到很尴尬，男人们则感到不理解。再次怀孕本是个人的私事，不能拿到协会中去处理。1949 年那会儿，无人替这种性别歧视讨说法”（弗里丹，1998）。

1974 年，她开始了对家庭生活的憧憬。即使她提到参加过马克思主义小组，她和她的朋友们也在阅读时尚杂志，并且花大量的金钱购置高档服装。1948 年，与亨利·沃里斯的论战成了她生活的转折点，一夜之间她失去了对政治的兴趣。40—50 年代的这段时间里，她在全身心地感受着“女性的奥秘”，母性替代了事业和政治。此时的弗里丹留给人的印象是，她已完全沉溺于做家务、当母亲。

对于这段较为独特的现代美国妇女生活历史，美国著名人类学家玛格丽特·米德总结说，此时婚姻和家庭生活大大高于爱情，人们纷纷忙于并非花前月下的结婚生子。20 世纪 50 年代的美国人似乎处于一种“多子多福”的心态之中。她说，人们羡慕那种核心式家庭（nuclear family）生活，住在郊区独立的别墅中，身边围坐着儿女，拥有一部旅行车，还有乡村俱乐部的会员证。这种生活经常被登在杂志上向世人炫耀。

在 1974 年所写的一篇文章里，弗里丹对她所扮演的新角色内心充满了矛盾。此时，她以复杂的心态投入“女性的奥秘”之中。她回忆起她在昆士区（纽约下层人居住区）帕克维村的那段美好时光，她住进了宽敞明亮的公寓里，为社区报纸做编辑，经常与那些新婚燕尔的人们共度时光。然而当她阅读了本杰明·斯波克的《婴幼儿护理》，她为产假期满就参与工作而懊悔。伴随着她的家搬至郊外，这种矛盾心态加剧了。她要送孩子去学堂，参加 PTA 班，一旦有邻居造访，她会立刻将她写的书藏起，就像是清晨酗酒的人一样见不得人。

她在 1974 年提供的信息，并未改变人们对她是如何成为一个女权主义者的看法。1983 年，玛丽莲·弗伦奇写道：“弗里丹决定不再过那种只顾事业的狭隘的生活。她要拥抱男人、家庭、孩子，沐浴在幸福之中。”1991 年，女权主义历史学家唐纳·梅挪认为弗里丹是一位新闻记者，也是“女性的奥秘”的牺牲品。1993 年在她的《50 年代》一书中，大卫·哥德斯泰因总结了她 9 年的记者生涯后，说：“贝蒂·弗里丹当时是左翼报纸记者。”然而据一些资料记载，情况并非如此，这些资料主要是她作为史

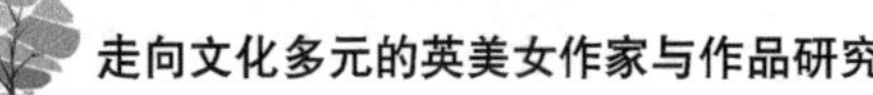

密斯学院的学生、工会的记者、一个自由撰稿人期间所发表的论文以及弗里丹本人在1974年的一些言论等。结婚生育后的弗里丹基本沦一位全职家庭主妇，这也是她最为无奈的艰难抉择。

1.3.4 弗里丹对“女性奥秘”的超越——女性的第四维形象

第三世界妇女学家汉娜·阿伦特说：“人们出生的历史环境条件决定了他们的身份，他们从中成长却不能完全超越它。”（阿伦特，1989）她还说，我们的“所是” 构成了我们是“谁”的形成和实现的框架，但它绝不能绝对地规定我们。女权主义者应当反思的是政治性问题。阿伦特认为，政治应当向所有人开放，但同时，行动须由那些对世界而非个人利益关切的人来领导，才能确保真正的政治行动。政治主要不是要求权利，而是要懂得与他人共存于世界。仅仅出于自利而不是为了他人而要求权利，不是真正的政治行动。

《女性的奥秘》从一个与男性全然不同的角度诠释了那个时代的一系列社会问题，并将它们纳入心理学的范畴，认为个人的身份而非社会结构阻碍人们获得连贯的社会身份。弗里丹以自己鸿篇巨制式的心理分析来震撼读者，而不是为公众提供解决方略。最终弗里丹旨在突出，妇女应当打破女性奥秘的枷锁，更加充分地实现自我价值。《女性的奥秘》一书的出版所带来的激进效应是弗里丹始料未及的，而将第二次女权运动推向高潮的她，却并未停止作为一名探索者的追求。她似乎宁愿把先锋者的荣耀留给后来者，而自己却又忙于开辟另外一片天空。

在《女性的奥秘》出版后10年的时间里，尽管妇女们的生活发生了深刻的变化，然而出现在媒体上的依然是千人一面的老形象：没有女英雄，只有性对象、吉米的母亲、约翰的妻子、智商只有50的家庭主妇……女人写了文章发表，署名也不外乎“尤德尔夫人”“戈德尔夫人”之类，仿佛她们永远只能以丈夫的妻子的身份从事写作这种极端个人化的精神劳动。具有独立人格的职业女性被视为怪物，缺失自我的家庭主妇依然受到赞扬。在弗里丹看来，已经到了刻不容缓地改变这一切的时候了。

《女性白皮书》的完成，标志着她个人生命和对女性问题思考的一个转折点。大而言之，人们可以从中看出 20 世纪 50—60 年代美国文化的转型，从“耽于幻想、埋头私事、道德上严肃自爱、不问政治”过渡到激进的变革时代，“并试图将追求社会正义和寻找个人真谛结合起来”。在这种对于个人真谛的寻找中，弗里丹提出了妇女的“第四维形象”的概念：除了婚姻、家庭、为母之道以外，女性理所当然还有另一个更广阔的世界——社会。其实，也就是女性在公共空间的价值实现问题，旨在召唤女性为使自己成为完整的人而奋斗。她在《女性白皮书》中说：

> 远比我意识到的多得多的美国妇女现在已经超越了“女性的奥秘”，由于女性的奥秘仅从妇女与男人的三维性别关系来定义妇女：妻子、母亲、主妇——她们被动地依靠男人，其自身的角色束缚于对丈夫和孩子亘古永存、一成不变的爱和服务之中。20 世纪中期的数百万美国妇女，已经冲出或即将冲出重围，迈向她们生活方式的第四维形象：一位拥有自我的妇女，在变化多端的世界里大刀阔斧地施展自己的才能。她所发现的新身份，并不否定她原有的古老的三维女性形象，它只不过将这个三维形象与只能在另一个第四维度——时间——中才能看到的模式融为了一体。

弗里丹还说，这种第四维形象的出现，给妇女生活的整个格式塔（注：德国心理学概念，强调整体不是其部分的简单相加，而是有其自身的特性）带来了虽然细微却非常深刻的变化。它改变了她们对自己、旁人对她们的看法；引发了女人、男人和社会的新问题；在婚姻、为母之道、家务劳作、教育等各行各业创造了新的模式；它甚至还给美国政治和世界经济带来冲击。弗里丹认为，在新时代，伴随着科技的迅猛发展、妇女寿命的延长、家务工具的现代化，敏锐的妇女应当意识到，自己有将近 80 年的生活需要规划，她对于时间的利用、她的选择和目标、她对结婚和生儿育女的时机的掌握，便有了一种显而易见的质变，就连她成熟和变老的方式也有所不同。开始获得自己作为人的自我身份的妇女，在婚姻、为母之道和家庭的其他三个维度中，正带着一种新的宁静和自由向前迈进（弗里丹，2000）。

此时的弗里丹试图从波伏娃那里得到某种指引，“一定有人明确无误地知道，所有扔掉了引人误入歧途的旧地图的妇女，正沿着正确的方向勇往直前；一定有人比我看得更清楚新道路的终点究竟在何处”。弗里丹承认：“我虽然从未见过西蒙·德·波伏娃，可我曾经从她那里学到了我自己的存在主义。是《第二性》让我了解了那种对现实和政治责任的态度——实质上，它将我从权威意识形态的教导中解放出来，引导我对妇女的生存方式做出各种原始分析。”是波伏娃帮助她和其他美国妇女超越了“女性奥秘”带给她的绝望状态，认识到“它是某种可以加以改变的东西”。波伏娃曾公开宣布：“要在激进的女权主义中寻找一种胜过马克思、列宁、斯大林主义的共产主义的意识形态蓝图。我想，也许她能够向我们提供所需要的权威。”但事与愿违。从 1975 年弗里丹热切盼望的与波伏娃的对话中，我们看到了她们彼此之间众多的不和谐，她所得到的“权威性”，“似乎贫乏、冷漠，是一种与妇女真实生活关系甚少的抽象概念”（弗里丹，2000）。

此后的弗里丹前瞻性地看到某些激进的女权主义者倡导建立女性空间和文化，将妇女和男人视为极端对立的两个阶层所带来的危害。人们把注意力放在了两性大战上，并把家庭和孩子都带到了战场上。这种做法显然就是在“泼脏水的同时，把盆中的孩子一同倒掉了”。弗里丹认识到，女性运动前一阶段对家庭的反抗，使得妇女按照传统的模式，在家庭和工作中做非此即彼的两难选择，试图以此来寻找自己的身份。这样既不能为妇女提供她真正想拥有的完整生活，同时，它还把家庭这一领域拱手交给了反动的极右势力手中，反而成为极右主义反对妇女运动的强大武器。家庭作为男女人格的营养基体，是人类共同渴望的归属所在，同样是妇女的真实需求所在。弗里丹看到了妇女面临的新的困惑。只要妇女还继续囿于反抗之中，她们就将继续摇摆于两种极端的看法之间：要么是女性的奥秘，要么就是与之针锋相对的女权主义的奥秘，而无论哪一种，都是破碎的生活，永远不能弥补长期以来令妇女痛苦不堪的可怕的裂隙，永远不能拥抱如今在工作和爱的领域中面向妇女的完满的生活。为此，弗里丹陷入了新的思考。

1.3.5　小结

我们不难看到，贝蒂·弗里丹通过自己的思考和实践，对自身的女性立场及女权主义思想所作的不断的修正，从《女性的奥秘》到《第二阶段》（*The Second Stage*，1981），再到 20 世纪 90 年代的《生命之泉》（*The Fountain of Age*），象征着女权 / 性主义由青年、中年，再到老年，也象征着步入老年的弗里丹对性政治的极端化作出的校正。

从这一点上看，女权运动的第一次浪潮对于选举权的盲目追求，为女权运动的第二次高涨留下了广阔的空间。女权 / 性主义就是在对自身的不断修正中成长起来了。同时，对于这次运动成败得失的思考，也为后来女权 / 性主义理论的迅猛发展找到了适宜的生长点。

第 2 章　女娲的眼睛：中国文化视野下的西方女性文学

2.1　西方女性主义思想在中国的变异

发端于 19 世纪中叶欧美等国的女权运动，其男女平权的核心概念，早在新文化运动之初已是家喻户晓、妇孺皆知的了。然而当再次进入一个新旧世纪之交，我们不得不惊讶地看到，曾经已经成为 20 世纪显学的女权主义正陷入一种难以名状的两难境地。在不少人看来，女权主义是西方文化背景下衣食无忧的白人中上层妇女的“无病呻吟”，根本就不适用于需为温饱而奔走的第三世界国家妇女；还有不少人认为中国妇女的地位已经普遍高于西方世界，无需再搞什么女权主义了；更有无数观点在有意无意之间，把女权主义者与“家庭破坏者”“悍妇”甚至“荡妇”画上了等号。种种罪名之下，鲜有女性学者、女作家或女性问题关怀者敢于冒天下之大不韪，明确自己的女权主义立场。鉴于种种现状，我们不禁要问：一度闪耀着人类文明之光、记录着社会文明与进步的女权主义精神，何以沦落至此？难道女权主义在当今时代已经到了穷途末路？

2.1.1　女权 / 女性主义在 21 世纪的遭际

著名女性问题研究者李小江在总结中国半个多世纪里女性所走过的历程时，这样说：

> 西方女权运动和妇女处境始终处于边缘状态，至今未在国家视野范围之内。我们的妇女状况则恰恰相反，通过政治性的社会运动实现的“妇女解放”是“社会主义革命”的组成部分，始终处在国家视野中。然后是个人与社会的关系。社会因素直接影响个人命运，即任何个人的命运几乎都在群体命运之中。这个所谓的“群体”，可以理解为“中华民族”，也可以理解为“那个人”或“农民”，也可以理解为“单位”。

也就是说，在这样一个由“社会”群体编织起来的网络中，谈论游离于社会之外的“个人”“男人”或“女人”，实际上是不存在的。在这样的社会环境中，中国妇女问题有了一些共同的特点：从来没有一个国家的妇女像中国妇女一样与国家、民族、社会发生如此密切的关系，致使其“社会”意识凌驾于“个人”意识之上。所以，一些学者似乎得出了这样的结论：中国的社会主义的妇女观高于西方女权 / 女性主义，马克思主义为全人类解放的观点，比倡导妇女解放、男女平等的女权主义具有更高的起点；中国妇女今天的解放是民族革命与社会主义革命的结果，而不是中国妇女自身解放运动的结果；中国的男人们通过社会变革在很大程度上解放了或支持了女性的解放。由此，中国妇女群体的社会地位已经超越了西方社会的妇女。令人疑惑的是，仅仅把女权主义作为男女均等主义来理解是否过于狭隘，有了男性参与的，旨在解放全人类的解放运动是否就是高起点的女权 / 性主义运动？

对于英文 Feminism 这个来自西方的外来语，李小江谈道，译成中文，早先我们说它是“男女平权主义”或“女权主义”，然后又是“女性主义”，我注意到，但凡说到西方，总说它是“女权主义”，只要涉及我们这片土地，它又变成了女性主义，温和了许多，文化了许多（李小江，1997）。的确，源自法语 Femme（女人）的 Feminism，与 19 世纪中叶为争取选举权而进行的女权运动，即 Women's Suffrage Movement，其参与者被称为女权分子，即 Suffragist，加之 20 世纪 60—70 年代以理论见长的女权主义运动的第二次浪潮的蓬勃兴起，再到 20 世纪末出现的妇女研究，即 Women's Studies，林林总总的名词术语，不仅在时间和内容上易产生混乱，而且造成了概念上的滥用。

由“女权”到“女性”这样的中文翻译，这其中意味着怎样的变化呢？为什么在西方锋芒毕露的女权主义进入中国会变得“温和”起来？中国学者为何唯恐对其避之不及？其实大陆的女性学者中，不止李小江，对 Feminism 持本能排斥态度的不乏其人，鲜有学者承认自己的女权 / 性主义立场。对于一些经历过运动的学者来说，可能是出于政治上的考量，但似乎又不尽然。诸多国人说起女权，不仅男人，包括女人也对它有点敬而远之。那些为女人的生存权利、政治权利而不懈斗争的女性，被认为充满了荷尔蒙气息，给人的印象是她们在与男人抢夺工作岗位，抢夺言论阵地。这无疑是将西方激进的女权主义者的一些极端的做法当成衡量所有女权思想者和行动者的标准，是一种新的刻板印象。不加分析地生吞活剥西方特定历史文化语境下的一些思潮，当然不止是一些人对某一种“主义”独有的做法。而这样的做法却在有意与无意之间，足以使人对其疑窦丛生。

在西方，不难发现与女性相关的研究是妇女运动在学术界的延伸，而妇女运动正是在女权 / 性主义思想的引导下进行的，是西方妇女自主的、为争取平等权利而进行的变革社会的运动之一。因此，妇女解放、女权 / 性主义与女性研究目标是一致的，并没有严格的界限。女性研究所关注的问题正是女权 / 性主义运动所提出的问题，女性研究从某种意义上也可以作为从女权 / 性主义立场出发的研究，是具有女权主义观点和立场的女性学者所从事的研究，是在女权 / 性主义理论指导下的研究，同时女性研究的发展和成果又可以验证和丰富女权 / 性主义理论（刘霓，2001）。另外，女权主义有别于其他理论体系，它不是由几条定义和一系列连贯的概念组成的一种固定不变的学说，而是一个开放的、动态的、涵盖面极广的各种思想交锋与交融的结果，并且它历来同时包括理论与实践。对于生命力如此旺盛、具有如此普适性和开放性的思潮，我们有什么理由拒绝呢?

如果说在中国不存在西方意义上的女权运动，也就无所谓回避与拒绝。而笔者认为，问题的关键在于西方的女权思想在传入中国之后，在中国特定的文化土壤中产生了某种程度的变异，结果也就直接或间接地造成了从事女性研究的学者不愿认同，或不愿公开认同自己的女权主义立场，即使个别几经周折才确立这一立场的学者，如北京大学的戴锦华教授，在中山大学的一次演讲中，她一面宣称自己是女权主义者，但又特别强调自己是“不咬人”（Toothless）的女权主义者（张念，2001）。这不能不说其中颇具神秘的讽刺意味。

通过近代一批学人的译介，学界对妇女解放早已津津乐道，男女平权的思想在一百多年前的中国就不是人们所想象的那般陌生。而在一个世纪之后的今天，人们为何又对它讳莫如深呢? 显然，西方的女权 / 性主义思想与中国特定的社会现实相结合，又随着时代的变迁，产生了自身的变异。变异的一个突出的特点就是非常温婉，不具有攻击性。所以在众多的名词概念选取中，由“女权”到“女性”，由对权利的诉求到对女性特质的彰显，应该说，这与我们特定的文化背景和我们中华民族长期以来的文化心理积淀是密不可分的。

2.1.2　是“妇女解放”，还是“解放妇女”？

在西方，妇女的解放与权利的诉求无疑是妇女们自己的事情。即使倡导“天赋人权”的卢梭，对妇女的解放问题也持坚决的反对态度，更不用说与女权运动相生相克、来自西方男性世界的反女权主义思潮。而自辛亥革命以后，“禁缠足”“兴女学”“解放妇女”在中国已经成为了很自然的事情了。无论男女，自从倡导女权之日起，都有对其推波助澜之势。东西方对于女性问题的这种差异，若是放在特定的历史文化语境中来看，将更为明晰。

早在200多年以前，作为男女平等思想发源地的18世纪90年代的法国，玛丽·戈兹（Maire Gouze）发表了第一个女权宣言，主张自由平等的公民权利并不仅限于男性。然而不幸的是，她竟惨遭杀害，她的妇女组织也遭到解散。在以后的年代里，一代代妇女重组自己的组织，但是总是遇到来自男权社会的敌意和阻碍，有时甚至是暴力冲突。19世纪中叶的1848年7月19日，在美国纽约上州的塞内加福尔斯的一所教堂里，终于召开了由一批知识女性自发组织的、极少数男性参加的、有史以来的第一次妇女权利大会（The First Women's Convention），会上通过了模仿《独立宣言》措辞的《舆情宣言》（*Declaration of Sentiments*），会议通过了12条旨在赋予女性与男性同样权利的基本人权。然而至关重要的选举权却未能获得。而这次会议的组织者斯坦顿（Elizabeth Cady Stanton）与安东尼（Susan B. Anthony）在之后的岁月里一直没有停止她们的奔走呼吁，为此安东尼还因为未经批准的选举而险些锒铛入狱，她还曾给罗斯福总统致信，然而她至死都未能看到女性选举权梦想的实现。在美国，直到1920年宪法第19修正案才给予女性选举权，宣告了史上第一次女权运动浪潮的终结。此时安东尼已经去世14年之久。

1872年，在女权运动的第一次浪潮兴起的同时，世界上第一个反女权组织（Anti-Suffrage Organization）在美国成立了，当时这类组织得到了男性的广泛支持。截至1913年，已经有16个州成立了反女权运动组织。在此后的半个多世纪里，尽管美国女性已经获得宪法赋予的选举权，但这类组织依然与妇女解放运动进行着长期的、此消彼长的较量，他们对女权运动的组织结构、策略和政治观念等都了如指掌。他们所进行的活动包括散发反女权的文学作品，到州和联邦听证会游说等。他们的观点是，男女的性别差异是神授的，需要得到再次确认；传统的家庭观念是社会得以维系的基础；反女权主义者的做法是无私的爱国主义。自20世纪70年代以来，有这样一些反女权组织引人注意："夏娃转世"（Eve Reborn）、"热狗"（HOT DOG，Humanitarians Oppose the Deterioration of Girls）、"觉醒"（AWARE，American Women Are Richly Endowed）和"妇女护卫者"（POW，Protect

Our Women，讽刺的是，这个组织又是战俘的缩写，即 Prisoners of War，也许是将两性战争中的俘虏进行收容的意思吧）。很明显，反女权组织者是十分讲究策略的，他们打出的旗号无疑是深得民心的。当然，“魔高一尺，道高一丈”，在与反女权思想和男权思想的针锋相对之中，西方女权主义者们也锻炼了自己的自主意识。由此可以说，纵观西方女性运动的历史，女性的解放是人从宗教神权那里获得解放以后，女性又不得不从父权制的牢笼中解救自己，一方面要挣脱父权制，还要同形形色色的反女权思想进行不懈的斗争，方得来之不易的胜利。如果说西方女权 / 性主义是从重重敌阵中冲杀出来的话，那么我们中国女性所赢得的一切，则是和平解放的结果；如果在西方曾经有过妇女解放运动，而在我们这片土地上所进行的则是“解放妇女”的运动。

我们不得不承认，中国的男人的确帮助了中国的女人。近代资本主义思想和基督教文化的传入，使得一批学人在“天赋人权”思想的感召下，将解放妇女看成“人”的解放的不可缺少的一部分。明清时期以来的传教士，不管他们的初衷如何，部分人自觉或不自觉地将西方资产阶级蔚然成风的男女平等的思想引进来，为戊戌变法时期男女平等思想的产生提供了某些借鉴。20 世纪初，随着资产阶级民主学说在中国的传播，西方的女权学说开始大量输入中国，斯宾塞的《女权篇》、约翰·穆勒的《女人压制论》于 1903 年在中国正式出版。到了辛亥革命时期，孙中山坚决主张摒弃封建社会的陈规陋习，把妇女的健康发展看作国民体魄健壮的根本。他怒斥缠足之风，重视女子教育，认为妇女只有掌握了科学文化知识，才能实现男女平等，同时他还大力支持女子参政。到了新文化运动时期，李大钊依据马克思主义观点，剖析了中国妇女受压迫的根源是农耕经济基础上的、以父权为中心的封建大家族制度，提出了我国妇女解放的目标和任务是消灭私有制，所采取的策略是联合妇女，而其途径与孙中山是一致的，即掌握科学文化知识。李大钊还把妇女的解放看作衡量民主社会的一个重要标志（覃雪源，1998）。在中国近代史上，无论是洪秀全倡导的男女平权，还是康有为、梁启超对妇女在挽救民族危亡时所起的重要作用的倚重，似乎总也离不了男性的倡导与实际的操作。这种男性过度参与状况在推动妇女解放运动的同时，又导致了问题的另一面：女性对男性的依赖。辛亥革命时期，知识女性中的精英分子，如秋瑾、何香凝等，虽然遵循了“去依赖”“尽义务”和“增能力”的思想，但在后来国难当头之际，则极大地偏向于尽义务了，自始至终未能去掉对男性的依赖。孙中山先生曾鼓励女界“切勿倚赖男子代为出力，方不为男子所利用也”（畅引婷，1999），告诫女性要自己解放自己。孙先生的担忧不是没有根据的，这根据就是千百年来已经浸润在中国妇女血脉中的传统文化。并且，这种传统文化使中国女性在寻求自身解放的过程中，从未将男性作为异己的力量而与之对立。这与诞生于西方的女性自主的维权运动形成了鲜明的对比，引人深思。

2.1.3 中西方女性问题的互动与关联

伴随着民主主义革命、社会主义革命，直至当今中国社会的巨大变革，在中国妇女解放的道路上，不同于西方的是，我们几乎看不到明火执仗的敌人，那些明确的、有意的、歧视妇女的言论和行为已不多见。但是，我们不能忽视的是那些虽无形、但是对于女性的文明与进步却极具杀伤力的思想观念。一种外在的、制度层面的枷锁虽然早已被粉碎，但是意识层面的性别歧视却依然根深蒂固，很难革除，而且危害性更大。仅仅因为性别不同，一个以男权为主导的社会往往会做出双重的价值判断。譬如，男人成功了，接踵而至的自然是荣誉、名利、地位，兼及对其背后的好女人的赞美。若是同样的成功发生在女人身上，一定会有人表情微妙地嘀咕一句：这个女人不简单——于是乎，猜忌、流言、岌岌可危的家庭关系一定会找到她，令其防不胜防。

某些学者曾不无自豪地声称：我们在对待女性问题上“从不树敌”。其实，我们何需“树敌”，文化中的男权意识在女性前进路上设置的障碍还不够吗？潜意识中的男尊女卑势力为女性的全面发展布下的陷阱还少吗？难道这种无形的敌对的力量不需要我们尽全力与之抗争吗？即使女人挣脱掉男权的藩篱，何时又能走出自己的心狱？一个自由的灵魂，一颗不受习俗所左右的心灵的回归，并非简单意义上的平等、地位的高下或与男权世界的妥协、以自我压抑求生存的事实。张爱玲曾这样描述："看见一个男人，也穿得相当整齐，无论如何，是长衫阶级，在那儿打一个女人，一路扭打着过来，许多旁观者看得不平起来，向那女人叫道：'送他到巡捕房里去！''我要他回家去呀！'女人又向那男人哀求道，'回去吧——回去打我吧！'"（朱易安，1999）这在很大程度上是不少中国女性生存状况的缩影，也代表了某些研究者不言自喻的价值立场。也许有人说，我们早已走出封建半封建的张爱玲时代，现代是"女子能顶半边天"的时代，然而看一看时下的影视剧、广告等媒体中的女性形象吧。充斥荧屏的是妙龄女子作小鸟依人状，或全职太太安于做"房中的天使"；而女企业家、女强人在演讲末尾总要负疚地说一句自己对不起丈夫和孩子，男人则从未有此顾虑；女学者或女博士一旦错过了谈婚论嫁的年龄，则像犯下了弥天大错。可以说，当下相当一部分中国知识女性的心态，与二战后女权 / 性主义陷入低谷时美国的知识女性表现出惊人的相似。正如前文提到的女权主义活动家贝蒂・弗里丹所指出的那样，众多主妇因莫名的烦恼而成为心理诊所的常客，原因在于"女性的奥秘"，也就是大众传媒教人如何做"好女人的秘密"。在二战后的美国，理想中的女性已经从事业型转向家庭型，女人的位置是在家中当妻子、做母亲，拥有自己的郊区别墅和一切现代化设施，这才是女人应实现的终极目标。从女性自身来讲，她们心甘情愿地选择了一条较为容易的人生道路，所以人们戏谑地称那些辅助丈夫圆满完成学业的妻子们获得的是 Ph.T 学位，意味 putting husband through，也就是"帮助丈夫完成学业"之意，这无疑是对妇女解放的一种莫大的讽刺。同时，弗里丹还认为，这种女性的奥秘，活埋了几百万美国妇女，使她们在"舒适的集中营"里逐渐非人化。她告诫女性必须从此奥秘中走出，进入到第四维空间——社会，以自己创造性的劳动来实现自己人生的价值（弗里丹，1998）。

当然，我们也许尚不具备向西方发达国家女性生存状况看齐的条件，却不能拒绝文明与进步的理念，但是我们完全可以设问：横亘在我们民族心理中的这块坚冰何时能真正融化，曾经为西方女性驱走黑暗、带来光明的女权主义思想是否能继续照亮我们中国女性探索的道路？由“女权主义”到“女性主义”，“妇女解放”到“解放妇女”，不应当被视为措辞上的好恶或词语偏正关系的变化，它映射出的中西异质文化的差异，即“修睦讲和”与“二元对立”的不同的民族文化心理。众多中国女学者拒绝女权主义立场，西方女权主义的主张与做派在很大程度上与我们中华民族传统的女子的美德与审美观大相径庭。中国女人不能与中国男人争夺权利、一比高下，因为男人曾经帮助过女人。如果我们依旧坚持有了男人的解放也就有了女人的解放的观点的话，那么女性自立、自强恐怕真是遥遥无期了。

不可否认，某些西方激进的女权主义者，站在与男权势不两立的立场上，片面强调绝对的、毫无差异的性别平等，直至走向极端，挑动两性间徒劳的战争，这必然导致反女权主义思潮的回击。就男女两性的发展来说，一方面互补固然是重要的，它使得家庭更具凝聚力，更加和睦团结，然而这种“讲修睦和”如果不以人的独立价值和全面发展为基础，就会不可避免地压抑一个人的属性，使得一方一旦离开另一半便无法生存。从另外一个角度来看，两性之间的对立又何尝不是促进两性各自发展的动力呢？我们看到，西方女权主义从诞生之日起便有着鲜明的与男性争取平等权利的主题意识。而女性在取得应得的权利的同时，客观上又对现有的男权社会形成有力而正面的刺激与挑战，男性也可以此为契机，反思手中“天赋人权”的珍贵与真正意义。如果女性一味只做依人的小鸟，一味被要求退出公共领域、返回家庭，其所隐含的家庭与社会问题迟早会显现出来。而一个人进步的力量，往往是与之势均力敌的对手提供的。

2.1.4 小结

对于中国的女性研究来说，采取何种研究立场并不重要，重要的是要学习与借鉴西方女权 / 性主义运动所展现出来的那种自主意识和对真理的执着探求精神，那种浸润在西方人血脉中的百折不回的精神。在经济文化日益全球化的今天，这种精神理应成为所有女性心中的“长生鸟”，一次次在烈火中重生，不断成为女性探索的原动力。我们宁愿把这种精神看作女性的一种积极的人生态度、一种理念、一种衡量文明与进步的标尺。它是没有国界的，而在任何程度上对这种精神或理念进行歪曲或践踏，都是令人无比痛惜的。无疑，中国的性别研究，需要供鉴这种积极的女权精神的内核。

2.2　文化视角与中国传统女性的角色定位

中国文化素以儒道互补著称。儒家的经典是“五经”，道家的经典是“三玄”，泾渭分明、对立而统一的儒道两大体系皆以《易经》作为自己的哲学基础。《四库全书》中说：“易道广大，无所不包，皆可以引以为说。”（陈炎，1997）《易经》为划定女子的职责范围找到了依据。“乾道成男，坤道成女，乾知大始，坤成作物。乾以易知，坤以简能；易则易知，简则易从，易知则有亲，易从则有功；有亲则可久，有功则可大；可久则贤人之德，可大则贤人之业。”总之，阴阳乾坤，建功立业的大道，必定要有女人的参与。同时可以看出，古人对女性价值不仅是承认的，而且将其置于极高的地位。有人说，这是母系社会的残留痕迹，它表明了女性的不可替代的作用，同时所谓男女性别角色的不同也严格地为男女划清了界限（朱易安，1999）。

2.2.1　儒道互补与阴阳相合

在中国传统文化中，从“五经”的作者——“先儒”那里就开始在构造阶梯式等级的同时，确立了男尊女卑、内外、刚柔、贵贱的关系；儒学的创始者孔孟的重“人道”的伦理主义，把这种秩序人道化和具体化了；到了汉儒那里，从天人合一、感应出发，论证“天不变，道也不变”的秩序的永恒性，从阴阳五行来求证“三纲六纪”“男尊女卑”的合理性；宋代理学家从“太极”“天伦”来论证“三纲五常”的普遍性和“灭人欲”“存天理”的必要性，关于性别秩序的知识价值的建构又是一个漫长的、由各种思想学说交互影响和融合的过程，中国精英文化诸如儒、道、法、阴阳等学派，宗教文化中的释道等各种教派，都在不同时期、不同背景下，以多种方式影响性别秩序和观念形态的建构。到了封建王朝后期，儒释道合流，多重的文化构设将性别制度的不平等论证成天经地义的永恒真理（杜芳琴，1998）。

虽然男尊女卑的观念在父权制社会的种种典章制度中牢牢地确立起来，然而在中国封建社会中，性别的不平等具有很大的隐蔽性。以儒家为主的伦理文化有压抑妇女的一面，同时也有使妇女得到补偿的一面：作为媳妇需要受婆婆管束并要侍奉公婆，但她还有希望通过生子娶媳熬到婆婆的地位；作为妻女无权，然而有了儿子就具有了对儿子的一定支配权并受儿媳的尊敬（田家英，1998）。在这个其乐融融的、类似西方人眼中的伊甸园般的大家庭中，男女各司其职，繁衍生息。人们生活在严父般的“儒”的进取和慈母般的“道”的关爱之中。其实，人们很难用一句话来概括中国女性的社会地位和家庭地位的高低，在中国，个人、家庭和社会无疑是三位一体、难解难分的。而且儒家文化讲究的是有差别的爱与仁。所以在中国文化中，由于女性在男人心目中从未犯过类似西方文化中夏娃那样深重的原罪，男子只把她们当作一个卑弱的群体来看待。加之中国文化在众多学者那里属于阴柔与内倾的性质，在中国不太可能出现西方意义上的极端的女权主义，其实在很大程度上，中国近现代的女性解放也是男人摆脱封建桎梏的一个不可缺少的环节。禁缠足、兴女学，与其说是妇女解放运动，不如说是男人们的解放妇女的运动，或是女性借助于进步男性的力量为作为弱势群体的自己呐喊一番而已，妇女在很大程度上是一种被动的受益者。所以中国的妇女解放运动概括起来讲是温情的，而西方的女性解放运动则是惨烈的。

2.2.2 家与国的同构

家庭是社会的细胞，也是人际关系最基本的单位。各个民族对家庭关系的理解都有独特之处，从中也最容易看出各自的文化特点。在中国，家作为女性最重要的生活舞台，为“儒家”极其看重。儒家学说的经典表述是修身、齐家、治国、平天下，众多学者将中国的传统文化的根基定位在家庭上。个人、家庭、国家和天下的利害是一致的，在这个封建大家庭中，尤其在明清时期的孔孟思想影响下，男主外，女主内，内外家国有了明确的区分，家与国具有同构关系。

《尔雅》说：“女子既嫁曰妇，妇之言服也，服侍于夫也。”《礼仪》把女人服侍丈夫的规矩总结为五条。《礼记·内则》规定，妻子的衣服不能搭在丈夫的衣架上，不能装在丈夫的衣箱里，不能和丈夫共用一个浴室（丁娟，1998）。丈夫不在家，就要把枕头和席子收藏起来。这就是说连同床睡觉都是不平等的了。但是，有一点值得强调的是，中国女子在夫贵妻荣的同时，可以“母以子为贵”，所以较之西方以及一些亚洲国家母亲也没有发言权的传统，中国妇女似乎待遇好了一点。此外，中国文化以礼为重，其中的核心便是纲常礼数下男权结构的主体化和内在化。在这种背景下，女性自觉地与男性主流文化保持认同。数千年来，女性一直按男性的要求塑造自己，女人需要做好女儿、好妻子、好母亲，还要当好男人的“贤内助”，以至于女性心甘情愿地扮演着幕后的辅助性角色，偶有不满或者角色扮演不到位，便会受到“唯女子与小人为难养也，近之则不逊，远之则怨”的谴责。在性别问题上，儒家采取的是双重标准。在这迷人的田园牧歌式的“男耕女织”理想的背后，我们看到的依旧是中国女子的卑微处境。中国女性在封建和男权的双重压迫下，自觉地或被迫地担负起沉重的担子，无比坚强与坚韧，却始终无怨无悔，毫无抗拒意识。

正是由于中国文化对于“家”的倚重，较之西方文化背景下的女性，在家庭中扮演了重要角色的中国女性的地位问题带有了较大的模糊性和隐蔽性，中国男权社会对待女性的态度也是复杂的。而在注重个体并非视家庭成员为家长私有财产的西方文化中，男女两性之间是对峙的、不合作的状态，两性之间的对抗是很明显的。

2.2.3 人际关系的倚重

有学者说，中国传统文化的价值取向既不像印度文化那样偏重于精神寄托，也不像西欧文化那样偏重于物质财富，中国人的价值取向在于协调人际关系，从而创造一个互相关爱的“仁义”社会。在传统儒家学者看来，社会的好坏取决于人际关系的和谐与否。在这样一种“讲修睦和”崇尚伦理的文化氛围之中，注定不会形成极其个性张扬的女性主义，也使得中国的男性将解决女性的问题视为己任，而且视之为协调各种关系中一个必不可少的步骤。这种讲整体、重平衡的文化体系更加遮蔽了女性的个人诉求。

与基督教文化形成鲜明对照的中国文化价值体系最基本的规范就是“孝”。中国最早的解释词义的著作《尔雅》把“孝”定义为“善父母为孝”，孝是人类血亲关系的反映（李秋零，1999）。儒家把“孝”作为一切德行的总纲。孟子总结说：“尧舜之道，孝悌而已矣。”（《孟子·告子下》）尤其是孟子的“夫不孝有三，无后为大”思想，这实际上为男子纳妾大开了绿灯。丈夫往往妻妾成群或在外寻花问柳，而在家独守空房的女子，须遵守“三从四德”的约束，还要牢记“饿死事小，失节事大”的贞节观。除了孝敬长辈、操持家务之外，不能有任何对自身价值、事业与爱情的追求，女人的需要被剥夺殆尽，唯一的精神寄托便是儿子，她最大的希望便是在儿子身上将自己无法实现的价值体现出来，并延续下去。对于她的女儿，由于她不时审察着自己悲凉的处境，觉得女孩最终还是自己无望的期待，不必给予过多的关爱。这样，儿子深知自己肩负着传宗接代的使命，越发重视自己地位的显赫与不可替代性。女儿又从自己母亲的经验中得知，自己永远属于卑弱者，“男尊女卑”的观念便这样代代相传了。而在其中起着传承作用、并亲手制造着男女差别的，不是别人，正是女性自己。而女人只有到了老年，所谓“千年的媳妇熬成婆”时，方可获得某种自由与关爱。此时的女性，有已经成就大业的儿孙孝敬，又有儿媳可以使唤，也便有了某些支配权。

另外，在传统的中国文化中，最为中国男性所看中的是“温柔敦厚”

的母亲形象，“母亲”已经成为仁慈与伟大的代名词。这种尊母的传统往往导致以“孝”的情感代替“爱”的情感。男人可以不爱他娶回家中的妻子，并无人指责他，而对母亲的不孝则是奇耻大辱。中国古代男子在“爱”与“孝”面前常常陷入两难，在难以两全的情况下，往往舍“爱”而取“孝”。这一点在诸多文学作品可见一斑，如《孔雀东南飞》中的焦母，《红楼梦》中的贾母，她们在家中至高无上，受人尊崇。正是由于在儒家文化中，女子的价值体现在了传宗接代上，所以“相夫教子”就成为女子的首要的分内之事，而且她们责无旁贷。最为儒家文化所不能容忍的，或无法认同的就是女性对于自身价值的追求，所谓“女子无才便是德”，当然女子的“德”与“才”若是用于辅佐丈夫成就大业，培养教育好下一代继承人，使得丈夫的大业有所传承，也恰好完成“相夫教子”之职，这也是很符合儒家道德理想的。也正是在传统文化的熏陶之下，女性已经将“男尊女卑”的思想化为自觉的行为，并使之代代相传。在中国汉代女性读物极少的情况下，有一部著名的女子读物叫《女诫》，它是继刘向的《列女传》以后，又一部引人注目的读物。极具讽刺意味的是，作者竟是《汉书》的作者班固的妹妹班昭。此书与唐代宋若莘的《女论语》、明代明成祖仁孝文皇后所著的《内训》、清代王相母著的《女范捷录》合订成一册，成为《女四书》。《女诫》的基本观点仍来自儒家。陈东原在《中国妇女生活史》中说它“系统地把压抑妇女的思想编纂起来，使它成为铁索一般牢固地套上妇女们的脖子”。然而在一个寡居多年的妇人眼里，这何尝不是一种聪明的处世原则，或是一种无奈的选择呢？迫于生存的压力，女人不敢有与男权社会相对立的态度，女性自我压抑程度的高低已经成为衡量其生存状况，或是受人欢迎程度的重要标准了。

2.2.4　小结

由此可见，在中国传统文化中，女性的个人诉求被压抑到了最低限度，女性个人才智和创造力的发挥只能体现在相夫教子的私人领域中，无任何公共空间角色可言。女性只能在“静能制动”“柔能胜刚”“无为而无不为”的大道中，安然地接受自己作为家庭关系协调员的角色了，并从中寻得慰藉，并将此传承下去。

2.3 中西方女性迥然相异的价值取向文化溯源

回顾一个世纪以来的女性问题，形形色色的“女性主义”粉墨登场，不能不令人时而惊讶，时而困惑。人们一方面惊叹它自身旺盛的生命力，也惊叹它与其他学科交叉之后的再生力，加之其自身广泛的传播效应，女性主义日益成为了 20 世纪以来的显学。众多学者在为它的学科化作不懈努力的同时，又不免对其感到困惑。发端于西方基督教文化背景下的女性主义运动，是否适合其他文化背景？是否有助于解决这些文化背景下的女性问题？这一直是学者们论证的焦点。在后现代解构主义大潮的影响下，第三世界的女性研究学者们逐渐摒弃了欧洲中心主义的立场，不再以白人中产阶级的标准来衡量其他文化下女性的问题，这似乎已经是不争的事实。但是，研究者多从史学研究的角度谈论其变迁，或者从道德学家那里汲取营养，为女性所遇到的不公正摇旗呐喊，鲜有学者从文化研究的角度追溯其渊源。本节力图在中西文化的比较中，在文化层面上寻求女性所处困境的缘由，进而获取中西女性在对待自身问题上所采取的不同的价值取向。

2.3.1 原罪说与阴阳说

人类学家通过大量地考古和田野工作告诉我们，在人类文明确立之前，女神的地位远远高于男性神灵。在古希腊神话中，美丽的阿弗洛狄忒、威严的天后赫拉、智慧的雅典娜，比起众多男神更加深入人心。在中国，母亲是新石器时代的中心人物，考古学家们在这一时期的墓葬中屡屡发现女性被厚葬的现象(叶舒宪，1997)。古代西方文化中，人们认为地母该亚(Gaia)是从混沌（ Chaos ）中诞生的，而混沌是一切生命之源，又是一切生命所归之处，她是无（ Nothingness ），这种混沌生万物、万物复归混沌状态的母体，与老子的哲学理想有着惊人的相似之处。有学者说，老子那种“无知无欲”和“无为”的状态，正是对母腹和子宫中胎儿的无意识的模仿。在中国又有女娲抟土造人的美丽传说。所以从人类各大文明中普遍透露出的“原母神”（The Great Goddess）崇拜和生殖崇拜的遗风看，在史前时代，人类生活在“知母不知父”的母权社会。瑞士学者巴霍芬于1861年出版的《母权论》，提出了有关母权社会的假说（巴霍芬，2018），后经美国人种学者亨利·摩尔根的《古代社会》以翔实的文献资料加以论证，似乎已成不争的事实（摩尔根，2010）。所有这一切有力地证明了女性这一性别的社会建构属性，即gender，而非仅仅属于生理属性的sex，女人之所以成为女人在很大程度上是后天习得的结果，即波伏娃所说的“女人不是天生的”。

随着人类文明的演进，西方创世神的性别由女变男，阴性的“混沌”变为以男性造物主为代表的创造与秩序和以女性混沌为代表的黑暗与无序；曾经光明的女神就这样在极端的赋权宗教伦理中演化为罪恶的化身——蛇与魔鬼，成了男神上帝所代表的光明与善的永恒的对立面。在爱琴文明中，表现为理智与光明的日神（Apollo）与纵欲狂欢的酒神（Dionysus），在希伯来文明中则表现为上帝与蛇和怪兽的对立。在宗教神学一统天下的中世纪欧洲，女性地位之低下骇人听闻，特别是对女妖、女巫的指认与迫害令人发指，将自然界的现象、一切天灾人祸皆归咎于女性所为。难怪在西方女性主义者眼里，整部人类文明史是“男人的故事”，即所谓history，根本抛弃或掩盖了女性这一性别的贡献。直接质疑历史为什么不是herstory，虽然态度难免有些矫枉过正，却也对男权文化构成前所未有的挑战。经过理性思考的人们也许要问：为什么人类在进入文明社会以后，女性的地位会降为“他者”（The Other），成为次等性别呢？虽然整个人类的文明史是女性备受歧视的历史，女性的次性地位是否是一种历史必然？是否是可以有所改变的？在饱受歧视的背后，是否映射出女性所处的各自不同的文化特征以及不同文化背景下的女性的不同的价值取向？还有她们对自身出路的探寻是否应有所不同？

在西方基督教文化中，人们已经通过《圣经》普遍接受了这样的教条：

人类的苦难皆源于夏娃，女人是万恶之源。原本恬静的伊甸园里，由于夏娃经受不住蛇的引诱，继而她又引诱了亚当，偷食了知善恶树上的禁果，激怒上帝而被逐出伊甸园。莱基在《欧洲道德史》里这样写道：

> 女人被视为地狱之门和人类罪恶之本。她只要想到她是个女人，她就应当感到有愧。她应当在不断的忏悔中生活，因为她给这个世界带来了灾祸。她应当为她的服饰而羞愧，因为这是她堕落的象征。她尤其应当为她的美貌而羞愧，因为这是魔鬼最有利的武器……因为女人是不洁的。

在基督教文化中，《红字》中的海斯特，无论多么无辜与能干，也洗刷不了自身的耻辱，她胸前的“A”字是她永远的耻辱，代表了奸情（Adultery），尽管A字同样在英文里代表的是“能力”（Able），却无人作这样的联想。所以在西方基督教文化背景下，从文明制度的初始，女性就被迫站在了与男性截然对立的他者地位上。压迫与反抗、禁锢与寻求解放，自此两性战火未曾停歇，直至发展成近现代的妇女解放运动。所以，总的来说，西方的妇女解放运动始终是女性自发的、对抗男权社会的努力和企图。无论是激进地争取与男性的平等权利，还是保守地回归传统角色的反女权运动，皆出于女性自主的选择，这与浸润在西方文化血脉中的非此即彼的极端的二元对立文化传统是分不开的。

如果我们再来反观一下华夏文明，情况似乎就大不相同了。中国文化素以儒道互补著称。儒家的经典是“五经”，道家的经典是“三玄”，泾渭分明、对立而统一的儒道两大体系皆以《易经》作为自己的哲学基础。《易经》是一部占卜之书，在人类智慧刚刚萌芽阶段，它包含着初民们对自然、对人类自身生存和价值的体认，在中国神话不太发达的情况下，人们把《易经》作为中国哲学的武库和土壤，这是很自然的。《四库全书》中说：“易道广大，无所不包，皆可以引以为说。”

《易经》为划定女子的职责范围找到了依据。“乾道成男，坤道成女。乾知大始，坤成作物。乾以易知，坤以简能；易则易知，简则易从；易知则有亲，易从则有功；有亲则可久，有功则可大；可久则贤人之德，可大则贤人之业。”总之，阴阳乾坤，建功立业的大道必定符合阴阳、乾坤之道的。虽然并非是女人真正的参与其中。同时可以看出，古人对女性价值不仅是承认的，而且将其置于极高的地位。在《周易》的六十四卦中，有“泰”和“否”一对，“泰”象征着安定和平，“否”则是不通畅。若是出现坤在上、乾在下的“泰”，天下就太平；而出现乾在上、坤在下的“否”，就是“上下不通而天下无邦”。有人说，这是母系社会的残留痕迹，它表明了女性的不可替代的作用，同时也为男女严格地划清了界限。随着母系社会的解体，女性这种极为重要的、不可替代的作用以及由母神崇拜时期的“女耕”“母权专制”到“男耕女织”的地位，可以说此时两性地位平等，平分秋色。再后来则是男权专制，女性降至附属的他者地位了。

在中国的封建社会中，儒家经典自从汉代以来就确立起正统地位，从而牢固地树立起自己威严的形象，而对其有着互补作用的道家文化也为统治阶层所看中，所以儒道互补，阴阳相合，它们共同支撑起华夏文明的一片天地。在这个其乐融融的、类似西方人眼中的伊甸园般的大家庭中，男女各司其职，繁衍生息。人们生活在严父般的“儒”的进取和慈母般的“道”的关爱之中。尤其是女性，绝非西方那个偷食了伊甸园中的禁果的夏娃，使得包括男人在内的全人类被逐出伊甸园，从而饱受失乐园的痛苦。人类自此被迫来到孤苦无依的世界上。而这一切皆源于西方文化下人类始祖夏娃的不慎，男人理应歧视女人，女人的不行是咎由自取。这样，西方进入文明社会以后，终于在基督教的原罪说的催生下，将女性视为男权社会的异己力量，导致了男女之间不可调和的矛盾与对立。女性若想脱离受压制的境况，也只有凭借自身与男权对抗的力量。在西方，女人绝不会奢望男人会来帮助她们，男人更不会主动出让自己手中的权力。华夏民族在进入文明社会以后，男性虽然已经高居主导地位，由于中国传统文化一向不把外物与自我隔开，主客不分，内外无碍，在“与天地和其德，与日月和其明”的“天人合一”的境界中，又有“仁者浑然与万物同体”思维方式的支配，男女阴阳互补，和谐共处，男女并无尖锐的矛盾与对立，女性虽然不参与社会生活，却无时无刻不担当着“齐家”的重要职责，所以难免有西方学者认为，中国女性的地位在亚洲乃至世界都是最高的。

其实，未能探究东西方文化的渊源，人们的确很难用一句话来概括中国女性的社会地位和家庭地位的高与低，因为按照中国传统文化，个人、家庭和社会无疑是三位一体、难解难分的。在中国文化里，由于女人在男人的心目中，并没有犯下类似像夏娃那样深重的原罪，而且根据传说华夏民族的女始祖女娲不仅造人，还有用五色石补天之功，因此中国女人在男人眼中还有一个助手的身份。加之中国传统文化在众多学者那里呈现阴柔与内倾的性质，因此在中国不太可能出现西方意义上的极端的女权主义，其实在很大程度上，中国近现代的女性解放运动是男人为摆脱封建桎梏而寻求解放的一个不可或缺的环节。禁缠足，兴女学，与其说是妇女解放运动，不如说是男人们解放妇女的运动。封建纲常伦理下的中国男人，也常常自喻为女性，与女人同病相怜。

2.3.2 迥异的家庭观念

家庭是社会的细胞，也是人际关系最基本的单位。各个民族对家庭关系的理解都有独到之处，从中也最容易看出各自的文化特点。家庭主要以夫妻关系、父母和子女之间的关系为主，而其他家庭关系都是在这两种关系中派生出来的，例如婆媳关系、叔侄关系等。在中国，家作为女性最主要的生活舞台，为儒家极其看重。中西对于家庭的理解有很大的不同，并在各自的演化中，差距日渐加剧。作为中西文化支柱的基督教与儒家文化如何规定女性在家中的处境呢？中国人的家庭关系从上古时代起，就带有温情脉脉的色彩，而西方文明中的家庭成员之间、代际之间多具独立与反叛精神。

在西方文明的一大源头古罗马时期，家庭带有很大程度的血腥统治。罗马人的“家庭”一词即“奴隶”之意。所有的家庭成员都是家长的奴隶。德国学者缪勒利尔说：在那里，家长也是全家财产的所有者，是他的妻子的身体与灵魂的主人。他的妻子、儿子和他的牲畜一样没有提出反对的权利。罗马人的家庭关系充满着骨肉相残的悲惨故事，是讲究“慈”与“孝”、重视“家和万事兴”的中国人所无法理解的。黑格尔在《历史哲学摘录》中说：

> 我们见到的罗马人的家庭关系，并不是一种爱和情的美丽的、自由的关系；家庭成员间的信赖被严酷、附属和顺从的原则代替了。男女婚姻依照严格和正式的形态来说，不过是一种买卖的关系；妻子是丈夫的财产。丈夫对于妻子的权力，就像他对于女儿的权力一样，凡是她所有的、所得的，都属于她的丈夫。

由此可见，在早期的罗马社会中，妻子在家中的地位类似于奴隶。尽管如此，社会却并不禁止女性以离婚的方式来获得自由。罗马妇女一生不离婚是极为罕见的，她们通常要换几任丈夫。罗马人认为，妇女的现任丈夫，就是她曾通奸引诱过的男子，那么为什么她对于通奸还会害羞呢？贞节被认为是表示本人丑陋和残缺的证据——凡不懂得结婚就是长期通奸的人，就是蠢货和废料。仅这一点，也为“饿死事小，失节事大”的中国传统所无法接受。

基督教传入罗马以后，改变了西欧各民族的习俗，女性唯一的离婚自由也被剥夺了。基督教教规用禁止离婚的手段将妇女推回奴隶的地位。在宗教神学一统天下的中世纪，人们认为，在教堂举行了典礼的婚姻是在上帝慈祥的目光下举行的，一旦缔结，就必须庄严地延续下去，否则就是对上帝的背叛，就等于出卖灵魂。禁止离婚使女性永远做男人的奴隶。比之中国社会，我们看到，在春秋时代，中国人的家庭结构还不太稳定；在两汉时期，女性还有离婚的自由。当时的奇女子孟光便离开了原来的丈夫，后来转嫁他人，旁人也并没因此而歧视她。到了宋代，女性要求离婚也是社会常见的。只有到了明清以后，对女性的禁忌日趋加强，越是上层社会的妇女，完全失去了脱离家庭的自由。由此可见，无论中西，社会规范对于女性的束缚在中世纪和中国的封建社会中是逐渐强化并达到极致的。

随着西方文艺复兴运动而来的人文主义思潮唤醒了欧洲人的生命意识。基督教的禁欲主义开始遭到批判，觉醒了的一代欧洲人文主义者将对

上帝的仰慕转移到女性身上。他们崇拜女性，将女性神圣化、理想化，用尽美丽的词句来歌颂女性，就如同先前人们歌颂上帝一样，也就是人们津津乐道的骑士之恋。在近代一批西方人那里，尊重女性已经成为一种风度的象征，让女性出入社交圈已是十分普遍的现象。“Lady First”已经体现于日常生活之中。刘锡鸿有这样的记述：“夫在前而戚友扶掖其妇，则夫喜，以人敬其妇也。有客则让其妇，使客扶掖之，与其偕行并坐，谓以是为敬客也。”但这也不过是一种表面的礼仪而已，体现出白人男性的绅士风度罢了。若仅以此来衡量白人上层妇女的处境，或以此来判断其他阶层、其他文化下妇女的状况，是有失偏颇的，无不透视出女性的被支配，被利用的地位。潜意识里，男尊女卑的思想在白人中上层阶级中依旧是顽固的。讽刺的是，在民主程度极高的美国，女性一直未有选举权，直到20世纪20年代的宪法修正案才给予女性基本的民主权利。

那么在华夏文明尚未遭遇西方文明冲击时，在其乐融融的大家庭中，女性的生活状态优势又是怎样的呢?

从儒家学说的经典表述“修身、齐家、治国、平天下”看，众多学者认为应将中国传统文化定位在家庭之中。个人、家庭、国家和天下的利害是一致的，在这个封建大家庭中，在孔孟思想的影响下，男主外、女主内，内外、家国有了明确的区分。

然而，针对女性，一向圣明的孔子将小人与女人并置，“唯女子与小人为难养也，近之则不逊，远之则怨”。如今看来，这实属不公。当然有不少学者认为，孔子的这番话虽然有历史局限性，但总的来说是进步与开明的，怎么可能将占人类人口总数一半的女子视同小人呢？他们怀疑是后来的儒学家们歪曲了孔子的原意。美籍华裔历史学家邵立新这样考证此言：“惟”是“微”的借用字，意思是“如果，若不是”，“与”同“欤”，是表示停顿的语气词，孔子说，要是没有女子啊，小孩子可就太难教养了，你和他/她过于亲近了，他/她们就对你不敬，你和他/她疏远了，他/她们就开始抱怨。孔子认为女子很了不起，承担着教育后代的重任。但是我们也不能不看到，在封建社会的中国，上至君主，下至黎民百姓，男子可以妻妾成群，纵欲狂欢，而女性或是被打入冷宫，或是得到一纸休书，便被逐出家门，这方面的例子不胜枚举。在性别问题上，儒家采取的是双重标准。在田园牧歌式的“阴阳互补”与“男耕女织”的理想背后，我们看到的依旧是中国女子的卑微处境。中国女性在封建和男权的双重压迫下，自觉地或被迫地担负起沉重的担子，无比坚强与坚韧，始终无怨无悔。

正是由于中国文化对于“家”的倚重，较之西方背景下的女性，在家庭中扮演重要角色的中国女性的地位具有较大的模糊性和隐蔽性，中国男权社会对待女性的态度往往是复杂的，绝非是卑微与低贱或至高无上所能涵盖的。而在西方基督教文化中，家庭成员保持独立个性，有时甚至呈现彼此抗衡与对峙的关系。

2.3.3　个性的张扬与人际关系的倚重

在基督教的《圣经》中，“孝”的地位并不突出。《旧约》中仅有一处提到子女对父母之孝。在《马太福音》中，耶稣在差遣 12 门徒传道时明确地说：我来，是叫人与父亲生疏，女儿与母亲生疏，媳妇与婆婆生疏。人的仇敌就是自己家里的人。东西方这种迥然不同的家庭关系，必然会影响到女性在家庭中的处境。在西方，男女之间的感情多建立在心灵间的相互吸引之上，较少出现“父母之命”与“媒妁之言”，家庭生活较少受到父辈干涉。而父母到了老年也不愿视自己为儿女们行“孝”的对象，更不愿视自己老而无用。从儿女的角度讲，父母在完成了对自己的监护责任之后，自己也成了独立的个体，儿女与父母之间的依赖关系比传统的中国家庭要小得多，这样男女两性间的爱的情感较少受到父母与子女等诸多因素的影响，婚姻能够建立在两性相悦的基础上，相爱的双方都视对方为“第一位”，这与传统的中国家庭爱父母、爱儿女胜过爱妻子的婚姻关系有着显著的不同。西方人在两性之间若没有了至高无上的爱，便会分手，而中国传统家庭中的男女却难以做到。处于近现代中西文化碰撞下的众多学者，曾对中国的纳妾制和西方的情人问题争论不休，互相诘难。其实，无论中西，这其中也都透露出对女性的不加掩饰的性别歧视，因为都将女性视为性的代名词。

也正是在传统文化的熏陶下，女性已将男尊女卑的思想化为自觉的行为并使之代代相传。在中国汉代，在女性读物极少的情况下，有一部著名的女子读物叫《女诫》，它是继刘向的《列女传》以后，又一部引人注目的读物。极具讽刺意味的是，作者竟是《汉书》的作者班固的妹妹班昭。班昭是一位文学天赋极高的才女，早年守寡，续完兄长未完成的《汉书》之后，常出入宫廷，在朝廷中身居要职。若按照现代西方人的眼光，她应当意识到自身的境遇，愤而反抗，然而她却作了一千多字的《女诫》，留给她的女儿。此书与唐代宋若莘的《女论语》、明代明成祖的仁孝文皇后所著的《内训》、清代王相母著的《女范捷录》合订成一册，成为《女四书》。《女诫》共分七篇，分别是"卑弱""夫妇""敬慎""妇行""专心""曲从"及"和叔妹"。由于她的女儿在其丈夫曹世叔早亡时尚未婚嫁，所以唯恐女儿"不闻妇礼，惧失荣他门，取辱宗族"，便专作此文教给女儿做女人的道理。《女诫》的基本观点仍来自儒家，书中的开篇便将女人与卑弱画了等号，认为女孩从一生下来就要明白，千万不可与男人攀比，遇人遇事，处处谦让恭敬，先人后己。"忍辱负重，常若畏惧，是谓卑下人也"。只要女性时刻牢记这些规矩，并时常进行心理暗示，心态也就平衡了。陈东原在《中国妇女生活史》中说《女戒》"系统地把压抑妇女的思想编纂起来，使它成为铁索一般牢固地套在妇女们的脖子上"。因此，三纲五常，三从四德，早已内化为中国女性的操守。

在基督教文化里，人类在偷食了禁果而被逐出伊甸园之后，怡然恬静的生活状态一去不返，人类过上一种对自己的行为负责的生活；而"上帝死去"之后，人更要做自己的精神领袖，要依靠自己的勇气与力量来生存。当西方女性主义来到中国，中国女性尝试西方文明的"禁果"，在自我意识逐渐苏醒之后，亦不太可能回到老子所描绘的"无知无欲"的原初状态。在这种两难的境地中，去做被上帝放逐的夏娃，还是做补天的女娲，的确是个问题。女性只有发挥自己的潜能，全面发展自己，重塑自我，才能获得真正意义上的解放，才能达到与男性世界的"和而不同"的境界。至于是做夏娃还是女娲，更重要的是做好自己。自己是谁？又在哪里？当我们能够自由地仰望蓝色星空时，我们应当意识到自己是无数颗星星中的一颗，却又是与众不同的一颗。作为人类的一半，我们理应在一个更为开放与自由的空间里尽情驰骋，不断超越自己。

在与西方文明迥异的华夏文明中，女性自身价值的追求固然应当立足于本国国情和土壤，然而也应当走出那种狭隘的、消磨人意志的、对女性有着极大的欺骗性的民族本位主义，我们重新审视所谓的“男人角色”与“女人角色”的刻板印象，将阴阳互补的思想融入中西文化互补的大格局中，培养自己独立的人格与忧患意识，以及追求内心真实想法的勇气，中国女性在面对西方文明这棵枝繁叶茂的“知识之树”时，需要重新审视华夏文明这棵“生命之树”，从而做出自己审慎而智慧的抉择。

2.3.4　小结

我们早已处于价值多元的时代，无论东西女性的价值取向也应当是多元的，但愿所有女性都能做出自己真诚的选择，但愿她们及早去掉一离开男人的呵护，便觉得生命无所皈依的惶恐。我们也应当看到，一种民族文化经过数千年的积淀，一旦形成，任何改变都是十分困难的，如果西方文化中的西方女性的做法在某些方面是值得借鉴的，中国女性的出路也必定是独特的。对待不同文化背景下的女性问题研究，不以任何一种价值取代另一种价值，或者一味寻求某种固定的价值模式，否则都会对女性研究造成致命的打击。在中西文化之间构建一种动态的、相互融合而又相互借鉴、互惠互补的性别文化，可能是超越男女两性和中西差异纷争之上的相对理想境界。

第3章　交融与互识：女性自己的文学与人类共同的命运

3.1　后殖民主义理论与女性自我身份探索的互动与关联

早在20世纪70年代末，美国巴勒斯坦裔著名学者爱德华·赛义德（Edward Said）在他的《东方主义》（*Orientalism*）一书中指出，在西方人的心目中，东方（以欧洲为中心，向东依次为近东、中东和远东）历来是一个虚幻的、神秘的、被扭曲了的“他者”，而并非仅仅是一个地理方位。“东方”是一个不断添加了广泛意义、联想、引申之意的概念，并不一定指真正的东方。这些关于东方的概念往往出自许多人的经验。因此，可以确切无误地说，每一个欧洲人在讲述东方的时候，必然是一个种族主义者、帝国主义者，差不多完全的种族中心主义者（赛义德，1979）。可以说，赛义德的“东方主义”成为后殖民主义的滥觞，其要点是从原殖民地文化出发，反思过去帝国主义、殖民主义长期形成的一整套思想体系，解构文化殖民主义和文化霸权主义。它认为帝国主义、殖民主义形成的种种规范、观念已经潜移默化，深深扎根在人们的思想意识之中，无形中制约着当今人文科学的各个领域。

3.1.1　族群研究与女性主义

近年来，在比较文学中出现的族群研究正源于后殖民主义理论。所谓“族群”，是指长期销声匿迹的少数群体。对于主流文化而言，他们的文化一向被置于边缘的地位，甚至处在湮没的状态，所以族群研究是一种典型的中心和边缘关系的研究，它既可以包括政治性、历史性颇强的族群研究，也可以包括既有明显的政治历史意味，又有较浓的心理、生理因素的女性主义研究，同时还可以包括政治、历史意味不太浓的各种文本研究。族群研究中的关键是“属性”问题。所谓“属性”，就是对自我本质、身份、地位的追寻、确认或建构。我是谁？我从哪里来？我想去哪里？我属于哪里？我在什么位置上？换言之，所谓自我的“属性”，就是对自我与“他者”差异的界定。属性不仅是个体的，也常常是集体的、社团的，因此就有自我属性、性别属性、阶级属性、族群属性、民族属性、国家属性、文化属性等不同的层次。

比较文学中的族群研究无疑首先要确认或建构自己的族群属性，或者是族群的文化属性。族群文化由于长期受到所在国的主流文化的宰制而处于“他者”的地位，自己原有的民族文化由于长期被疏离，也处于“他者”的地位，往往要在两种文化的夹缝中求生存。因此，当一种族群文化意识到自己的存在，要发出自己的声音、张扬自己的个性时，就必须首先明确自己的声音是一种什么样的声音，自己的个性是一种什么样的个性，这就导致对族群文化属性的追寻和建构。而在这种追寻与建构的过程中，族群文化必然与主流文化以及本民族文化发生历史的关联、现实的对照，乃至碰撞。所以后殖民主义时代的比较文学的族群研究会在以文学文本为中心的前提下，关注哲学、历史、宗教、种族学、心理学等不同文化领域，成为一种综合研究，同时其方法论又必然是比较文学的（陈惇，孔景尧，谢天振，1997）。

依托比较文学的族群研究，我们可以看到，女性作为一个族群长期处于男性主流话语文化的边缘，虽然在近代启蒙思想的影响下，女性已经

能够意识到自身的存在，也试图在占主流地位的男权文化中努力寻找自己的属性身份。在解构大潮和后殖民主义理论的启发下，种种迹象表明，女性试图打破男权文化、建立自己文化的呼声越来越高。女性主义的第二次浪潮过后，对女性主义理论的研究也日趋显示出它的多元性和多样性，与后殖民主义理论表现出高度的相关性与相似性。两者都旨在消解主流文化的霸权主义色彩，如果说后殖民主义以多元文化和文化相对主义来消解欧洲中心主义，从而诞生了族群研究，而女性主义则在消解男性主流文化的同时，诞生了标榜价值中立的“性别研究”，以一种基于性别差异的新型的男女平等观来替代旧有的、绝对的、无差异化的男女均等观。传统意义上的男女平等或平权多指妇女社会地位的获得和社会待遇的改善，但是仅仅把妇女的解放定位至此，显然是远远不够和有失偏颇的。完整意义上的妇女解放理应是多向度的，应当包括以社会公正为原则的外向度的解放，也必然包括对于自身生命价值的内向度的精神层面上的探寻，而内外两个层面上的解放是缺一不可的。对女性主义理论的新认识改变了以往以白人中产阶级妇女为中心的理论与价值取向，克服了传统女性主义理论因白人中产阶级女性的阶级局限和文化差异而不能很好地解释广大的其他阶层妇女，尤其是受多重压迫的黑人妇女和第三世界妇女的种种困惑所带来的局限性，为女性主义理论的新发展增添强大的动力。

可以说，女性主义与后殖民主义理论呈现出一种关联与互动的态势。正如耶鲁大学法语和比较文学教授彼得·布鲁克斯所言：“今天任何一位好的文学批评工作者在某种程度上都必须是女性主义者。”著名文学理论家韦恩·C·布斯也说：“女权主义批评生气勃勃、十分活跃。…… 女权主义批评开阔了我的视野，使我在经典作品中发现了我过去从未觉察到的一些成分，使我有了与过去大不相同的看法。”（程锡麟，1990）后殖民主义理论为女性主义文学批评在新世纪找到了新的生长点。

3.1.2 女性经典的重读与重构

后殖民主义理论的代言人霍尔（Stuart Hall）认为，后现代人是一个支离破碎的主体，其确定的本质“属性”已经完全丧失。世界上原本没有什么“本源”，没有什么统一的、连续的事物，只有不断被消解的碎片，因此后现代的各种属性也就同样没有本原性、确定性。

霍尔还认为，文化的本质不具备内在的普遍性和超验性，它必然受制于历史，随时代、地域、环境的不同而变化，它没有确定的本源和本质可以让我们追寻和认同，它超越时空，既属于过去，又不属于过去，却往往指向未来。在后现代主义中，文化属性像其他种种属性一样，既是一种存在（being），又是一种不断的变化（becoming），永远处于建构（construct）、解构（deconstruct）和重构（reconstruct）的过程中。霍尔的属性理论无疑属于后结构主义和后殖民主义范畴，这一理论不见得普遍适用，但在分析后现代的文化属性和族群属性中是很有效的理论工具。回顾女性主义文学批评所走过的历程，正暗合了后殖民主义理论的无中心和变动不居。

1970 年，凯特·米利特（Kate Millett）以她的博士论文《性政治》（*Sexual Politics*）向男权文化发动了猛烈的攻势，认为整部文学史就是男人肆意压制、歪曲和贬损女性的历史。伊莱恩·肖瓦尔特（Elaine Showalter）于 1977 年撰写出版了《她们自己的文学》（*A Literature of Their Own*），倡导建构独立的女性文学史和女性文学经典。在理论上，肖瓦尔特借鉴了黑人文化、犹太文化等处于边缘的族群文化，发掘出大量被父权文化所埋没的女作家和她们的作品，这本书成为了女性主义文学批评的一个重要里程碑。

在重构女性文学的传统之中，大量文学经典被女性主义文学批评家重新阅读并提出崭新的见解。其中以吉尔伯特和古芭的《阁楼上的疯女人》（*The Mad Woman in the Attic*）最为著称。此著作是对 19 世纪女性文学创作的一个全面的总结。作者认为，父权制下的女性创作是极其艰难的，以勃朗特三姐妹和乔治·艾略特（为了出版自己的作品而化名男性）为代表的早期女性创作者不得不发出双重声音，隐藏着一种话中之话，那才是女性自己的心声，被认为是女性借以反抗父权制文学体系的一种策略（female textual strategy）。这种双重声音的典型表现就是在作品中出现天使与恶魔合一的形象，如在简·奥斯丁笔下《傲慢与偏见》中的伊丽莎白·班内特，

一方面她也同其他姐妹一样推崇维多利亚时代的种种道德准则，另一方面又对这套价值体系有着清醒的认识，特别是对权贵与财富的蔑视，体现出明显的叛逆性。但总的来说，这些作品还是承袭了男性主流文学中的女性形象，代表了主流的男权的价值判断。后来在勃朗特姐妹的创作中，开始出现一些具有破坏性的女性形象，如《简·爱》中罗彻斯特的前妻贝尔塔·梅森和《呼啸山庄》中的凯瑟琳。在19世纪西方女作家的作品中，出现了许多这样的"疯子"，"疯女人"形象几乎成了解读19世纪女作家创作心态的关键。疯女人形象在某种意义上是女作家的副本，是作者自身的焦虑和疯狂、精神上的压迫感和分裂感的投射，女作家既要实现自己逃离男性住宅和男性文本的疯狂欲念，又难以摆脱其过程中的自卑情结，所以她们不是通过塑造一位浪漫的女强人，而是塑造一位恶魔般的疯女人进行情感宣泄。疯女人梅森是另外一个简·爱，男主人公罗彻斯特则是权力的中心，他为了金钱和欲望娶了后来被关进阁楼里的疯女人梅森，疯女人终于将男权象征桑菲尔德庄园烧毁。正是另一个简·爱反抗罗彻斯特男性中心地位的欲望，也是女性毁灭男权的象征（陈惇，孔景尧，谢天振，1997）。这种创作一直影响到吉尔曼（Charlotte Perkins Gilman）的女性主义文本《黄色墙纸》（*The Yellow Wallpaper*，1892）。这是作者以自己的婚姻生活，尤其是以自己生育孩子后的亲身经历写成的小说，小说中的"我"处于精神崩溃的边缘，身为医生的丈夫将其送至一所古老的大房子里让其静养。每当她独自一人的时候，就对墙纸上的一处疤痕格外着迷，致使自己欲罢不能。幻觉之中，她看到墙纸后面竟是一个女人，之后她看到越来越多的女人，她们不是从墙纸中走出来，而是挣扎着爬出来。最终，"我"在帮助她们逃离的过程中，将所有的墙纸撕碎，用牙啃坏床架。在常人看来，这的确是疯女人的疯狂举止。然而这是作者本人当时的真实生活。吉尔伯特和古芭认为，疯女人就是被压抑的女性创造力的象征，就是叛逆的作家本身。这种叛逆精神又发展为女人勇敢地走出象征男权文化的"大房子"，如《觉醒》（*The Awakening*，1998）中的埃德娜和易卜生笔下的娜拉。总之，这些文学作品中的女性形象在某种程度上都与房子（男权文化）、发疯（被压抑）、出走和毁灭（出路的寻找）密切相关，难怪后来弗吉尼亚·伍尔夫会以《自己的一间屋》为题来撰写她极具女权精神的文学批评。也难怪多丽丝·莱辛曾为家庭主妇撰写过《19 号房间》。从物质到精神，女性真正的自由与解放离不开属于自己的一片空间。

肖瓦尔特在《她们自己的文学》一书中认为，妇女一直有着自己的文学，只是由于菲勒斯批评的长期统治而被湮没了。诸如“伟大”这样的概念阻滞着妇女进入文学史，如果只把目光聚焦于极少数“伟大”的女作家及其作品，而不重视那些名不见经传的作家，人们就无法清晰地了解妇女创作的持续性特点，也无法看出这些作家的生活与她们在法律、经济和社会地位上的改变。而这样的阻滞妇女进入文学史的批评概念正是菲勒斯批评压抑和贬损妇女文学的伎俩，这样的批评方式一直占据着统治地位，因此，她提出了女性亚文化（subculture）的观念，同时指出，这一传统的发展与其他文学亚文化群相似，从而填平奥斯丁峰巅、勃朗特峭壁、艾略特山脉、伍尔夫丘陵这样的文学里程碑之间的空隙和断裂（肖瓦尔特，1977）。这无疑是对长期以来一直占据统治地位的男性文学传统的有力颠覆。肖瓦尔特女性亚文化理论的提出，显然是对后现代与后殖民理论的呼应，也是对男权文化和中产阶级白人女性文化的挑战。

3.1.3　女性主义与后殖民主义的互动

鉴于后殖民主义的属性研究的变动不居，永远处于解构、建构和重构的过程之中，所以女权 / 性主义理论同样也具有暂时性、流变性和想象性。

在后结构主义和后殖民主义的影响下，女性主义在社会政治实践中逐渐摆脱了急于求成、力图通过几次运动完成社会变革的急躁的和激烈的态度，能够保持一种宽容、稳健和乐观的态势，在新的平等观念的指导下，于差异中求平等，于平等中彰显个性和独立。在被誉为自达尔文《物种起源》以来最重要著作之一的《圣杯与剑》中，美国杰出女性主义理论家里安·艾斯勒提出，男女关系已开始由以剑为象征的男性统治模式转变为以圣杯为象征的伙伴关系。这种伙伴关系模式是一种消除冲突、对抗和权利等男性统治话语，推进爱、温情、友谊等新的文化政治话语的模式。它完全不同于男性统治模式，是男女两性所能达到的以性别差异为基础的平等、和谐的良好模式，在其中，对话、互补和共识取代了矛盾、冲突和对抗。它崇尚自然，爱好和平，重视建设，是人类走出由男性统治模式所带来的困扰当今全球的能源、生态和核危险等诸多危机的一条理想道路。这说明，女性主义已不再局限于从女性自身权益出发进行争取男女平等的社会政治实践，而是能够着眼于整个人类的福祉和命运来考虑自身的目标（李霞，1998）。这也是生态女性主义得以在近年蓬勃发展的重要原因，它既是女性主义在社会政治实践中逐渐走向成熟的标志，也可以看作女性主义进入多元文化时代的一个明证。

如果说肖瓦尔特是继米利特的《性政治》解构了维多利亚时代男权文化对于女性的压抑，以《她们自己的文学》来建构女性自己的文学传统，探讨的是19世纪英国女性作家对于自我身份的寻找，那么她后续的《姐妹的选择》（*Sister's Choice*，1991）是肖瓦尔特建构女性文学批评的又一力作。她采用跨文化的研究方法，借鉴了多种边缘文化研究，特别是后殖民文化学的理论和方法，对美国女性文学进行重新解读。书中探讨了关涉美国女性文化的一个重要话题——“缝制百纳被”（quilting），它对妇女文学，特别是对妇女小说的形式和解构的影响，探讨了对拼贴、剪接、文本互涉（intertexuality）等写作技巧的运用，以及这一切如何逐步发展成为国际超文本写作（hypertext），不能不说这得益于这种女性特有的文化。当代美国女作家玛丽·戈登，英国女作家多丽丝·莱辛和加拿大女作家玛格丽特·劳伦斯、玛格丽特·阿特伍德都曾尝试过这种写作方式。这种源自英国和非洲的“百纳被”文化已经成为美国妇女文化的一种象征。女孩子从小就要学习缝制百纳被，妇女们聚在一起，一边缝，一边讨论交流生活信息，一边讨论社会政治问题。这种被子由上百块颜色各异、剪成几何图形的布片缀连而成，特别能够展现妇女们的技艺。女作家艾德里安·里奇在一首诗歌里写道：“碎片，变成了拼缀品，/拥有重构世界的力量。”“百纳被”成为美国妇女的地图和历史，她们的生活被记录在布上。“百纳被”的意象成了美国女作家的共同语言，成了女性美学的一个隐喻。而且，“百纳被”与“马赛克”“色拉拼盘”一样，已经取代了“大熔炉”的隐喻，它的丰富性和多样性成了美国文化身份的中心隐喻。美国女性文学正呈现出矛盾、分散、多元化的趋势，它并没有放弃将自己拼合成“文学百纳被”的努力。

的确，这一时期的女权主义文学理论是一个注重从社会—政治—文化的角度研究女性文学到多种流派的女权主义共存的时代。例如法国的符号学女性主义批评，代表人物是伊利格蕾（Luce Irigoray）和西苏（Hélene Cixous），她们对“女人”这一概念提出质疑，认为把女人当作一个自然产生的、人人接受的意符，实际上是父权制意识形态的一种建构，所以必须对“女人”概念进行解构。她们还注重女性的特殊语言，主张研究女性写作的言语方式。西苏还号召“女人描写自己”，包括从躯体到性欲，并把“清白的写作”（white ink）与“母亲的乳汁”（mother’s breast）联系在一起（陈惇，孙景尧，谢天振，1997）。所谓用身体来写作，拒绝使用男性的话语，创作女性自身的一套语汇，这一点也直接影响到20世纪90年代中国的女性写作，同时受影响的还有社会女性主义、心理女性主义、马克思主义女性主义、黑人妇女女性主义和同性恋女性主义等。

3.1.4　小结

总之，从20世纪末开始，女权主义批评就已经发生了一些微妙的变化，它昭示着妇女运动和女权主义批评的新动向。早期的妇女活动家们开始转移兴趣与视线。为女权运动第二次浪潮推波助澜的贝蒂·弗里丹关心起了老年问题，于晚年发表了《生命之泉》（*The Fountain of Life*），虽然依旧关心女性问题，但是更加强调了男女之间的合作，组成真正完善的社会和团体。她还说，自从她上了年纪以后，带着宽慰和激动的心情，认识到自己已经从妇女运动的权力政治中解放出来了，认识到自己十分需要超越那

场性别大战，那场把女性作为一个整体，作为受压迫者来反对以男性为整体和压迫者的打不赢的战斗。

其实，这种由男女对抗到倡导男女合作融合的思想，在20世纪70年代英国女作家多丽丝·莱辛的《金色笔记》和加拿大女作家玛格丽特·劳伦斯的一些创作中都有所体现。只是外部强大的女权主义的声浪掩盖了作家内心深处本真的对于自我身份的探求。现代女性对于自我身份的寻找，旨在打碎旧的关于女性的种种神话，认识到女人的身份绝不应当是单一的、定性化了的，它应当是丰富的综合体，依此重塑全新的女性人生，然而这种对人生定位的追寻注定是变动的、不确定的，甚至是永无终点的。这一切皆体现出女性文学的后现代性。

3.2 伊莱恩·肖瓦尔特对“女性自己的文学”的找寻

历经女性运动的波澜壮阔，又见那些赢得政治权利之后的女性在两次大战之后纷纷退回厨房，女权活动家们渐渐领悟到，女性的解放在很大程度上是观念的革新，而要达到此目的，就必须借助理论的武器。此时她们猛然发现女性在理论的空间里几乎处于真空状态，在男人们所创造的众声喧哗的各色“主义”、种种“理论”的声浪中，她们痛心地感受到一直在重复男人的声音。因此两次大战后的女性精英们便将主要的精力投入探寻自己的声音的行动中了。既然没有自己的理论，那么就不妨先“拿来”。经过自己的精心裁剪，她们竟在极短的时间内“缝制”出了一套套颇为得体的“理论”的霓裳和“主义”的羽衣，只是有些略显粗糙，有些过于炫目，距离女性的实际需求相去甚远。然而这一切又是令人为之惊喜的！一个值得注意的特点是西方女性主义思潮与反女权主义思潮一直是相生相伴的，不屈不挠的女权精神是在与反女权势力的一次次交锋中成长并壮大的。正是由于第一次浪潮对于选举权的盲目追求而不顾其他，为女权运动的第二次高涨留下了广阔的发展空间。

我们看到，经过两次大战之后，真正启发了女性理论思考的当数法国的思想者波伏娃。从西蒙・德・波伏娃的《第二性》开始，到贝蒂・弗里丹的《女性的奥秘》，从凯特・米利特的《性政治》，再到肖瓦尔特的《她们自己的文学》，代表了女权 / 性主义理论从创始、发展到创新的过程。波伏娃和《第二性》对于女性主义最大的意义就在于，他们让众多女性学会从理性的高度审视女性自身的处境，并以其存在主义的感召力，让女性行动起来了，成为思想的行动者和行动中的思想家。而真正将思想与行动、理论与实践进行完美结合的身体力行者就是弗里丹。如果说前者是从一位存在主义者的角度，让人们首次在理论的层面上认清了女性沦为次性的社会文化原因，而后者则从心理学角度继承了波伏娃的女权思想，实现了女性主义理论由社会变革向内心探索的转化。而弗里丹从《女性的奥秘》到《第二阶段》，再到《生命之泉》，一系列女性著作的问世，以及她出于对女性切身问题的思考，并在理论上对女权 / 性主义所作的不间断的修正，见证了她对女性自身价值的实现和自我身份的探索所倾注的全部关爱。如果弗里丹的《女性的奥秘》为二战后的女性由迷惘到再次走出家庭奠定基础，从而为女权运动的第二次高涨埋下了火种，那么米利特则以她的惊世骇俗的博士论文《性政治》直接将这些火种点燃。米利特以其探索者的目光，揭示了一个踌躇满志、毫无追悔之意的男权社会的不公正，而这一切却被受人仰慕的文学和艺术的华丽外衣精心地包裹着。同时，米利特也试图赋予一代愤怒的、受压抑的妇女一种特别的声音，以唤起她们的反抗精神。她详尽地分析了父权制的观念和体系如何渗透到了文学、哲学、心理学和政治领域。她用火一样富有激情的语言，向众多的传世之作发难，首次将鼎鼎大名的男性作家及其作品告上了女性的法庭，第一次将性的问题提升到政治的高度，并进行文学上的探究，引发人们在阅读与写作上的双重自觉。可以说，这本书深深地动摇了男权话语的基石，直捣男权社会为自己精心设置的政治制度，使得女权运动在 20 世纪中叶再度成为最强音。

3.2.1　女性亚文化建构的理论基础

困境中的女性通过对自身处境的思考，将她们在现实生活中的奋斗与

挣扎做出理论化尝试，试图从理论的层面寻找女性生命的意义。如果说米利特以犀利的目光将文学与性政治的共谋一一识破，使得男性经典文本一夜之间溃不成军，那么在占主流的男权文化遭重创并被解构之后的废墟上，肖瓦尔特（Elaine Showalter）于1977年撰写并出版了《她们自己的文学》，倡导建构独立的妇女文学史和女性文学经典。理论上，肖瓦尔特大量借鉴了黑人文化、犹太文化等处于边缘的族群文化，发掘出大量被父权文化所埋没的女作家及其作品。而她的近作《姐妹的选择》则采用跨文化的研究方法，借鉴多种边缘文化研究，对美国女性文学重新解读，探讨了关涉美国女性文化建设的一个重要话题——“缝制百衲被”（quilting）。这种源自英国和非洲的“百衲被” 文化已经成为美国妇女文化的一种象征和女性美学的一个隐喻，几乎取代了“大熔炉”（melting pot），它的丰富性和多样性既成了美国文化身份的中心隐喻，同时也对妇女文学，尤其是对妇女小说的形式和结构的产生巨大影响——拼贴、剪接、文本互涉（intertexuality）等写作技巧的运用，使得当今西方妇女文学呈现出矛盾、分散、多元化的趋势。

如果对两次女性浪潮中几位英语女作家的创作进行细读，我们会发现，被菲勒斯批评曲解和被文学史湮没的女作家们探索自我的历程举步维艰。在被重新发掘的美国新英格兰女作家群落中，凯特·肖班以她的《觉醒》唤醒了女性的自由意识而成为“新英格兰的包法利夫人”，而薇拉·凯瑟则道出了女性在物质与精神的两难中所经受的痛苦与分裂，而另一位新英格兰作家弗瑞曼对男权世界则更多了一些仇视与不合作，成为一名彻底的反叛者。当然，她们的反抗不可避免地带着一种矛盾的心情。主要表现在弗瑞曼赋予每一位主人公以叛逆者的力量，但同时又在限制并引导她们，使得她们叛逆的“飞翔”指向了“家”。而几乎同时代的吉尔曼，对于男权世界的揭露与反抗无论在广度还是深度上意义就更深远了。她已经不再局限于生活的富足和女人对“家”的管辖权这样的私人领域，而是将目光投向广阔的公共空间和女人的智力生活，在弗瑞曼那里，女人的真实渴望是通过发疯而倾吐出来的。20世纪初的英语女作家以自身的切肤之痛诉说着菲勒斯社会的不公正，而男权社会对她们的病痛负有不可推卸的责任。因为男人既可以收获私人领域的权利果实，即从女人那里索取滋养，又可以在公共领域游刃有余。他们在剥削女人的生物构成的同时，又采取各种手段使女人坐以待毙，以此营造稳固的社会和家庭地位。众多的女人就被圈在“家”的“集中营”里了。正如弗里丹所言，“女性的奥秘”活埋了无数美国妇女。

如果说在女权运动第一次浪潮影响下的女性写作多以摆脱束缚、追求自由为主题，她们的求索更多地指向外部的物质世界，女性写作多是个人生活的写照。那么，进入 20 世纪后半叶的女性写作，则呈现出一番全然不同的景象。的确，女权运动一度给了女性自信和尊严，然而自由了的女性为什么依旧有被束缚的、孤独的和无处不在的恐惧感？已经不再像那些维多利亚时期被放在“妇女市场”出售的女人的精神栖居地又在哪里？已经“死亡”的上帝能否回来帮她们找回呢？现代妇女已经迫切地体验到仅有自由和权力是远远不够的。此时的女性探索已经开始由“外”转向了“内”，由一元的、白人中上层的社会政治运动转向了多元的、注重差异的性别研究，以及对人类共同命运的关怀。女作家已经不再满足于个人生活的记录，而是指向女性精神世界的纵深处。加拿大女作家玛格丽特·劳伦斯在她的马那瓦卡系列小说中，为我们委婉地道出了女性对上帝的那种缱绻与决绝之情，她们在不停地追问人与人之间的关系为什么会出现问题，以至于根本无法沟通。既然上帝是全能的，他怎么会坐视人间的悲剧呢？在现代女性的内心深处，她们无时不渴望与他人也与上帝保持一种美好的、富有关爱的交流，然后又无可挽回地生活在孤独与隔绝之中。劳伦斯的作品以女性的独特视角，表达了她对世界的深切关爱和对悲剧性人生的透彻体悟。而英国女作家多丽斯·莱辛则通过身心分裂的女作家安娜体会到了所谓“自由女性”的生存困境，作为“自由女性”的安娜，经历了代表她不同人生追求的“红”“黄”“蓝”“黑”四种人生体验后，仍有被困缚的感觉，最后她以“金色笔记”而非其他颜色的笔记冠名全书，表明在经受了人格裂变之后，她在寻求一种“完整性”或是完美人格，至此安娜破碎了的人

生终于完整统一起来。也许在功利主义者的眼里，这种对于生命意义的执着求索并无助于改善人类的生存境况，更谈不上为女性的终极开辟一条通衢大道，然而我们不难从中找出已浸润在西方知识分子血脉之中的那种“上天入地”寻找归宿的浮士德精神。莱辛赋予安娜，以及一切为女性自身解放而做出探索的人就是这种精神。它已经上升为女性主义的灵魂，成为女性心中不死的长生鸟。

无论是女性主义理论经典的嬗变，还是女作家的创作实践，我们不难看到女性主义思潮在 20 世纪所走过的曲折路径——由朦胧的女性意识的觉醒，到自觉地对自身处境的思考；由与男权文化的针锋相对，到寻求一种女性自己的文化的可能；由对单一的社会政治权利的诉求，到对完整的个人生活的渴望；由两性之间的二元对立，到多元融合。西方女性对自我身份所进行的艰难探索已铭刻在人类文明的进程中，虽然她们曾因强加在她们头上的莫须有的“原罪”而自卑、自贱，也曾因来自人类另一半的歧视而痛苦、迷惘，然而她们更经历过无数次欢欣、鼓舞与辉煌。而这种大喜、大悲，大起、大落带来的激情恰恰是生活在东方文化背景下的中国女性所较少感受到的。众多学者对于西方女权主义立场的不认同，就在于女权主义在自身演化的同时，又与我们特定的文化相遇碰撞而产生变异，由原来激进的、女性自主的运动，变为温和的、男权参与的、凭借社会政治手段实现的、解放妇女的行动。因此由“女权主义”到“女性主义”的价值选取，“妇女解放”与“解放妇女”的演变不应仅仅被视为词语的偏正关系的变化，而更有着深刻的内在的民族文化心理上的原因。我愿以“夏娃的探索”和“女娲的眼睛”来反观东西方不同文化背景下的女性对个人身份的探索所呈现出来的差异，这是“行动”与“观望”的差异。在女权主义由对抗走向融合、由一元走向多元的后现代语境下，我们可以种种借口拒绝认同西方女权主义，然而闪现着人类文明之光的女权精神是不分国界的，是不应被歪曲和践踏的。

回顾女性主义文学批评所走过的历程，女性主义看似繁荣兴旺，自身却危机四伏，已经很难用于解释新情况下的新问题。寻觅女性主义理论新的生长点已经势在必行。而在后现代理论大潮中诞生的后殖民主义理论正暗合了女权主义理论的边缘性、变动性和不确定性。

比较文学中出现的族群研究正是导源于后殖民主义理论。所谓“族群”，是指长期销声匿迹的少数民族。对于主流文化而言，他们的文化一向被置于边缘的地位，甚至处在湮没的状态，所以族群研究是一种典型的中心和边缘关系的研究，族群研究中的关键是“属性”的问题。所谓“属性”，就是对自我本质、身份、地位的追寻、确认或建构。我是谁？我从哪里来？我去哪里？我属于哪里？我在什么位置上？换言之，所谓自我的“属性”，就是对自我与“他者”差异的界定。属性不仅是个体的，也常常是集体的、社团的，因此就有自我属性、性别属性、阶级属性、族群属性、民族属性、国家属性、文化属性等不同的层次。比较文学中的族群研究无疑首先要确认或建构自己的族群属性，或者是族群的文化属性。族群文化由于长期被所在国的主流文化宰治而处于“他者”的地位。因此，当一种族群文化意识到自己的存在，要发出自己的声音、张扬自己的个性时，就必须首先明确，自己的声音是一种什么样的声音，自己的个性是一种什么样的个性，这就导致对族群文化属性的追寻和建构。而在这种追寻与建构的过程中，族群文化必然同主流文化发生历史的关联、现实的对照乃至碰撞。

依托比较文学的族群研究，我们来反观一个世纪以来女性所走过的艰难历程，女性作为一个群体长期处于男性主流文化的边缘，长期处于被贬损的地位，虽然在近代启蒙思想的影响下，女性已经意识到自身的存在，作为占人类一半人口的一个族群，女性也试图在占主流地位的男权文化中寻找自己的属性身份。在解构大潮和后殖民主义理论的启发下，女性试图打破男权文化建立自己文化的呼声越来越高。

女性主义的第二次浪潮过后，女性主义理论的研究日益显现出它的多元性和多样性，与后殖民主义理论表现出惊人的相似之处。两者都旨在消解主流文化的霸权主义色彩，后殖民主义以多元文化和文化相对主义来消解欧洲中心主义，诞生了族群研究。而女性主义则在消解男性主流文化的同时，诞生了标榜价值中立的“性别研究”，以一种新的性别差异为基础的男女平等观来代替传统的抽象的男女平等观。传统意义上的男女平等多指妇女社会地位的获得和社会待遇的改善，这在某一特定的社会发展阶段，妇女的发展比男人的发展受到更多束缚的情况下是必然的。但是仅把妇女的解放定位于此，显然失之偏颇。

人们越来越清楚地看到完整意义上的妇女解放应当是多个向度的，至少应当包括以社会公正为原则的外向度上的解放，也必然包括精神层面的对于自身意义的探寻，内外两个层面是缺一不可的。女性主义的目标已经不再一味追求按照某个统一而宏大的设想建构起来的理论大厦，而是更接近于一项以承认女性之间各种差异或差别为前提的集体计划，一项由众多子课题组成的大课题，这项计划或课题就像一盘拼字游戏，各个部分都需要有人去填充和完成（李霞，1998）。这样，它就改变了以白人中产阶级妇女为中心的理论取向，使得理论研究呈现出主题多样、流派纷呈、殊异观点共存的局面。这就克服了传统女性主义理论因白人中产阶级女性的阶级局限和文化差异而不能解释广大妇女，尤其是受多重压迫的黑人妇女和第三世界妇女的种种困惑的困难，为女性主义理论的新发展增添强大的动力。

3.2.2 被历史湮灭的女性亚文化的发掘

20世纪70年代初，凯特·米利特（Kate Millett）以她的博士论文《性政治》（*Sexual Politics*）向男权文化发动猛烈的攻势，认为整部文学史就是男人肆意压制、歪曲和贬损女性的历史，米利特以其犀利的目光将文学与性政治的共谋一一识破，使得志得意满的男性经典作家的文本，一夜之间丢盔卸甲，溃不成军。在占主流的男权文化遭到重创并解构之后，伊来恩·肖瓦尔特（Elaine Showalter）于1977年撰写并出版了《她们自己的文学》（*A Literature of Their Own*），倡导建构独立的妇女文学史和女性文学经典。她认为，在男权文化的巨大阴影下，无数女作家的作品被边缘化，她们的作品成了“被压抑的声音”，女性主义批评的重要任务之一就是建构妇女自己的文学史和文学经典。在理论上，肖瓦尔特借鉴了黑人文化、犹太文化等处于边缘的族群文化，发掘出大量被父权文化所埋没的女作家和她们的作品。本书成为女性主义批评的一个里程碑（程锡麟，1998）。

这种女性亚文化思想与后殖民主义的少数民族文化具有很大的相似性，带有受压抑的族群的共同心理感受。肖瓦尔特根据文学亚文化的共性，将女作家的创作分成了三个阶段：一、“女人气”阶段（feminine），这是一个较长的摹仿（imitation）主导传统的阶段，也是一个将主导传统的艺术标准及关于社会作用的观点内在化（internalization）的阶段；二、“女权主义”阶段（feminist），这是一个反对（protest）主导标准和价值，倡导（advocacy）少数派的权利、价值和自主权的时期；三、“女性”阶段（female），这是一个自我发现（self-discover），一个摆脱了对对立面的依赖而把目光投向内心、寻找自我身份（self-identity）的过程。女人气阶段可从 1840 年出现男性笔名开始，到 1880 年艾略特去世为止；女权主义阶段从 1880 年到 1920 年或到女性获得选举权那一年；女性阶段指 1920 年到现在。对于女性阶段的创作，肖瓦尔特持赞扬态度。她认为，这些小说家兼具“女人气”和“女权主义”两个阶段的特征，既像“女人气”小说家那样涉及艺术与爱、自我实现与责任之间的冲突，又像“女权主义者”一样认识到自己在政治制度中的位置和自己同其他女性之间的联系，敢于突破性的禁区，敢于运用原先属于男性的语汇。肖瓦尔特女性亚文化理论的提出，无疑是对后现代与后殖民理论的呼应，也是对男权文化和中产阶级白人女性文化的挑战。

依照肖瓦尔特对于女性文学的分析，我们可以更好地梳理出西方女性文学创作的发展脉络，更好地理解西方女性写作的艰辛历程，更好地把握西方女作家对于女性命运和人类生存经验的思考。

第 4 章　对男性写作的模仿：前女性主义时期的英语女性书写

4.1　一种空灵澄澈的原生态写作："前女性主义"时期的英语女性文学探幽

以文学亚文化的分段法，伊莱恩·肖瓦尔特（Elaine Showalter，1941—　）在《她们自己的文学》（*A Literature of Their Own*，1977）中，提出了著名的女性文学三段论，即女作家以男性化笔名发表作品直至乔治·艾略特去世的 1880 年为第一阶段，称之为"女性"（feminine）阶段。在女性阶段里，女作家竭力模仿主流文学模式，力求达到男性意识形态所规定的价值标准。她把 1880 年至美国妇女取得选举权的 1920 年划分为第二阶段，称之为"女权"（feminist）阶段，继艾略特之后，具有反抗意识的女权小说家开始了探寻自我意识和自我价值的历程，她们开始拒绝牺牲自我以取悦男权价值观，表现出一些乌托邦色彩和精神上无所归依的无奈情状，如吉尔曼（Charlotte Perkins Gilman，1860—1935）和肖班（Kate Chopin）。她将 1920 年至今划分为第三阶段，即"女人"（female）阶段。女性文学在第三阶段大胆地超越了"模仿"和"抗拒"，以女性自主的艺术手段书写女性作为人类另一半——女人的经验，始自伍尔夫，而多丽斯·莱辛（Doris Lessing）更以她的诺贝尔文学奖作品，将女性经验的书写推向了极致。在这里，我们不难看出，肖瓦尔特的努力也只是大致划分了有着辉煌女性创作传统的 19 世纪和 20 世纪上半叶的女性文学创作，那么我们不禁要追问，在此之前的女性书写呈现何种状态呢？若以此溯英语女性文学创作的源流而上，进行一番考古与探究的话，将会有什么样的发现呢？在男性文学异常繁荣的文艺复兴时期，其实也不乏女性创作者的踪迹，我们姑且称之为“前女性” 文学时期。本书将选取 17 世纪生活在大西洋两岸的两位贵妇诗人—— 安妮·布拉德斯特里特（Anne Bradstreet，1612—1672）和安妮·金斯密尔·芬奇（Anne Kingsmill Finch，1661—1720）的生活片断与诗歌创作，来追踪这一时期的英语女性文学。

4.1.1　新英格兰横空出世的“缪斯”：安妮·布拉德斯特里特

安妮·布拉德斯特里特出生于 1612 年，父亲托马斯·杜德里曾是伊丽莎白一世时期的一名军人，家境优裕，后随家人迁居北美新大陆。安妮在文学上一直有着良好的素养，精通希腊语、拉丁语、法语、希伯来语以及英语，被认为是美国有史以来的第一位诗人，她的第一本诗集名为《第十位缪斯在美洲横空出世》（*The Tenth Muse Lately Sprung Up in America*），虽然在伦敦出版，刊载的也并非是她最好的诗篇，却是美国文学史上第一本女性出版物。布拉德斯特里特夫人从未梦想自己的作品会出版，据说是她的姻亲兄弟约翰·伍德布里奇因对她崇拜有加，竟在其不知情的状况下，将部分诗稿带回伦敦付梓的。今天的读者不得不感谢这样一位开明的男士，竟如此怜惜写作着的女子和女子的写作。

总体来说，诗集可以被看作一位清教徒的妻子与新英格兰殖民地生活抗争的真实写照。可以想见，安妮作为 8 个孩子的母亲，生活对于她就是一场没有间歇的战斗，是对活力无限的新大陆生活的一场艰苦的适应之战，也是她与生之苦痛作抗争的旷日战（吉尔伯特，古芭，1985）。当然，诗中也自然而然地流露出身为女性，在智力生活中处于从属性地位的不满和愤懑之情。例如，在《序曲》中，女诗人声言想成为“愚钝的、被损毁了的、被玷污了的缪斯（foolish，broken，blemished Muse）”，一位“自然也无可修复的”天才（made…irreparable by nature）。最后，她说：

就让希腊人做希腊人，女人做女人，

男人拥有优先权并且依然卓越。

与之分庭抗礼只是徒劳无功；

男人总能把事情做得最好，而女人心知肚明。

人人皆备天资，而出类拔萃却非你莫属；

而你们只会聊表谢意。

……

字里行间流露出作者对于两性不公的无奈，女子即使天资与男人同样聪慧，尽管也是饱读诗书，也不可能成就卓越与辉煌，只能让“希腊人做希腊人，女人做女人”。看出此时女子对于自然之道与上帝安排的绝对服从，其实她们也难于辨析自然与上帝的区别与联系。这与萦绕欧洲300年的厌女情结（misogyny）和女巫迫害（witch-hunt）是分不开的。难怪安妮并不急于将诗歌发表，并将大多数个人创作束之高阁。

可以说，安妮对于上帝的坚定信念，也颇值得我们这些生活在信念缺席年代的人们反思。西蒙·布拉德斯特里特25岁时与16岁的安妮结婚，他们曾是青梅竹马的玩伴。1630年，新婚不久的安妮夫妇与父母举家前往新大陆。这段通往美洲的长达3个月的航程可谓充满艰辛与磨难，旅途中已有几位同路人因劳顿与寒冷离世，这与安妮一贯的安逸的读书生活可谓大相径庭。在安妮后来的回忆中，她告诉自己的孩子们，“我看到了一个全新的世界，一切都不一样了，我的心为之激荡”。她接着说，“当我得知这一切皆是上帝之道，我欣然接受了，加入到波士顿的教堂里来”。她的思想中总是充盈着叛逆的精神与缜密的良知的完美融合，却又时刻不忘她的清教出身。

从历史的角度来看，安妮的身份主要来自她的地位显赫的父亲和丈夫，他们都曾担任过马萨诸塞州的州长，留下了大量的史料与图片。尽管她十分看重他们的爱和保护，一份资料显示，同样她也看到“周围任何一位试图施展自己才情、魅力或者智慧的女子，大都遭到殖民地有权势的男性的讥讽嘲弄、驱逐甚至处决”。安妮已经领悟到她的领地就是家，与教堂和国事无缘，甚至“那些有关上帝的观念也是源于丈夫冥思的精华”。

从安妮的诗歌中我们可以读到她对孩子和丈夫西蒙·布拉德斯特里特州长的那份挚爱。她的诗大都是在西蒙在外执行政务，她本人长时间独处时写下的。安妮是一位很有教养的女子，花了大量的时间与孩子们在一起，就像当年她的父亲教她那样教育自己的孩子，给孩子们阅读。可以说，她对物质财富的淡漠，她的谦恭，她的脱俗，对于宗教事务的不闻不问，与那些物欲横流和尔虞我诈形成鲜明对照。她在一封致丈夫的信中，深切地表达了她的思念之情：“我的头颅，我的心脏，我的双眼，不，还有更多，/我的欢乐，我的世间的一切，/若能合二为一，就如同你和我，/为什么你在那边，而我却身置此地？”她又把她的丈夫比作在天庭中运行的太阳：“在我快乐的时候，没有风暴，也感受不到寒霜，/他的温暖确能将寒霜融化，/我冰冷的四肢已经在孤独中麻木，/归来吧，归来吧，甜蜜的太阳，从摩蝎宫中。”从她的诗中我们可以看到她深爱她的丈夫，每次丈夫因公务离家或到其他聚居地，她都会深深地思念着他。然而，她对丈夫的感情以及对整个清教的信仰和她作为女人的身份似乎总是欲理还乱的。10年之内他们有了8个孩子，在生产过程中她总预料自己要死去，但她还是活到60岁。

她为自己的父亲和母亲写下墓志铭，既表达了对他们的敬爱，也显示了在清教的文化氛围中，其父母作为男女两性的楷模的力量。她在母亲的墓志铭中这样写道：

> 献给我亲爱的并永远敬慕的母亲，多罗希·杜德里夫人，
>
> 于1643年12月27日停止了呼吸，终年61岁。
>
> 这里安息着
>
> 一位堪称毕生没有瑕疵的生命，
>
> 一位慈爱的母亲和温顺的妻子，
>
> 一位友善的邻居，对穷困者充满悲悯之情，

倾其所能接济他们；
仆人们对她敬畏若智者，亦能领略她的善良，
……
言谈与举止怀着宗教的情愫，
她在为死亡做着准备，直至最后的日子；
所有的孩子们，亲眼目睹她，
死去，留下祥和宁静的记忆。

形成对比的是，在其父的墓志铭中，她这样写道：

在这个墓穴里安息者一个爱国者
他虔诚，公正而且睿智，
他是真理的盾牌，权力的城墙，
他是教派暴力活动的一条鞭子和抨击者，
他是一本历史杂志，
与之相伴是一种犒赏
他的性情时而愉悦，时而声色俱厉
好人爱他，恶人怕他，
他最后的时刻伴着时光已经耗尽
在一种快乐，多于哀悼之中。
1653 年，享年 77 岁。

安妮的另外一个重要品质就是她的强烈的对于自然和家园的热爱。我们必须记住她是一名清教徒，尽管她有时也会质疑男性等级制的力量，甚至上帝的力量（或者作为末日审判者的上帝的力量），她对于自然和物质世界以及精神世界的热爱，在她的作品中常常会呈现出一些矛盾与冲突的状态，尽管她从宗教对于来世的承诺中找到过巨大的希望，在现世的她也同样找到了巨大的乐趣，特别在家人、家园和自然之中，人们不得不为她对人类的心灵世界和精神家园的一往情深而感慨万千。安妮在马萨诸塞州的生活并未留下多少印记，除了她的诗歌之外，没有肖像，没有墓志铭，后人甚至找不到他们家的房屋。她和家人搬过几次家，总是越来越靠近边

疆地区。我们猜测，他们一开始一定常遭印第安人的侵袭、绑架，同时以安妮对于大自然的热爱和对他人的亲和力，他们一定化解了这些冲突，与边疆的生活完美地融合在了一起。

在之后的 200 年里，很少有美国女性的诗作出版，她的诗歌也为文学史所长期忽略，直至 20 世纪中叶的女性主义者的“重新发掘”，批评者在她的创作中发现了许多有意义的艺术品质。她的风格乍一看去着实很简单，然而读来让人感受到她的艺术素养和艺术抱负。她是一位有智慧和有理想的女子，有着无限的爱和矢志不移的信念。人们很难要求一位 17 世纪的女子明确地表达自己的见解，而安妮 · 布拉德斯特里特却做得行云流水，语言的盛宴和组配（polyvalent）使得她的作品既抒情婉转，又有严密的逻辑性，读来确实让人心情舒畅。

4.1.2　妇唱夫随，琴瑟和鸣：安妮 · 金斯密尔 · 芬奇

安妮 · 金斯密尔 · 芬奇是英格兰发表作品最早的女诗人之一。她也是一个性情愉快的人，她的诗闪耀着睿智的火花和顽皮的幽默，她把她看到和经历的写下来，她的声音是直接的、个人的、没有通过任何媒介的，她被认为是 19 世纪以前英格兰最优秀的女诗人。

安妮 · 金斯密尔生于 1661 年 4 月，童年的安妮命运多舛。安妮出生后仅 5 个月父亲就去世了。身为爵士的父亲在遗嘱里特别叮嘱家人，女儿和儿子的教育权一定要均等。母亲安妮 · 海瑟伍德之后再婚。1664 年，母亲临终前写下遗嘱，让小安妮和异父的妹妹布利吉特与祖母金斯密尔夫人住在一起。无论从哪个角度来说，祖母都是一位精明和自立的女人，她曾几次起诉安妮的舅舅威廉 · 海瑟伍德（安妮父亲以庄园作抵押的遗产由他负责），要求分得安妮和布利吉特的教育费。当老妇人 1672 年病逝后，姐妹俩只好由舅舅海瑟伍德来照管，直到 1682 年他去世，这些孩子一直待在他家里。孩子们在这里作为这个大家庭的成员，与本区的其他家庭有交往。在女子教育方面，这里的风气甚是开放，金斯密尔家的女孩们受到

了正规和非正规教育，而且科目也较为广泛。安妮·金斯密尔是伴着希腊罗马神话、圣经，法语、意大利语，历史、诗歌和戏剧成长起来的。总体来说，安妮的成长得益于开明的家庭教育环境。

1682 年，安妮来到圣·詹姆士宫，成了约克公爵詹姆士（后成为国王詹姆士二世）的妻子玛丽的一名上等女佣。安妮十分欣赏朝中的才子们带给她的智慧上的激励，尽管这些才子们对才女常常表现出反感。安妮也在这里遇到了她未来的丈夫海内吉·芬奇（Heneage Finch），他是朝中弄臣兼士兵，被任命为约克郡詹姆士公爵寝宫里的男仆，海内吉比安妮大 4 岁。与安妮一样，他也出身于一个与皇家有着千丝万缕联系的家庭，一个有着强悍妇女家族传统的家庭：海内吉的祖母伊丽莎白凭自身的品格，于 1628 年被封为温切尔西女伯爵（Countess of Winchilsea），这一称号可以传承给她的男性继承人，遗憾的是海内吉不属于继承这一封号的直系亲属。

尽管一开始她并不想嫁给海内吉，然而他们还是在 1684 年 5 月 15 日结婚了。人们期待这是一场长久而幸福的婚姻。在《致达夫尼司（诗歌中对丈夫的称呼）的一封信》和其他写给丈夫的爱情诗中，安妮·芬奇十分庆幸他们之间充满激情而富有情趣的亲近，以及由此而来的快乐和惬意。这样，她以诗歌创作远离了当时人们惯常的态度和习俗，也抨击了当时盛行的厌女情结（misogyny）。她的作品不时流露出对女性社会角色受到限制的嘲讽。所幸的是，丈夫海内吉鼓励并极力支持安妮的写作。这可谓是天作之合，39 年过后，丈夫海内吉依旧重视他们的结婚纪念日，在自己的日记里把它视为“最值得庆幸的日子”。婚后的安妮离开了宫廷，她的丈夫依旧留任宫中。

学者劳伦斯·斯通（Lawrence Stone）认为，这一时期上流社会盛行的婚姻的商业气息十分浓厚，芬奇的婚姻却能建立在“伙伴关系、相互尊敬和爱慕之上”，实属难能可贵。尤其作为丈夫的海内吉实实在在地鼓励自己的妻子创作出版诗集，更是凤毛麟角。后来的岁月里，他还乐此不疲地校正编辑妻子的诗作，例如，在所有的诗歌中，把安妮的笔名由“阿利塔”改为“阿狄利亚”。后来，他又把她的作品改换成一种更大的对开本的手稿，戏称其妻的书法龙飞凤舞，天书一般（nearly illegible），不由得使人联想到李清照与赵明诚琴瑟和鸣的爱情佳话，以及他们的离愁别恨。今日的读者不得不承认，这种其乐融融和讲求精神生活的境界恐怕是我们今人所难以企及的。

后来，由于英国内战，也就是所谓的“无血的革命”，1690 年 4 月间，海内吉因为被指控为雅格宾派而被捕。这年 4 月至 11 月的分离，对于芬奇夫妇来说是一种煎熬，海内吉在伦敦准备自己的辩护词，安妮在肯特继续写作。也是为了排遣不时袭来的忧郁，她在《面对忧郁的阿狄利亚》（*Ardelia to Melancholy*）中写道：

终于，我的赶不走的仇敌又至，
我与它的对抗你也许无从知晓。
我每一次的苦苦挣扎，总是
无果而终，只是更加剧了我的苦痛，
我已决计，不再这样继续下去，
我承认，我已经尝试过
甜美的快乐，还有音乐，也曾试过
上千种其他艺术疗法，
来赶走郁积在我胸中的黑暗，
你，已经驱逐了我所有的安宁。
然而，尽管有些时候，这些方法也给我战前短暂的延迟，
却不能，因着力量的悬殊，来拯救我；
所有试图平息我的敌人的艺术，只不过增强了那些敌人的力量，
一如受阻的河流，一旦冲决堤岸，便会一泻千里。
……

安妮此时的诗歌创作，一如李清照之词，既有政治主题，也有个人主题，较之先前的作品更带有某种悲哀和讽刺的意味。1690 年的岁末，芬奇夫妇应邀来到伊斯特韦尔居住，伊斯特韦尔是个美丽的地方，既宁静又安

全。男爵主人还很年轻，没有结婚，但早就因赞助艺术闻名遐迩。在这里，安妮继续得到丈夫和男爵对自己写作上的鼓励和支持。海内吉的支持既实实在在，又富有情感。他开始为她的56首诗歌编写八开本，将它们亲自手写出来。在伊斯特韦尔的那段日子里，安妮感受到的是静谧和创作上的丰收，虽然像是在隐居。这一时期的许多诗歌赞颂的都是她和赞助者们以及女性朋友们之间的友谊，也反映了她对居住环境的喜爱和敏感。她在《夜的幻想曲》（*A Nocturnal Reverie*）中写道：

在这样一个夜晚，当所有的疾风
都已经躲藏进远处的洞穴；
只有温柔的西风神还在煽动着羽翼，
还有孤独的夜莺，依然醒着，她在歌唱；
在林间的一棵树上，总为了苍鹰的欢乐，
她，也为迷路者指明方向：
在这样一个夜晚，当游云已经让出天空，
只有淡淡的浮云在为神秘的天堂披上薄薄的轻纱；
在小河之上，两岸总是悬挂着层层绿意，
粼粼的月光和颤颤的树叶依稀可见；
当清新的绿草将它的每一片叶子竖起，
给清凉的岸边带来怡人的宁馨，
此时忍冬花开始发芽，还有樱草，
还有嗜睡的金盏花也在默默地生长；
……

文中的"西风神"（Zephyr）和"夜莺"（Philomel），皆引自希腊神话，用典颇为用心，尤其是夜莺菲勒米拉（Philomela），本是雅典国王之女，后遭强暴并割舌，依旧惨绝地发出凄美的抗拒言词。我们说，女诗人安妮在诗中也不无自喻和自勉之意。

越来越多的人支持安妮·芬奇以她本人的名字发表作品，她的崇拜者和朋友包括乔纳森·斯威夫特（Jonathan Swift）和亚历山大·薄普（Alexandra

Pope），二人鼓励她将作品发表出来。早在1691年，她将一部分作品以诗歌的形式匿名发表。《怒火》（*The Spleen*）在1701年匿名发表，凡响不错，是她生前最受欢迎的诗歌，描述的是她忧郁的心境。鉴于当时的社会政治气候，安妮对于是否发表作品感到犹豫，这也在情理之中。诗集的序言带着她的八开本的手稿悄悄地发行，探讨了对当时女诗人的一些看法。1713年，她的《诗歌总集》（*Miscellany Poems*）得以发表，包含了她86首诗歌和第二个剧本《皇家羊倌》（*The Royal Shepherd*），在第一版的封面赫然写着"由一位女士编剧"。而在以后的印刷中，作者安妮则作为温奇尔西伯爵夫人出现。

1712年8月4日，查尔斯·芬奇伯爵意料外离世，并没有留下任何子嗣。他的叔叔海内吉·芬奇成为温奇尔西伯爵，不幸的是，芬奇夫妇在继承了贵族称号的同时，也把年轻伯爵的债务和官司一并继承过来。这一切成为他们日后忧心和焦虑的根源。3年之后，安妮的健康状况急转直下，多年来她已经与抑郁症做过顽强的斗争。她的诗歌越来越多地表达出她的宗教信仰和宗教关怀，如《天堂祈福》（*A Supplication for the Joys of Heaven*），她最后的诗歌包括《沉思》（*A Contemplation*），动人地讲述了她的生活和信仰。1720年仲夏，安妮在伦敦逝去，按照她的要求葬在伊斯特韦尔。她的丈夫为她写下了这样一段文字：

> 若要描画她淑女的品质，一定要有像她那样精到的笔墨（她是那样一位优秀的作者，那样了不起的诗人）；我们只能权且这样说，她是皇家女主人最为忠实的仆人，是身为贵族的丈夫的最好的妻子，无论是在公开还是私人的各种关系中，无论在精神上还是在肉体上，都是非凡的上天赐予的光辉典范，全英格兰王朝尚未有如此成就卓越的女士，英格兰国教亦没有比她更好的基督徒。

且不说这位丈夫对自己患难与共的妻子的评价是否有些夸张，单就他为诗人妻子生前所做的那些实实在在的鼓励和支持，当今的男人们又有几人能做到？

4.1.3 小结

我们看到，这一时期的女性文学创作与后世的文学创作相比，像一片未被现代文明的各类思潮与主义所熏染或污损的原生态林，是那样的天然与纯真。写作的女性虽身为贵妇，却没有贵族的矫揉造作；虽静坐能思，提笔能写，所思所写又是那样澄澈明亮，身心是那样健硕与光明，全然没有困扰近现代女性的各种心理疾患。

另外，从两位女性诗人那里我们看了其乐融融的未被工业文明扭曲和异化的家庭生活，妻子相夫教子，丈夫鼓励妻子写作，夫妻恩爱忠贞，互相支持鼓励。那时的她们，也经历天灾战事和国难家仇，家中还没有省时省力的家用设备，也没有摆脱盲目生育的计策。没有人告诉她们女子也需要全面实现人生的价值与生命的意义，而她们在承担了痛苦的多次生育和繁重的家务之余，以默默的写作证明了女子的另一种存在。我想，任何权利运动的结果最终所要达成的目标亦不过如此吧。

4.2 大自然的女儿：蒙哥马利笔下的“红发安妮”形象

《绿山墙的安妮》（*Anne of Green Gables*，以下简称《绿山墙》）于1908年问世。在过去的100多年里，书中主角“红发安妮”的形象已经深入人心，安妮及其作者露西·莫德·蒙哥马利（Lucy Maude Montgomery，1874—1942）的诞生地爱德华王子岛（Prince Edward Island，简称PEI）也已成为读者和旅行者趋之若鹜的圣地。尤其是在日本，众多少男少女作为安妮的粉丝，纷纷前往PEI岛参观作者故居，体验安妮在农庄的生活，新娘则穿上安妮式样的婚纱，在那里举行她们的结婚庆典。

继《绿山墙》走红之后，蒙哥马利一发不可收，创作出安妮系列作品《阿旺利的安妮》（*Anne of Avonlea*，1909）、《海岛上的安妮》（*Anne of the Island*，1915）、《安妮的梦巢》（*Anne' s House of Dream*，1917）、《虹

谷》（*Rainbow Valley*，1919）、《壁炉山庄的安妮》（*Anne of Ingleside*，1921）和《风吹白杨的安妮》（*Anne of Windy Poplars*，1936）等，蒙哥马利一生总共创作并出版了 20 多部长篇小说、500 多则短篇故事、一部自传、一部诗歌集等。而安妮系列小说备受读者青睐，特别是第一部，在加拿大，到该书出版当年的 9 月中旬，它已经重印 4 版；到 11 月底共重印 6 版。1909 年 5 月，其英国版也重印了 15 次。1914 年，佩奇公司发行了普及版，第一次印刷量便为 15 万册。此后，《绿山墙》被译成 50 多种语言出版，并多次被改编成音乐剧、舞台剧以及影视剧。可见该书的世界影响力。

1987 年第一个汉语译本在国内出版，在一段时期内没有形成很大的影响。进入新世纪后中国突然掀起了安妮热，从 2000 年到 2010 年共出版《绿山墙》各种中文版本 30 多种，其中英文版本 6 种，普通汉译本 11 种，导读中译本两种，插图中译本 10 种。仅 2009 年一年出版的《绿山墙》各种版本便多达 10 种。

该书先后被译为 30 多种文字在世界各地出版，风靡全球。很多学者不再只是将其视作普通的儿童读物，开始从不同的角度研究、分析和解读该部作品，包括女性主义、神话—原型批评、成长小说、宗教等。

本书尝试通过文学形象研究这一角度，透视《绿山墙》这部经典文学作品中的安妮形象，进而分析这一形象对于后世加拿大女性文学主题与形象研究的影响。

4.2.1 安妮形象的诞生及其意义

就故事情节而言，《绿山墙》是一个简单得有些落入俗套的故事：在美丽的爱德华王子岛上，未娶未嫁的兄妹马修和玛丽拉住在一栋有着绿山墙的房子里，随着年龄越来越大，他们准备去孤儿院收养一个男孩，便于将来替他们打理农庄上的活计，阴差阳错，孤儿院送来了一个满头红发、满脸雀斑、又喜欢喋喋不休的女孩安妮，令兄妹二人大失所望。一天的相处后，马修和玛丽拉决定留下这个能说会道的女孩。后来这对兄妹发现安

妮生性倔强勤恳、活泼乐观、酷爱幻想、待人真诚；她有着强烈的好奇心，频繁地闯一些无伤大雅的祸，让人不忍责难，反而忍俊不禁。她不似任何意义上的传统女孩，从此马修兄妹刻板的生活被彻底打破了。安妮激情洋溢、活力四射、略带叛逆的个性感染了身边的每一个人。她聪明勤奋，很快就在学校崭露头角，并赢得了大学的奖学金；在《绿山墙》的续集里，安妮知恩图报，当马修去世，绿山墙农庄面临困境时，她毅然放弃去远处女王学院上大学的机会，就近当了教师，以便照顾年迈体弱的玛丽拉。

小说主要围绕孤儿安妮从一个单纯的、好幻想的女孩成长为一个成熟、稳重、知恩图报的姑娘的过程。初一看，这不过是一部可以母女睡前共读的少女励志与感恩的故事，或者是一部丑小鸭变天鹅，或是灰姑娘嫁给王子的童话故事而已。然而，为什么这一故事连同它的主人公一起吸引着世上如此多关注的目光，且魅力一直有增无减，令人欲罢不能呢？

自问世以来，“红发安妮” 这个人物形象和小说中爱德华王子岛的自然风光以其诗情画意吸引了全世界不同年龄和性别的读者的深深喜爱。大文豪马克・吐温曾说，这本书照亮了他孤独的心，他认为蒙哥马利创作了继不朽的爱丽丝（《爱丽丝漫游奇境记》的主人公）之后，最令人感动和喜爱的儿童形象。当然我们也可以说，就个性而言，安妮其实也是加拿大文坛上的“汤姆・索亚”，因为他/她们在某种意义上都有着不在场的父母，无疑，他们更是大自然的孩子。

与以往那些单一的、苍白的道德说教式的寓言和童话形象不同，我们在安妮身上找不到白雪公主那样的单纯，不会不经意间就落入阴谋者的陷阱而不自知，最终也不需要王子的救助，她没有灰姑娘那样的天生丽质和幸运，她普通得就像个邻家女孩，对于自己的外形常常极度不自信，有时甚至极度绝望，尤其是那头无法改变的红发——“胡萝卜须”。然而，由于她就是我们身边的女孩，人们就爱她那种富有灵气的生命活力。她的生命力如此健康蓬勃，到处绽放爱和梦想的花朵。安妮拥有两种极其宝贵的财富：一是对生活的惊奇感，二是充满乐观精神的想象力。对于她来说，每一天都有新的期盼、新的惊喜。她不怕盼望落空，因为她已经从盼望中享受了一半的喜悦。她生活在用想象力创造的美丽世界中，看见五月花，她觉得自己身在天堂，仿佛看见了去年秋天里枯萎的花朵的灵魂。

蒙哥马利依靠自己的经历和艺术想象力为我们塑造了这样一个鲜活可爱的女孩形象。文学形象是指文本中呈现的具体的、感性的、具有艺术概括性的、体现着作家的审美理想的、有着审美价值的自然和人生的图画（房春生，2012）。而《绿山墙》中的主人公安妮的体貌特征和一言一行，就恰好体现了作者的审美理想和审美价值。PEI 岛、绿色屋顶和洁白游廊以及周围的牧场、一花一树等大自然场景是作者为了衬托人物形象而以感性的语言竭力描摹的画卷。

文学形象具有不同的类型，大体上可以分为三种，即语象、形象和意象（刘真福，2008）。语象主要是指非描摹性的、但又能引起读者具体感受和丰富联想的各种语言用法。在《绿山墙》中，安妮语象的一个最大的特征就是她鲜活而生动的话语，一个出自 11 岁女孩的话语时而让人忍俊不禁，读来像是来自外层星系，充满幻想，时而又让人觉得异常严肃重大，让大人不得不慎重思考。

当她第一眼见到来车站接她的马修时，就不自觉地说了下面一大段话，令马修略感惊讶并一时无言：

> “我猜你就是绿山墙的马修·卡思波特先生吧？”她以一种独特的清晰甜美的声音说，“非常高兴见到你。我正担心你不来接我了，我想象了所有可能发生的导致你不来的事情。我已经决定如果今晚你不来接我的话，我就沿铁轨走到转弯处那棵大洋樱桃树下，爬上去，钻进树里，今晚就待在那儿。我一点都不会害怕，月光下，睡在一棵开满白花的洋樱桃树中，将是一件多么美妙的事啊。你觉得呢？你可以想象自己正躺在一座大理石建成的城堡里，不是吗？而且我确信你明天早晨一定会来接我，如果你今晚不来的话。”

这是读者和马修第一印象中的安妮：开朗、乐观、爱自然、喜幻想。接下来，她又滔滔不绝了：

> “……但是在孤儿院里几乎没有想象的空间——只能想象一下其他孤儿。假想那个坐在你旁边的女孩可能真的就是一位披着绶带的伯爵的女儿，在她还是婴儿的时候，被一个残忍的护士从父母身边偷走，而那个护士还没来得及说出真相就离开人世了。我晚上常常躺在那里，想象这些事情，因为我白天没有时间。”

生动的语言描绘能使人联想到人物形象在客观事物中的投射。比如书中安妮的样子是这样的：11 岁左右的孩子，穿着一件很短、很紧、很难看的黄灰色棉绒裙，戴着一顶褪色的棕色水手帽，帽子下一直拖到后背的是两条粗粗的红发辫子。她的脸又小、又白、又瘦，布满雀斑；嘴巴很大，眼睛也是；一双眼睛在某些眼神和状态下看上去是绿色的，而在另外一些眼神和状态下又是灰色的。 更加细心的人或许还会注意到她的下巴很尖、很突出，大大的眼睛充满锐气和活力；可爱恬美的嘴唇极富于表情；前额宽大而饱满……

书中对于形象的客观描写其实并不是很多，客观的景物氛围大多是通过安妮的眼睛、想象和她天才的语言表述表现出来的。

> “这儿真漂亮，不是吗？那棵缀满百花、从田埂上斜垂出的树让你想到了什么？”她问道。
>
> “嗯，我不知道。”马修说。
>
> “哎呀，一位新娘，当然啦——一位戴着美丽面纱的白衣新娘。我从来没有见过新娘，但是我能想象得出她的模样。……噢，这儿有更多开花的洋樱桃树！这座小岛简直是开花最多的地方。”

文学形象研究中的意象是指为表现思想感情而创造的一种形象（刘真福，2008）。在表达安妮即将来到绿山墙农庄开始新的生活时，以“灯光”“天色”“眨着眼睛的星星”作为意象，表达安妮对于家和新生活的渴望。她看到如下景象：

> ……零零星星的野梅子树从岸边斜伸出来，就像一位白

> 衣少女正踮着脚向水中凝望自己的倒影。池塘源头的那片沼泽地里传出阵阵清脆、凄厉而又悦耳的青蛙叫声。远处小山坡上白色苹果园旁坐落着一幢灰色的小房子，尽管天色还未完全暗下来，但是屋子的一扇窗户里已经出现了闪动着的灯光。……他们在左边一座远离马路的农庄前停下，四周被树林所环抱，屋前的树开着花，农庄在树影婆娑的暮色中隐隐约约地显出些白色。向上看去，无瑕的西南边天空中一颗大大的、水晶般透亮的星星眨着眼，好像一盏充满希望的指路明灯。
>
> ……
>
> “听，树儿在梦中说话。”当马修抱她下车的时候，她轻声低语，“他们一定在做着梦里的梦！”

与此同时，安妮的听觉也异常灵敏，如沼泽地里的蛙鸣、想象中树儿的梦呓等，所有这些描述皆服务于安妮的思想情感和她丰富的想象力。此时景物的描绘与这位渴望家庭温暖的孤儿的心境完全融合在了一起，至纯至真的语言凸显了人物的形象，加深了读者的印象。

然而，这只是文学形象的总体特征，不同性质的文学形象有不同的具体特征，文学形象与人的知、情、意的精神结构有着某种对应的关系。这就形成了文学形象总体的系统性。这种系统性决定文学形象的一般形态可分为写实性形象、抒情性形象和表意性形象三种，其中高级形态也就是艺术至境形态则由文学典型、文学意境和象征意象构成，成为独立互补的三足鼎立的艺术至境结构（童庆炳，2007）。

文学形象是以语言文字的形式存在于文学作品中的，它是作家对现实生活素材进行艺术的提炼、加工、创造，又经过读者头脑反映、品味、再创造，最终以富有情感色彩和审美意味的具体可感的形式呈现的。它具有繁多的层次和侧面，既包括人物形象，也包括物体形象和场景形象；在以人物为中心的叙事性作品中，文学形象通常指人物形象。因此，文学形象具有多义性、多层性的特点（刘真福，2008）。我们可以用图 4–1 来展现文学形象发生、演化的过程。

客观物象——→作家心象——→作品形象——→读者心象

图 4–1　文学形象的发生、演化的过程

如图所示，“物象”是客观的，其余三“象”都是主观的；前一“象”向后一“象”过渡会出现复杂的变化：同一种物象在不同的作家笔下会变幻成不同的形象；同一作家，在不同时境、不同心情下观察和描摹物象也会有所差异；“读者心象”同样有差异，同一形象在不同读者头脑里产生的各种差异，尤其值得我们关注。由此又可以看出文学形象的多义性、多层性的特点。

另外，文学形象是来自生活又高于生活的形象，必须与生活中的形象相似，而且是具体可感的。如果说文学具有生命力的话，那么文学形象就是文学生命本身的一种显现。因此一个具有深刻人生启示意义，具有激动人心力量的文学形象，会超越国界广泛传播于世界各地，给读者留下永生难忘的回忆，这也正是马克·吐温笔下的汤姆、路易斯·卡罗尔的爱丽丝等文学形象，不分国界深得世人喜爱的缘由，安妮形象亦是如此。

同时，作家借助于形象思维创作出文学形象，读者在阅读文学作品时，首先感受文学形象之美，文学形象如果不是美的形象，那也就不具备艺术价值了。换句话说，文学形象必须具有审美价值，能给人以美的感觉。否则，它也不能吸引人、感动人，因而也不能称为文学形象了（唐正序，1983）。

评论家欣赏文学作品，更多的是品评人物形象、社会景象、自然景象。可以说文学存在于形象中，作品因贮满形象而显得充盈丰厚（刘真福，2008）。蒙哥马利就以她天才的笔墨为我们刻画了安妮这样一个充盈着无限活力的文学形象。

4.2.2　大自然的女儿形象

从小说一开始对于安妮的形象描写中，读者就可以知道，安妮是个红头发且满脸雀斑的女孩，这对于东方文化背景下的读者来说，也许并不意味着什么特别含义，而且时尚的女孩子竞相将自己的头发染成红色，然而在西方，红头发是人们唯恐避之不及的。安妮对于自己的红发更是讳莫如深，然而她也知道这是她的想象力所无法企及与改变的，这一定是无可改变的大自然的旨意了。在第一次前往绿山墙农庄的路上，安妮见到如此美丽的景色兴奋不已，憧憬着美丽的梦想，却突然有了好梦难以成真的忧患。

> 她突然从自己瘦弱的肩膀上抽出一条长长的、极有光泽的辫子，举到马修眼前。虽然马修不习惯辨别女子发辫的色彩，但是对眼前这条辫子的颜色却没有太多质疑。
>
> “红色，是吗？”他说。
>
> 女孩将辫子垂放下来，叹了一口气，这声来自于她内心最深处的叹气似乎正向外发出她郁积已久的忧伤。
>
> “是的，是红色，”她无可奈何地说道，“现在你知道为什么我不能非常快乐了。任何一个长着红头发的人都不能。我不怎么在乎其他东西——雀斑、绿眼睛和我的皮包骨。我可以想象它们都不存在。我可以想象自己拥有美丽的、玫瑰花瓣似的皮肤和漂亮的、闪闪发光的紫色眼睛。但是我无法想象红发不存在，我试了所有的办法。”

在西方，人们有这样一个普遍的认知体系，红头发的人脾气暴戾、伶牙俐齿。在现代医学尚处于早期的时候，红头发被人们认为是多血质（sanguine temperament）的气质类型的体现，是那种“义无反顾、不惧受伤”的性情中人，是任凭自己强烈情感自然流露的性格类型。在印度临床医学中，红发被认为是“阿育吠陀”（Ayurveda），梵文的意思是“生命的知识与智慧”，是一种色彩丰富的鸟类的性格特征。另外，人们也普遍认为红头发的人性感热烈。这些信条为19世纪女性犯罪学研究在科学上的发现提供了依据。他们断定，红发与欲望犯罪有着某种联系，并声称48%的“犯罪女性”是红发女（伦布罗索，费雷罗，2003）。在小说和同名电影《红发女人》中，主人公就是一位具有性攻击力的家庭破坏者，所到之处怒气大发。《绿山墙》中的安妮·雪莱虽然也是一位红发女孩，但她却试图改变人们的传统认知，她活力四射，充满正义感，逆反陈规陋习，偶尔

犯些可爱的错误，处处彰显出她的个性魅力和正面能量。无独有偶，在《麦田里的守望者》中，塞林格也颠覆了这一传统信条。霍尔顿·考菲尔德（Holden Caulfield）说："人们都说红发人易怒，但是艾利却从不发怒，他的头发可是非常红的。"

从遗传学上看，在整个人类中，红发的发生率约占1%～2%，经常会出现在北欧和西欧的民族中，其他地域则较少出现。红发的出现是两对基因在染色体16上造成的MC1R蛋白质的变异。而在英国，红头发一度被人们蔑视为"胡萝卜顶"或"胡萝卜头"，这都源于人们的无知与偏见，无视自然和遗传的丰富性。从文化学角度看，随着人类文明的演进，人们也渐渐从对红发易怒的取笑转向对红发的崇拜。蒙哥马利将安妮塑造成红发，不能不说她的用意具有十足的颠覆性。

安妮形象的创作者露西·莫德·蒙哥马利也是自然的女儿。出生于童话世界爱德华王子岛（Prince Edward Island）的她是英国皇家文学协会有史以来接纳的第一位加拿大女性会员，也是加拿大第一位享有国际声誉的女作家。相较于光环笼罩的作家生涯，蒙哥马利的童年生活显得有些黯淡。母爱缺乏，与父亲疏远，又与祖父母隔阂，在这一点上，她与安妮有着极其相似的经历。年幼的蒙哥马利时常觉得孤独，她将强烈的情感需求转向了精神世界和大自然。这些童年的记忆深刻地影响了其后的写作生涯，蒙哥马利作品中的女孩形象总是纠结于家庭建构与自我意识的冲突中，最后大多能在大自然中得到舒解。

尚在孩提时代，蒙哥马利就开始了广泛的阅读。虽然小说在当时被认为是儿童不宜读物，但她从小便阅读了沃尔特·斯哥特爵士的《罗布罗伊》（*Rob Roy*）、查尔斯·狄更斯的《匹克威克外传》（*The Pickwick Papers*）和爱德华·李顿（Edward Bulwer-Lytton）的哥特式恐怖小说。当然她对于诗歌的涉猎不曾受到限制。于是，她就在英伦诗人弥尔顿和拜伦的世界里狂欢了。早年的这种浪漫主义诗歌方面的浸润，影响了她的写作风格，使其作品极具诗性与描述性，还富于无边无尽的想象。蒙哥马利回忆起她创作第一首诗歌的那一天，当时她9岁，恰逢父亲前来外祖父家看望她。当她读完自己的这首诗的时候，父亲漫不经心地说，诗行不押韵，听上去不像什么诗歌啊。尽管遭到父亲温吞吞的评价，蒙哥马利还是将这首诗保留起来，几年之后在当地的一份报纸上发表了。可以看出，蒙哥马利在安妮身上注入的就是这样一种诗性人格，一种大胆的、不再囿于传统思维模式的想象力。在安妮身上，读者找到了潜隐在自己人性里的那一部分能量，这也正是读者意欲表达却没有找到合适的释放渠道的那部分人格，所以安妮暗合了每一位读者潜藏的心迹。

安妮是如何走进蒙哥马利的创作呢？ 37 岁嫁为人妇的时候，蒙哥马利已经是颇有名望的作家了。她的创作秘诀出自每日琐碎的家务，在她的围裙口袋里总是有一个小本子，每有灵感乍现，就立刻记录。在一次浏览小本子的时候，她发现了这样一条消息，引发了她的创作灵感：“一对年迈的夫妇向孤儿院申请领养一个男孩，阴差阳错，一个女孩被送了过来。”正是从这只言片语中，蒙哥马利整合出了她的第一本小说，并于 1908 年出版为《绿山墙》。可以说，小说的诞生也是一个纯粹的自然孕育的过程。它是作者居家生活的一个副产品，不曾想却成了她婚后孕育出的一个“精神上的女儿”。此后的蒙哥马利一发不可收拾，一路伴着安妮从《绿山墙》农庄（*Anne of Green Gable*）到《埃文利》（*Anne of Avonlea*），从《梦中小屋》（*Anne's House of Dreams*）到《彩虹幽谷》（*Rainbow Valley*），从《风吹白杨》（*Anne of Windy Poplars*）到《壁炉山庄》（*Anne of Ingleside*），从《黄金岁月》（*The Golden Road*）到《诗样年华》（*Emily Climbs*），她一直培养塑造着这个女儿，从少女到大学生，再到这个女儿为人妻、人母。总之这样一个浑然天成的成长过程是时刻与大自然相生相伴的。

除了政治和地理环境对于安妮的田园生活环境产生影响之外，蒙哥马利为安妮所虚构的生活环境都来自她本人童年时代生活的卡文迪什（Cavendish）、她热爱这座仙境般美丽的 PEI 岛。安妮与她的创作者一样，对于自然有一种狂热的依附感，当家庭内部的生活成为一种折磨时，户外的大自然总能给她们以慰藉。

4.2.3 结语

在处处体现出自然的神奇和荒野呼唤的加拿大，安妮是大自然的女儿，她是自然带给加拿大的礼物，她是加拿大人民精神的一种体现，是荒野中的强烈的生存意识。这个民族的一部分祖先从旧大陆漂洋过海，来到这片陌生的土地，如同一个脱离母乳的婴孩，靠着自己的顽强的生命力，不断让自己成长壮大起来。安妮身上无不体现出这样一种能量——纯洁、活力、梦想、顽强，永远保持一种向上生长的力量。可以说安妮这个加拿大本土文学养育出的顽强自立的女性形象，影响了 20 世纪的加拿大女性文坛。这也反映了加拿大文学的一个突出特点，即加拿大文学的半壁江山真正是由女作家撑起的。从早期到当代，女作家一直是加拿大文学的主力军，各时期都有代表时代潮流的女作家，也有开宗立派的女作家。

20 世纪 60 年代加拿大文学进入繁荣期，标志性的作家也是 3 位女性，即玛格丽特·劳伦斯、爱丽丝·门罗、玛格丽特·阿特伍德，她们被称为“小说三大家”。阿特伍德更是加拿大当代文学女王，也是现今世界英语文学中受到关注和研究最多的作家之一。无论是个性，还是她所创作的丰富的文学形象和文学体裁，她受世人热爱的程度都堪称加拿大文坛的“安妮”，她的创作总是能给人们带来惊讶，是加拿大文坛乃至世界文坛上的一个精灵。以短篇小说书写加拿大女性经验并获得诺贝尔文学奖的门罗，其作品如《女孩和女人们的生活》，女主角就是典型的加拿大女孩，也就是典型的“安妮”。而劳伦斯笔下的加拿大题材的 5 卷本的马纳瓦卡系列长、短篇小说，书中女主人公穿插、互涉出现在各个文本之中，是对 3 代加拿大女性的生存经验的叙述，她们各自不同的反叛、独立、创新，她们身上皆有“安妮”的影子。可以说，20 世纪的加拿大英语女性文学成就足以抗衡加拿大的男性文坛，这在其他国家文坛尚属罕见。所以“红发安妮”理应成为加拿大的民族形象之一。

第 5 章　与男性的抗衡：女性意识觉醒中的书写

5.1　沉寂半个世纪的魅力：凯特·肖班与横空出世的《觉醒》

“有了一群可以任由我来摆布的人物，我觉得应该把他们放在一起，看看到底会发生些什么，这（对我）很有意思。我从未想到蓬蒂里埃夫人会把事情搞得这么糟，并自食其果。要是我拥有哪怕是一点这样的暗示，我也不会让她与这群人为伍。但是当我发现了她的企图，为时已晚。”（本德，1991）

这是一个世纪以前，也就是 1899 年 7 月，美国女作家凯特·肖班对其小说《觉醒》（*The Awakening*，1899）的批评者所作的回应。一个世纪后的今天，任何一位对于美国女性文学创作略知一二的人，都会认为这部小说的问世是在女权运动第一次浪潮涌动下的产物，是美国女性文学创作由展现罗曼史和自得其乐的家庭生活，到探索女性情感和性需要的主题转换的一个临界点，理应列为美国文学经典之一。然而具有讽刺意味的是，虽然《觉醒》的出版是对肖班作为小说家的最高艺术成就的肯定，当时却引来众口一词的谴责之声，直至断送了作家的文学生涯，并将她置于长达半个世纪之久的默默无闻的境地。直至上世纪中叶女性运动第二次浪潮影响下，人们才真正将她视为美国最为重要的小说家之一，并把肖班的作品列入文学课上的必读书目。

5.1.1 一位孤独的先行者

人们说，文如其人。肖班的文字在这个世纪的影响力如何，也许是肖班迷最为关心的问题。由于她在10年之内成就了她的主要作品，而且她是在39岁才开始她的文学创作，凯特·肖班曾经借她书中的人物利兹（Mademoiselle Reisz）之口，认为真正的艺术家是勇敢而又叛逆的。

凯特·肖班1850年7月12日生于密苏里州的圣路易斯，是爱尔兰移民的女儿，她的母亲是法裔美国人，肖班是3个孩子中最小的，也是最快乐的。然而，在她5岁的时候，父亲离开了人世，当时一切以父亲为家庭中心的凯特不得不重新思考她的人生和她的世界。父亲死后，凯特的家里就有了寡居的母亲、祖母和曾祖母。在她周围还有兄弟姐妹和其他各种亲戚。1868年6月，凯特从圣路易斯学院毕业，进入圣路易斯社交界，并成为“圣路易斯公认的美女”。作为一名初入社交圈的南方少女，她本应把自己安放在她那个阶层的年轻男子之中，等待着扮演妻子和母亲的角色。她本应该按照这样的角色来接受长辈的训导，也应当学会使自己服从于一个“更高”的男性权威。然而，由于周围几位有教养的女性的熏陶和她在女子学院中修女们对她的教育，她并没有全盘接受上述传统的思想。

在凯特的童年和青少年时代，家中通常有各种人士往来，在其乐融融的家庭背景中，人们也总想探究一下到底是什么力量影响了凯特，致使她后来成为了一名作家。在她的成长过程中，男性角色和男性中心人物在家庭中是缺失的，而这种缺失反而让她体验不到当时社会的最根本的价值观念，也就是社会各个阶层中女性对于男性的屈从，特别是在婚姻方面。因为她最初的楷模，要么是在家庭，要么是在学校，皆为女性。凯特已经非常习惯地看到女性的自治与权威。所受的训练和生活经历的不一致，使她后来创作了一些强势的女性人物，然而大多在各自的婚姻之中感到压抑窒息。

1870 年 6 月，凯特与新奥尔良的奥斯卡·肖班结婚，他是克里奥尔的棉花经纪人，婚后，他们很快就搬到了路易斯安娜的新奥尔良。1871 年 5 月，她的大儿子让出生。在整个 70 年代，她极尽一位优秀的年轻妻子的职责和义务，又生了 5 个孩子。显然，奥斯卡和凯特夫妇在当时是非常幸福的。然而，由于 1879 年的经济困境，他们只好把家搬到了路易斯安娜的克鲁特维尔（Cloutierville），奥斯卡的棉花经纪生意宣告失败了。3 年之后，即 1882 年 12 月，奥斯卡突然去世，凯特成了寡妇和生意场上依靠自己打拼的女人，打点好生意之后，她于 1884 年举家迁回圣路易斯，靠近母亲和亲戚们。搬回后不久，她的母亲也去世了，这种亲情关系也宣告结束。连续遭受丧夫和丧母打击的肖班，状况极其不好。

可以肯定地说，在肖班的生活中，亲情关系的形成和由于疾病死亡造成的亲情的终结，使得肖班时常怀有一种人生无常的感受。这种对自我认同和自我理解的需求，后来皆转移给了她书中的女主人公。正如生活中的她在这个时期对于自身角色和身份的寻找一样，她的众多人物都在不断寻找她们各自的角色、身份和位置。这种对于身份和位置的找寻贯穿于她的作品中。

大概正是出于这种解决身份问题的需要，凯特·肖班最终走向创作之路。但无论出于何种理由，1889 年，她开始了认真的小说创作。促成她动笔写作的原因有以下几方面。首先，她本人就是一位如饥似渴的阅读者，受到诸如莫泊桑等经典作家极大的影响。其次，她需要提供给她的孩子们一些可读的东西。最后，她还有许多爱好文学的朋友。值得一提的是，经过 39 年的风风雨雨的磨炼和简单平庸的生活，她终于有话要说！

1889 年 6 月，凯特写成《比上帝还智慧》，到了年末她又完成了另外 3 部短篇小说，开始了《咎》（*At Fault*）的创作，这是她在 1890 年发表的第一部小说。截至 1894 年，她发表了《支流人》（*Bayou Folk*），这是一本以地方色彩为写作传统的短篇小说集，包含除了先前在畅销杂志上发表的4个短篇以外的所有小说。这为她赢得了她平生最高的荣誉。《支流人》中所包含的大部分小说有些肤浅和感伤。即使这样，人们仍然可以发现肖班书中的人物在为自我和各自的目标而奋斗，主题要么是自立的女主人公，内战后的种族问题、男性／女性关系，要么是尽人皆知的男性沙文主义。而且，在这些早期的人物中，人们看到了一位著名的人物的原型的到来，就是《觉醒》中的埃德娜·庞蒂利埃。

1899年出版的《觉醒》终于让凯特·肖班本人成了一位名副其实的小说家。具有讽刺意味的是，这也标志着她的声誉和文学生涯的终结。渐渐地，她发现了作为一个人和一位艺术家的自我。小说中的主人公埃德娜·庞蒂利埃，慢慢从一种身为妻子和母亲的半意识状态中“苏醒”过来，进入一种如鲜花盛开一般的女人的勃勃生机之中。然而，1899年的美国，既无法接纳埃德娜，也无法接纳凯特·肖班，而她居然有勇气写下了女性的压抑和女人的性需要。在她所处的那个时代，这两者是不被认可的。继小说出版之后，由于一连串的批评责难，她只好将自我放逐，熄灭了创作的火焰，对于后来的读者来说，这真是一种莫大的遗憾。4年之后，凯特·肖班因为脑疾于无名和悲哀之中死去。

由于她直到39岁才开始正式写作，她经历过许多成熟的生活场景。她能快速发现她所关注的中心，创作的故事中的多姿多彩的人物和奢华的场景常常掩盖了主题的严肃性。她并没有卷入她那个时代的政治运动的洪流，然而法国作家莫泊桑等一代经典大师的熏陶唤醒了她这位艺术家的个人解放意识和自由精神。

这些包含智慧的观察，连同她早年的生活经历，让她的创作既有娱乐性，又具有批判性。她质疑她那个时代的社会习俗和价值标准。而且，如同她塑造的埃德娜·庞蒂利埃一样，她宁愿选择结束生命，而不愿屈从于不完满的人生经历，肖班选择中断文学生涯，而不是屈从于不完整的艺术存在。《觉醒》出版之后，她几乎没有任何创作。这样，肖班的生活和文学创作就构成了一种自相矛盾的平衡，折射出她或显赫或狼藉的人生。

直至让她声名狼藉的《觉醒》的出版，她被广泛接纳为具有地方色彩的作家，也是一位成功的南方派作家。由于受到社会保守主义影响，处理禁忌的主题对于 20 世纪初期来说有些过早，小说的性意识和令人耳目一新的主人公埃德娜在文学上将肖班推向被人遗忘的境地。直到 20 世纪 70 年代再次崛起的女权运动中，肖班和她那令人难忘的人物和故事，从流放状态中浮出。

时至今日，对于肖班著名作品的大部分批评集中在埃德娜·庞蒂利埃的道德问题上——她是否是一个堕落的女人、一个坏母亲、一个自私的人？在性开放并未受到完全谴责的时代，为什么这样一个人物仍然在暗示我们是什么让女人“变坏”的讨论？在当今和写作它的那个年代，小说对于女性角色的限制和建构有哪些观点？小说对于人类的意识和良知有哪些观点？

其实肖班的这部小说，唤起人们天然情感的意象，更值得人们的关注。她的短篇小说，从《阿卡迪的一夜》到《一支埃及香烟》，再到《一份职业和一种声音》，这些趣味盎然的作品，无论过去还是现在，都是值得人们深度探讨，不仅从一个女人的觉醒的角度，从我们这个社会中所有的人的视角来看皆是如此。

从《觉醒》的不同封面来看，今天的读者也许从作品中阐释出重要的意象——大海、孤独的女人、待在一起的女人们，这些都是小说里的重要因素。我们也会饶有兴趣地看到，很多封面运用了红色——这是有意的吗，或是与《红字》中的“红色”的巧合？如果是女性的阅读，会是什么样子的呢？

1989 年玛丽莲·罗宾逊在《觉醒》的序言中这样说：

> 发现埃德娜本人就是发现她的命运。在探索埃德娜的回归过程中，她先将成年的生活置于一边，追溯她最原初的生活经历，作为其核心。肖班描述了一场内省式的旅程，唤起的是一种全方位的丰富的渴求、幻想和记忆。这部小说绝非一部令人感到刺激的研究个案，而是一个被原始的、压制的孤独灵魂与这个令人惊讶的世界发生赤裸的亲密关系的一场相遇。（In

exploring Edna's regression, as she puts aside adult life, retracing her experience to its beginnings, for her its essence, Chopin describes as well a journey inward, evoking all the prodigal richness of longing, fantasy, and memory. The novel is not a simulated case study, but an exploration of the solitary soul still enchanted by the primal, charged, and intimate encounter of naked sensation with the astonishing world.）

知名的肖班研究学者之一爱米莉·托斯出版了一本重要的肖班传记《撩开凯特·肖班的面纱》（*Unveiling Kate Chopin*）。无疑，对于任何一位对肖班作品感兴趣的人来说，这都是一个福音，援引该书前言中的一段话："凯特·肖班期待的东西太多了：日间的戏剧，女人的图片，女性的奥秘，开放式婚姻，妇女解放，脱口秀，火星与金星，自助和意识的培养，但在1899年，她是一个孤独的先行者。"（托特，1999）

5.1.2　凯特·肖班对法国阳性中心的颠覆

肖班备受争议的《觉醒》探讨的是19世纪女性婚姻的状况，这部作品被重新发现，并因为同样的原因而被视为女性主义文本，然而这部小说代表的只是她短篇小说创作生涯的巅峰。是对短篇小说文类的"掌握"，才使得肖班完成了她最终的杰作，并发展了一种最能适合她的主题关怀的风格。当然这种发展绝非孤立发生的。几乎所有作家都会受到他们的文学"父亲"的影响，在肖班这里，似乎有一位特别的男性作家对她影响巨大，他就是法国短篇小说家莫泊桑。1880年，他就以短篇小说暴风骤雨般统治了法国文坛，他"以无可挑剔的简明的散文，精心挑选的富有表现力的细节和实实在在的现实人物"而闻名法国文坛（尤厄尔，1986）。

在某种程度上，作为法国后裔，肖班紧随主流文化而进入法国男性文学传统，以莫泊桑的短篇小说形式呈现出来，这一点是我们不可否认的。这一事实在围绕她的作品的批评中不断得到指涉，在近年的批评和当代评论家的言论中更是如此。的确，莫泊桑被一位批评家认为是肖班的最伟大的文学“导师”，但是，对于他的影响，最为直接的肯定来自肖班自己一篇未出版的题为《秘密》（*Confidences*）（1896）的散文。在此她回忆了 8 年前沉浸在他的故事中的情景，直白地表达了对这位法国大师的仰慕之情：“……我读了他的小说并为它们啧啧称奇。这里才是生活，不是虚构；因为在构建情节的地方，老式的机械主义和关注的焦点以一种模糊的、未经思考的方式设下一种圈套，这对于故事的构建是至关重要的。他是一个摆脱了传统和权威的人，他已经深入到他自己并通过自己和自己的眼睛向外看生活；他用一种直接的和简单的方式告诉我们他所看到的……”（赛厄斯特，1969）

肖班在短篇小说的虚构写作方面可以说是进一步见证了她对莫泊桑写作形式的采用。她对他的小说结构的模仿十分明显，理查德·福斯科在他的《莫泊桑和美国短篇小说》中详细地探讨了这一点。她写作风格的方方面面都透露出这种巨大的影响：肖班客观的心理现实主义，她对于人物而非情节的注重，对于经济和统一的追求，以及她明显的反道德情绪，在法国男人和美国女人之间形成了十分明显的平行关系。

然而更为有趣的是，肖班的创作艺术根本就不是简单的模仿。正如 Seyersted 在对肖班的批评传记中所说，她是基于“一种大胆的全然属于她自己的视角”。无疑，莫泊桑为她的创造精神提供了激励，他的主题和技巧显然是蕴含在她的作品之中，但是她独立的精神和她个人的见解却是完全自立的（赛厄斯特，1969）。肖班作为女作家的独特之处，最好地说明了她超越了法国大师的影响，这是一种明显的女性的声音。她从莫泊桑那里采纳了法国男性形式和风格，探索出一种适用于女性的风格。她因此发挥了文学的个性和独创性，最终，以一种纯粹女性主义的声音讲话。

就是这种“社会性别化了”的独创性在肖班处理两性关系时得到了最好的彰显。她的创新在主题方面表现得并非特别强烈，总的来说，肖班的作品可以看作对欧洲作品的回应，尤其是她那些表达对性别和性的质问、资产阶级婚姻和女性的角色占据主导地位的作品。作为创作者，肖班详细地表述了这类问题，不仅承认爱欲（eros）的存在，而且有助于扩展性在文学上的边界，对于这一切她是坦率的（赛厄斯特，1969）。那么她的文学个性和创造力也可以说是出自一种大胆的借助于男性的女性视角。

正如玛丽·唐纳森－伊文思在她的《一个女人的复仇》中所表明的那样，莫泊桑将她的女主人公视为“物品”。

> ……女人是爱与快乐的客体，是为男人的快乐和点缀而设定的，她们肉体的美是至上的……负担起拥有一个美丽的女人的乐趣完全是肉体的，而且与之相伴的是对她的“存在”的绝对蔑视。他的故事里重要的男性人物……苦于女人和爱，被一种普遍的愤世嫉俗和更加具体的厌女症所充溢着。他的视角明显是以阳性为中心的，正是这种男性的视野是肖班在写作中所极力反对的。女性由客体转换为主体。她为女性探索并表达出她所看到的生活中的一切，这样一来，她就从她写作的内部颠覆了法国男性传统，实现了“女性主义化”（feministising），而不仅是男性的形式和风格的“女性化”。

肖班对于阳性中心主义的法国，既有一种依赖，又意欲对其进行颠覆，这看上去是矛盾的，但总体上讲，对于一个已经饱受批评界忽视的小说来说，这又是很自然的，1894年出版的一篇题为《她的信件》的小说就是这种情况。这篇小说的写作正值莫泊桑对肖班的影响达到新高度的时期——这一时期她将几部法国男性作品翻译成了英语。1894年至1898年间，肖班翻译了8篇莫泊桑的小说，翻译的过程极大地影响了她本人的创作，不仅仅是在结构上，而且是在主题、材料上。也就是在这一时期，肖班从先前形成她作品地方色彩的传统中转移开来，从她的地域性的南方问题和实验性转换到更为复杂的形式上来。最终，肖班写作的“风味”变得越来越像莫泊桑的风格。泰勒指出，她似乎是“……通过翻译的训练和挑战……按照她自己的作品来重新思考她的导师……”（赛厄斯特，1969）。但与此同时，肖班越来越深地陷入一种主题，与她的法国导师处于直接的对立之中，这类关于女性的主题和她肯定个体身份的斗争，超越了镌刻在父权制的中的各种束缚。这一主题对于《她的信件》来说是最重要的，其中肖班用一种男性的形式并遵循一种男性的惯例，目的只是为了颠覆它，而她机智地做到了，不仅把自身受到束缚表现出来，而且更进一步地开发了男权的领地。

通过她的书信可以清楚地看到肖班对于莫泊桑的模仿，这种模仿无疑受到她的翻译实践的平行影响。肖班意欲将她翻译的莫泊桑的 6 部小说放在一起，而且我们能从这个作品集的名字中明显地看到当时她的兴趣所在。它们被标记为“疯狂小说”，涉及的是男人的发疯和堕入疯癫的状态。肖班毫不犹豫将这一主题渗透到了自己的作品之中，在《她的来信》中，作者将笔墨投注到一位可悲的、成为牺牲品的男主人公身上。肖班对这种堕落的描画直接与莫泊桑的方式是相似的，特别是在形式上。肖班的翻译不仅分享了莫泊桑主题，而且也分享了结构上的要素，这一切皆成为“螺旋形下降”（descending helical）的范例，即按照时间顺序进行架构，一步一步来寻觅主人公发疯的原因，“……每一个相接的句子都在描述一个更为绝望的情形，叙述者越来越疯狂，这是一个只需一步就背离常态的灵魂”（赛厄斯特，1969）。通过这些翻译，肖班显然从这种编织故事的体验中获得了洞察力。最终，把它们消化吸收到自己的作品中。

的确，肖班无疑从法国“大师”那里借鉴了许许多多，甚至到了顶礼膜拜的程度。《她的来信》这个故事的开篇不是围绕着男主人公，而是围绕着他的妻子，这使人想起莫泊桑经常使用的叙事框架技巧，男主人公用预先备好的讨论或用来引出主要情节的场景，来开启他的故事，而且，妻子就是为他的发狂提供动因的。妻子的行为迫使他进入一种疯癫，最终以一种半休眠的状态而告终。这样一种女性对于男性威胁的描绘，最能体现在莫泊桑对于女性的处理上。唐纳森－伊文思进一步解释了这一观点，揭示了莫泊桑不断地构筑男主人公卷入一些感性女人的可怕经历，这些经历甚至会导致死亡。在莫泊桑的阳性中心世界里，女性是男人灭亡的原因（赛厄斯特，1969）。

5.1.3 肖班与《她的信件》

不得不说，1895年最初在Vogue 4月号上连载（11日—18日）的小说《她的信件》，从情节上看极为简单。小说一开始，窗外天空呈现出铅灰的颜色，女子围坐在温暖的炉火边，她下决心要毁掉一批信件，读者马上就想到那大概是一堆不光彩的情书，但是因为这些信件一直维持着她的精神自由，她已经犹豫了4年之久。然而，她的日子已经屈指可数，如同诸多日记和信件的主人那样，她也担心它们留在世上的后果。特别是她的丈夫多年来对她充满柔情与忠诚，在某种意义上让她觉得十分亲密和受用。几经斗争，她还是把信捆扎起来，放了回去，只留下一张字条："我留给我的丈夫来处理这些信件，凭着对他的忠诚和爱，我让他不要打开就毁掉它。"

但是读者必须认识到的是，莫泊桑的这些影响要素只为肖班的《她的来信》提供一种浅表的结构。无疑，她采用了莫泊桑的手法，但是Fusco认为，她更擅长其他主题——特别是性的主题（赛厄斯特，1969）。故事的进一步展示一个非常不同的层面，这一层面与这位法国男人的阳性中心世界是截然对立的，最佳地呈现出了肖班——她的女性主义者的一面，摆脱了模仿，进入一种非正统的全新的原创状态。

故事一开始就为我们介绍了一位女子，她显然曾经狂热地卷入一场情爱之中，还在与她的情人分享宝贵的剩余时光，这些信件所要讲述的故事全部都发生在过去，女子已经与另外的男人结婚，但是显然这段婚外情对她来讲如此珍贵。这个女子认为这些不贞的言辞在婚姻上对于她的伙伴来讲是可以忍受的，对于别的人，可能像利刃戳心一样残酷。但是面对死亡，她做出了一个令人震惊的决定，她决定不去销毁她的爱的明证，把这些信留给她的丈夫照管。以他的忠诚和爱，他自己会销毁它们的。这似乎对于一个她背叛的人来说是一种残酷的请求。这个男人的温存和多年的忠诚在某种程度上来讲对她特别珍贵。也就是这个男人，这个男性主人公，引起我们的同情。在这里，肖班似乎遵循了一种男性传统—— 女性被她的文学前辈描绘成一种猛兽：女人是男人杀手，是他消亡的关键。

读完故事的后半部分，再回到开头部分，了解了在她死后她丈夫对这些信件的反应后，我们获得了一种截然不同的视角，转变了对女主人公最初的表现所持的态度。原来肖班真正同情的人是她，而不是父权制下对于女人的既有观念，说得具体一些，是那些存在着的信件，实实在在地颠覆了我们的成见。通过这些信件，肖班对 19 世纪女性的生存状态提出抗议，通过这些人物，发出了如 Martha J. Cutter 已经认同的一种“声音”，“这种声音试图通过模拟和从其内部掏空父权制来湮没父权话语”（卡特，1989）。通过这些信件，这位女子能够从父权范式的内部讲话中被赋予一种声音、一种自主的身份，她已经成为主体，即使是她正面临死亡。同时，在制造这样一种颠覆的声音的过程中，从形式上埋葬了父权制——在此，她模仿了莫泊桑。但是她用一种完全属于自己的声音来说话。

丈夫对于这些信件最初的反应是不相信。它们的存在表明他的妻子向他隐瞒了什么，而这在他心目中根本没有可能性：“在她活着的时候，从未有他所不知晓的秘密。他知道她很冷淡，而且缺乏热情，却十分在意他的舒适和幸福”（赛厄斯特，1969）。很快我们就知道，他是一个似乎并不像他想象的那样了解他的妻子的男人。在故事的开篇，她对这些信件的反应表明她远非“冷漠并缺乏热情”。她并不是一个情感压抑的女子，而是带着动物般的热情来吞食一切：

> ……（它）直到今天依旧会搅扰着她，每当想起来，就会一直让她心神不宁。找到它时，在掌心间揉碎。一遍一遍地亲吻它。用她锋利的白牙，一直撕到信的边角，那里写着名字。她咬着碎片，在唇间和舌头上品味着，就像是上帝赠与的。

然而她本性中感性的一面显然是她丈夫所没有看到的，或者是视而不见的。她只是在这样一些角色中是可见的，完成分内之事，服务于他，符合 19 世纪的理想女人的标准。他已经将这种身份镌刻在她的身上。在这里引入了信件的颠覆力量——通过它们，他的父权身份认同被颠覆了。

这位女子的丈夫被一系列问题所困扰：如果他的妻子不是他所认为的那样，不是身为女人的理想的样子，那她会是什么样子呢？ 她隐瞒了什么

样的秘密呢？他只看到了一种可能的答案。如果他的妻子不是他所认为的那种理想女人，她一定是不忠诚的。没有别的可能性——女人要么是天使，要么是猛兽——桑德拉·吉尔伯特和苏珊·古芭认为男作家已经为女性创造了这些极端的意象。任何一种认为女人是一种自主存在的看法都有违于男作家的创作初衷。更进一步讲，丈夫对这种唯一的可能性的反应是揭开妻子秘密的关键，本身就表明这种可能是多么可怕—— 威胁到对她的所有权："这种暗示一旦在他的头脑中出现，男人本能的占有欲就在他的血液里翻腾开来。"（赛厄斯特，1969）他的妻子对他来说是一个物品，是可以占有的东西，不论是在身体上，还是在精神上。而她的秘密妨碍了这种占有。

可以说，肖班的男主人公已经暴露了自己，或者更准确地说暴露了父权制的运作机制，因为正是这种社会的运作机制，而非个人受到了肖班的批判。正如西蒙·德·波伏娃在《第二性》中认为，这个世界的运作规律就是"人性是男性的，男人并不以他自身来定义女人，而只是相对于他而言；她并不被看作一个自主的存在"，在这个世界里，男人是主体，是绝对的——女人不过是一个"他者"（赛厄斯特，1969）。但是在她的作品里，肖班并没有直接展示女人对于男人的对立。她拒绝简单地改变莫泊桑的观点，让男人成为她的女主人公绝望的中心靶子，直接对立于他把女人视为男人杀手的想象。肖班的兴趣更多地在于社会习俗和社会框架，其中男人和女人皆被困于其中。就是这种"男人本能的占有"，它本身意味着个体并非是独一无二的，已经创设了一种男性主人公发现自己的情势。重读这种开放式的框架就需要进一步探索它所包含的其他含义。

很明显，这样一来，故事中的女人在婚姻中是不幸福的，这是反映在外部世界要素上的一个事实。在这样一个世界里，她注定成为冷漠的冷血动物，婚姻开始表征着死亡——一个真正独立自我的死亡。通过婚姻，女人的爱与生活受到压抑；她变得一无所有，只不过是丈夫的"另外的"一半，这个女子仅靠信件维持着生命，因为只有靠它们，她才到达真正的自我——她内心激情的存在。这个女子一直过着一种"双重生活"（赛厄斯特，1969），一种外表上被社会所接受的理想女子的生活，和一种被婚姻和父权制的常规所胁迫的隐秘生活，以那些信件作为表征。对于这些信件，如 Barbara C. Ewell 所言，“丰富了一种秘密的、感性的生活——她的真正的生活——她宁愿回忆那种生活，也不愿拥有婚姻空洞的现实”（尤厄尔，肖班，1986）。婚姻的死亡让这位女子在隐私的生活中寻找着自己，以及一种自主的自我实现，从而超越了婚姻的束缚。

然而，比起这种情形，大概令人更为惊讶的是这位女子的最终决定，不去毁掉信件的行为。在做出这样的决定时，这位女子掌握了自己的命运，或者至少是她身份的命运，最终成为主体，颠覆了将她客体化的父权世界。毁掉这些信就是毁掉她内在自我的剩余部分，屈服于她的丈夫——父权的代言人为她建立起来的那个自我。相反，为使它们保持鲜活，她任由自己逃避到她真实的自我世界里，来逃离婚姻的压迫。“它（信）没有封口，只用一根细绳封住，她可以随意去掉替换，只要她有兴致花上一个小时，沉浸在以往那些可感受的日子的令人陶醉的梦里。”（赛厄斯特，1969）

通过这些信，女人得以重拾婚姻试图掩盖在父权常规表面下的激情，再一次变成那个隐秘的自我所代表的“那种常规和表面所掩盖和歪曲的现实”——她所拥有的真正的身份。在她死后丈夫得知这些信件后，变得真正具有颠覆性。丈夫想要获得对这些信件的意义的解释，但出于他的忠诚和他的爱，在未获真正答案的情况下，他把它们投进河水之中，这样，他便毁掉了一切真相的可能性。信件继续存活于他的心灵之中，而且不确定性依旧存留其上。他的妻子成了一个谜，不可确知，不可认识。他不能完全拥有她——男人拥有女人的权利被颠覆了。卡特指出，信件掩饰了他的感知。曾经代表真理的东西现在受到了质疑。他只能找到表明他妻子似乎是理想的、真实的和忠诚的妻子的证据。这些信意味着他的妻子拥有另一种生活，她试图在婚姻里逃离他，并在死后继续逃离他。就这样，他作为男人的角色受到挑战，由于无从知晓而受到阉割。他不得不质疑他对于妻子的“说一不二的观念”，承认她可能拥有超越他和其他男人之外所认同的身份，这个身份超越了他的认知、他的占有欲，所以也就是超越了他的

控制。

这种不可知和由此而来的不可占有，最终使女子的丈夫发疯。并不是妻子可疑的行为本身加速了他的发疯。信件使得男性衰落的颠覆力量并不是从女子决心离开丈夫的呵护迸发而出，而是来自他们之间脆弱的关系（尤厄尔，肖班，1986），这种脆弱建立在他作为男人本能的占有之上。他越来越沉迷于完全拥有妻子的需求，完全绝对地来限定她。她的真实的一切不属于他，他不拥有她的整个存在，他因而无法生活，最终只能发疯，所以他来到河边，相信水中拥有他孜孜以求的秘密："只有河水知道。它汩汩地流淌着，他谛听着水流的声音，它什么也没告诉他，但是它承诺了一切。他能听到它用一种爱抚的声音向他许诺，平和而又甜美安详。他能听到桨声，那是水的歌唱在欢迎他。"（肖班，1986）

他的男性身份因占有了这些信而建立起来——这一直依赖于对妻子的绝对占有和控制——他没有任何其他选择，只有待在深深的黑暗之中。不知一切他就没法生活，那是他的占有欲，这种欲望被男权传统点燃，最终杀害了他，导致了自我的毁灭，而不是自我完善。

在这一点上，引用肖班翻译的莫泊桑的小说来评判是恰当的，其中是这样说的，"我们爱得最猛烈的东西将以毁灭我们而告终"（莫泊桑，1988）。在这里，肖班探索的就是这样一个观点，但同时给予读者一种全新的视角。她似乎暗示我们并不是被爱的东西是凶犯，而是爱的行为本身，至少是在父权制的诱惑下男人命中注定的那种爱的方式：猛烈，过度，而且占有一切。困于这种激情的状态之中，故事里的男主人公虚幻地认为，加入那些沉没的信件之中，就意味着加入他的妻子和她的秘密之中。在现实中，她的秘密不仅不能填补他们之间的鸿沟——它只会扩大夫妻之间的裂隙——因为她已经打破了父权制社会的密码，确立了有别于男人为她设计的独立的自我。这些与无我和只为他人而存在的信条，与男人欲望的客体和男人占有和情欲的载体的社会信条格格不入（尤厄尔，1992）。

肖班暴露了这个世界抹杀人的真相，无论是男人还是女人——迫使他们认同一种理想，她指出了人的社会属性和个体属性之间存在的巨大冲突。

5.1.4　小结

男性的占有所致的夫妻和婚姻问题已经暴露无疑，肖班不仅做了这样的表露，暴露了这个世界——而且她也颠覆并推翻了它。肖班让女性成了男性中心世界中的所谓的主体。卡特认为，肖班通过赋予他者——女性一种个体身份和一种自我意识，从而埋葬了父权制。针对这种自我意识，她身后留下的信件发出一种声音。她生活的正统表象是由她周围的男人建立起来的，被小说中的女人和代表她的信挑战和推翻（卡特，2002）。作为“情节策划大师”之一的莫泊桑也遭到颠覆。肖班从其结构内部颠覆了他的经典的阳性中心世界，她改写了男性书写。她从莫泊桑代表的传统文学常规的束缚中开始写作，至少从《她的信件》来看，肖班的小说是对这些常规的差异的肯定，也是对他们的挑战，每一个“女权主义”文本理应如此（卡特，2002）。当然，挑战是为反抗男性中心世界的，它是通过对差异的肯定而作出的——它赋予传统中被边缘化了的女性一种中心的经历。肖班认为，女性就是自我——告知的主体。她拒绝在莫氏阳性中心的边界之内写作，而是选择把女性自我从界限内拉出来，超越它们，用她自己独特的、初创的声音讲话。她抗拒了模仿男性所带来的危险，推翻了对男性形式的服从和“男权标准确认”（endorsement of patriarchal norms），肖班不仅成功地为了女性而模仿男性形式，而且打破了这种形式和它所代表的父权制（卡特，2002）。肖班对莫泊桑的模仿与超越可以被视作女性主义探索与发现自己的目标的范例。肖班已经超越了法国阳性中心的影响，用福斯科的话说，肖班已经用“烈焰照耀了她自己的道路”——通往女性主义的道路，这条路最终将她引向《觉醒》。无疑，也是整个女性的觉醒。

5.2　美国南方派的女性代表：尤多拉·韦尔蒂笔下的“畸零人”形象

在当今的美国文坛，尤多拉·韦尔蒂已经被人们公认为短篇小说大师之一，与俄罗斯作家契诃夫相提并论，但是韦尔蒂的作品在她文学生涯的早期却并未得此殊荣，当时的人们认为她的作品地方性过于浓厚。直到韦尔蒂进入晚年以后，美国文学界才逐渐认识到了韦尔蒂作品的重要性，才给予她应有的地位。

始自20世纪20年代，在有着特殊历史地位的美国南方，文坛宿将福克纳曾深深地影响了乡土气息十分浓厚的“南方派文学”，同时一个南方女作家群落也诞生了，她们以凯瑟琳·安波特、弗兰克·奥康纳和尤多拉·韦尔蒂为代表。艺术上，她们师承爱伦·坡，采用“哥特式小说”的技法，着意叙述荒诞的故事，渲染神秘的气氛，又旨在刻画那些生活中不得志、身体上有残疾、精神上变态的落魄者，或者叫作“畸零人”形象。如果说，福克纳以约克纳帕塔法世系的宏大的叙事手法，再现美国南方社会，而尤多拉·韦尔蒂的小说则尤其擅长体悟身边人的身边事，她能让读者真切地感受到原来书中的人物就是自己，从而与之同呼吸、共命运。收录在《绿色帷幕》(*The Curtain of Green*, 1942)中的短篇小说《我为何住进了邮政所》(*Why I Live at the P. O.*，1941）就极富代表性地体现了韦尔蒂笔下小人物的悲凉人生，进而展现韦尔蒂的创作主旨，即生活中的“边缘人”，或者“老实人”的真实遭遇。而在现实中，小人物的命运其实更加具有普遍性，这绝非是美国南方独有的社会现象，它应当是去地域、无国界的。

5.2.1　被遮蔽的韦尔蒂

尤多拉·韦尔蒂（Eudora Welty，1901—1982）自幼生活在美国南方，即密西西比州首府杰克逊，除了去威斯康星和纽约读大学的几年和之后几次短暂的欧洲之旅外，如同她笔下的人物一样，女作家一直居住在她出生的那栋家族老宅里。她可能是20世纪美国重要作家中被严重低估的作家之一，加之鼎鼎大名的福克纳同为南方派作家，无形中，她的影响受到了巨大的遮蔽。因为无论在美国还是海外，但凡提到韦尔蒂，大家都会说：噢，她是一个专门写美国南方的地方作家（regional writer）罢了。随着女性主义运动在 20 世纪中叶的再度崛起，特别是对被男性主导的文坛的颠覆的浪潮，韦尔蒂的作品才得以重新被人们发掘。除了文学界的重要奖项普利策奖外，韦尔蒂的作品还获得过美国图书评论家奖、美国图书奖、欧·亨利奖、美国文学艺术金质奖章等美国文学界的重要荣誉。这些都足以显示韦尔蒂的作品在美国当代文学中的重要地位。然而，“地方作家”这个标签无疑遮蔽了韦尔蒂作品的丰富性。事实上，除了首部短篇小说集《绿色帷幕》中有几个作品呈现出纪录片般的写实风格外，时间和空间在她的笔下更多是建构一种现实主义的氛围，便于她展开各种现代小说技法的实验。

可以说 20 世纪 40 年代是韦尔蒂文学创作的第一个高潮。40 年代初，她先后出版了短篇小说集《绿色帷幕》和《大网》；1946 年，韦尔蒂的长篇小说《德尔塔婚礼》出版；1949 年，她又出版了短篇小说集《金苹果》。

受她父亲的影响，韦尔蒂酷爱摄影，第二次世界大战期间她曾在《纽约时报》短期任职，撰写图书评论，并在战后的 1954 年出版了《沉思的心》。但是，在 50 年代她的母亲和弟弟病重以后，韦尔蒂就辞去了《纽约时报》的工作，回到老家密西西比。此后直到 60 年代末，韦尔蒂除了几篇短篇小说和书评外，没有发表其他有影响的作品。当时许多人都认为韦尔蒂的创作生涯也许就此结束了。

韦尔蒂在那十几年间几乎将所有的精力都投入到照顾病重的母亲和弟弟上。直到她的母亲和两个弟弟先后去世，韦尔蒂在 20 世纪 70 年代重返文坛，开始了她的文学生涯的第二个高潮。1970 年，韦尔蒂出版了小说《失败的战争》。1972 年，她又出版了小说《乐天者的女儿》。值得一提的是，韦尔蒂从 16 岁起就一直住在杰克逊城的那所房子里，那所房子是韦尔蒂的父亲建造的。她的小说也都是在那所房子里写的。韦尔蒂终生未婚，在她的晚年里，没有任何直系亲属在身边。但是，她的谦逊品德，她的热情好客，自然还有她在文学上取得的成就，使她的身边聚集起许多朋友。她的家也成了无数文学爱好者聚会的场所。

正如马尔克斯的马孔多小镇、福克纳的约克纳帕塔法世系以及莫言的高密东北乡等，这些成功的作家殊途同归，深入本土的肌理，又挖掘出人

性的共通之处。而韦尔蒂则在这些男性作家主导的游戏规则之外，独辟蹊径给予文学创作另外一种启示：她并没有一定要让叙事从“地方题材”升华到放之全人类而皆准的宏大主题之中，她写尽了小人物或曰“畸零人”的酸甜苦辣，而这个畸零人群何尝不是人类的一个巨大群体，再现他/她们的生活的“一地鸡毛”理应是文学创作的重要主题之一，而她将人类这一主题的共通性和他们的情感描摹得更加独到，更为细腻可触。

5.2.2 一位典型的“畸零人”

美国文学巨匠福克纳在 1943 年读了韦尔蒂的小说后写信给她，信中说：“你写得不错。”直到韦尔蒂女士去世时，那封信还挂在她卧室的床头。足以看出作家本人对于身为女作家与小人物处境的感同身受。与诸如擅长书写纽约上流社会社交圈的伊迪斯·华顿等一批同时代的女作家不同，也不同于女权意识浓厚的吉尔曼等人的有着强烈政治诉求的创作，韦尔蒂的一生如同她书中的人物一样，都是在极度的谦卑与服务意识中度过的。

韦尔蒂的作品来源于她对美国南方生活细致入微的观察以及她对人性的感受。曾经拥有蓄奴制和大种植园的密西西比河三角洲养育了她，成为她创作的源泉。同时，她又以一位作家特有的勤奋与敏锐的洞察力，以其对社会与人生的深深探索与关怀，尤其是对弱者的同情，使她的创作去除了某些女作家只注重自我价值实现的狭隘性。这种不带任何色彩的中性写作，以平凡琐碎的小镇和家庭生活为背景，是作者对人生与社会的深刻理解，昭示出的是不同文化下人类的共性，她对身边人、身边事的娓娓道来，给读者带来一种亲近感。无疑，韦尔蒂的写作在一定程度上来讲是对女性探求自身价值的一种超越，她特别擅长将人物置于与他人的互动关系中。

《我为何住进邮政所》的灵感来自她的一幅摄影作品，画面是一位女子在邮政所里熨烫衣服，果然事出有因。小说以一位年轻姑娘第一人称“我”的口吻，叙述了近日发生在她身边的一场荒诞至极的家庭闹剧。“我”是家中的大女儿，一直与家中的母亲、外公和舅舅和睦相处。然而自从妹妹斯泰拉与丈夫分开，回娘家之后，一切全变了。自幼娇纵成性、只比“我”

小一岁的妹妹的谗言，使得每一个家庭成员都将矛头指向了“我”，以至于“我”不得不从家中搬出，住进邮政所——“我”的工作场所，以躲避风波，求得平静与安宁。就是这样一件娓娓道来的家庭琐事，却能较好地代表作者尤多拉的创作意图，即以嘲讽的、简洁明快的笔调，揭示与世隔绝、孤独变态的“畸零人”，即那些正直、诚实、只会讲真话的人的真实生活状态。他/她们往往处于被动与任人宰割的境地，而相反地，那些善于献媚、捕风捉影、搬弄是非者却屡屡得手，他/她们在这个世界上往往生活得逍遥自在，游刃有余。可以说，这个世界在某种程度上是老实人的陷阱、骗子的天堂。而当老实人与骗子不得不生活在同一个屋檐下，无论你处于何种文化之下，这也许是生活的无奈。尤多拉·韦尔蒂试图通过这样一件家庭琐事告诫世人，人与人之间搭建理解与沟通的桥梁谈何容易。

小说中两姐妹的误解与积怨的源起到底是怎样的呢？首先，“我”对妹妹和妹夫的为人了如指掌，因为妹夫曾经是“我”的“恋人”，而妹妹仅凭一句无中生有的谎言——说“我”左右两侧乳房不对称，竟然轻而易举地将韦提克先生据为己有，他们闪电般结了婚，后又闪电般离了婚，带回娘家的是一个两岁大的金发女婴，妹妹竟大言不惭地美其名曰“秀兰·邓波儿”，还说是领养来的，而明眼人一眼便可认出那是妹妹与韦提克的孩子。“我”实话实说，只说了一句：“她哪里像秀兰·邓波儿，简直就是韦提克和剃了胡子的外公嘛。”正是这句草率的评价，加之“我”曾是韦提克的恋人，“我”变成了离婚后搬回娘家居住的斯泰拉的“眼中钉”，“我”的一言一行似乎总让她不自在，而她便时时刻刻在“我”与家庭成员之间制造一些莫须有的矛盾，扩大“我”的对立面。

斯泰拉首先在“我”与年长的外公之间搬弄是非。一次在饭桌上，外公正用刀叉切肉，斯泰拉突然说：“外公，姐姐不明白您老为什么不剃掉您的长胡子。”“我”顿时感到颇为惊讶，后又恍然大悟。在爷爷对待他的胡子的问题上，“我”当然知道他老人家的脾气，那是他15岁时在海滨便蓄留起来的，代表着他光荣的过去，他最忌讳别人提起他为什么不剃胡子的事。“我”无意中对斯泰拉婴儿的一句评判，事后经斯泰拉的诡辩，在“我”与外公之间发酵起来。此时的外公自然大为恼火，他竟又生出是由于“我”对他老人家动用他与政府的关系而替“我”找的那份工作不满意，而伺机对他老人家进行报复。“原来我们的女邮电员不明白我为什么不剃胡子，是嫌我替你找的工作不好是吧？你管它叫什么来着，‘鸟巢’对吗？”“我”知道“我”工作的邮政所在整个密西西比州几乎就是最小的了，但是“我”对外公一直心存感激之情，从未说过它是“鸟巢”之类的字眼。“我”感到莫大的委屈，向外公表白道：“外公您知道：若说我想让您剃掉胡子，倒不如说我想让月球人剃胡子呢。”（布鲁克斯，1973）可显然，无论“我”怎样解释，外公都是宁肯相信“我”的不敬，也不肯相信“我”的感激了。

就斯泰拉的“养女”问题，“我”与母亲也吵翻了。在“我”看来，有时母亲的无知真不亚于《傲慢与偏见》中有着五个女儿的班纳特夫人。班纳特太太以嫁女为己任、为荣耀，而“我”的母亲则更为女儿出嫁后带回的一个模样古怪的孩子辛勤地忙碌着，而且硬是相信斯泰拉那套不着边际的谎言，站在斯泰拉一边替她辩解。“你得记着，你是姐姐，首先你没有跟人家韦提克先生结婚，也没有到伊利诺斯住过。”母亲一边说着，一边在我面前晃动着勺子，“要是你也跟斯泰拉一样，结婚，分开，又领回一个收养来的孩子，那我还不是同样高兴吗？”（布鲁克斯，1973）

“我”真是不明白母亲是出于何种心态才如此袒护斯泰拉的，对“我”而言，偏袒都还在其次，可母亲为什么一再否认生活中铁的事实呢？其实，若是换一个角度来看问题的话，我们看到的是这位母亲的经验与世故，她何尝不想把斯泰拉与韦提克的分居，以及这个孩子的来历掩饰得更为巧妙呢。她对于女儿的一切都了如指掌，却又不得不回避事实。无论如何，斯泰拉的事是不光彩的。这事显然触及了家庭隐私，母亲托词说：“只要有那么一点可能，我也相信自己的孩子们。”（布鲁克斯，1973）令人讽刺的是，她既然用到“孩子们”一词，那么为什么母亲就不相信“我”的话呢？此处作者尤多拉旨在告诉读者，像“我”的母亲这类人的处世原则，正和那种表现得无知无欲却城府极深的人相类似。他/她们故意隐瞒事实，不得不承认这是一种生存技巧，然而母亲故意与谎言为伍，依此保全所谓的家庭荣誉，客观上造成的是对正直与诚实者的压制和伤害。

与此同时，我们看到，骗子的屡屡得手，确实离不开行骗者的各种技巧与骗术。骗子不仅需要望风捕影，察言观色，洞悉别人的心理，还需要落井下石，埋设圈套等。

也许是斯泰拉摸透了韦提克注重容貌的心理，才和他说“我”的左右两侧乳房一大一小；妈妈是个讲虚荣、爱面子的人，只要谎言编得足够得体，就一定能赢得她的一片同情；外公是一个沉湎于过去的人。那么，对于较为有理智、较为公道的舅舅，斯泰拉就不得不改变一下骗术了。书中的舅舅一向对“我”很好，小时候他就将一份礼物送给了“我”，而没有给斯泰拉。如果说“我”与外公之间的矛盾是由于“我”不经意间说了一句斯泰拉的孩子简直就是剃掉胡子的外公而被斯泰拉利用，那么后来“我”与舅舅之间的矛盾则是斯泰拉处心积虑一手策划而成的。

适逢国庆日，舅舅的酒喝得有点多，竟穿错了斯泰拉的一件粉色长袍，出出进进，出尽洋相。晚餐时，“我”出于对他的关照，便提醒他别穿坏了人家斯泰拉的长袍。谁知斯泰拉突然插嘴道：“别在乎姐姐说什么，姐姐今天一下午都待在我卧室的窗户边看你呢，还说你看上去像个十足的大傻瓜，令人作呕。”（布鲁克斯，1973）而实际上，这些话则是出自斯泰拉之口。那天下午正是斯泰拉将“我”叫至她的卧室，并指给“我”看舅舅的滑稽像。当时“我”还纳闷为什么斯泰拉硬要叫“我”上楼，“我”还曾极力反对她的看法。而现在她反而倒打一耙，原来这是一个陷阱。

不出所料，由于一整天无所事事而窝了一肚子火的舅舅，听到如此评价之后，也终于与“我”反目成仇了。现在的“我”在原本和睦的家中已经是孤家寡人了，“我”已经逐渐意识到，只要有这位极善谗言的妹妹在家中，“我”再也不可能有安宁的日子了。于是，“我”从家中搬出，住进了邮政所，那儿至少能让“我”得到“我”所渴望的平静。至此，故事以叙事者“我”的隐退而告终。

5.2.3 小结

类似“我”这样的与世隔绝、任人摆布的漂泊者，在韦尔蒂的众多小说中屡见不鲜。《丽丽·朵和三位女士》（*LiLy Daw and Three Ladies*）中，女主人公是村里的弱智女，同村的三位已婚女人先是在生活中帮助她、救济她，后又决定将其送至一家残疾人疗养院，丽丽却认为自己找到了归宿，决定嫁给一位认识不久的流浪艺人。在三位自以为是的女士的摆布之下，丽丽的个人幸福被阴差阳错地断送了。三位女士对丽丽的关心只不过是为了满足她们自己的施舍欲，而从未认真考虑过丽丽内心真实的需求。在此，韦尔蒂旨在告诉世人，小人物的命运始终掌握在他人的手中，他/她们时常处于人们的冷眼、误解与施舍和怜悯之中。作品中反复出现的主题就是人际关系的复杂性与矛盾性。亲人之间、朋友之间、邻里之间，概莫能外（李杨，2011）。而她把自己当成是一个局外的看客。

《我为什么住进了邮政所》以自我解嘲的基调勾勒出姐妹之间和她周围密切相关的几位家庭成员之间的矛盾与冲突。特别强调了由于成员之间无法进行有效的沟通而造成矛盾的不断升级与恶化。而《金苹果》（*The Golden Apples*）中的艾克哈特（Eckhart）被认为是她所居住的城里的局外人，韦尔蒂一方面再现了这位钢琴教师遵从自己情感的特立独行的生活方式，同时也表达了她对家庭生活的向往，以及被她所生活的社区所接纳的某种渴望。她的故事中的人物往往就是那种努力挣扎，以获得并保持周围人的认同的卑微的小人物（豪泽，2011）。

总之，韦尔蒂的小说并不着意编织曲折的故事情节，而是将特定的人物置于鲜活的生活场景中，让读者自己去感悟生活的真谛，让读者看清这是一个荒诞不经、丑陋不堪、好人难以立足的世界。在生活中，在善与恶的较量中，往往是善退场、恶恣肆。为什么会出现这种好人没有好报的荒诞的、悲剧性的结局呢？在作者看来，原因在于在善与恶的周围往往集结着一大批盲从者与伪善者，而生活中的真善美往往处于孤立无援的状态。另外，韦尔蒂小说中的人物对话、内心独白，往往在生动中携带着善意的讽刺，在平实中蕴含着深意，结局也往往出人预料。她的读者需要深谙美国南方的风土人情与神话典故，方能领略其独特的艺术魅力。

5.3　在失忆与记忆之间：艾利斯·门罗在《远离她》中的去性别化解读

《远离她》（*Away from Her*，2007）是艾丽丝·门罗于 2001 年出版的一部中篇小说，原名《熊从山那边来》（*The Bear Came over the Mountain*，1999）。加拿大企鹅出版社于 2007 年再版时将其更名为《远离她》，加拿大女导演萨拉·波利（Sarah Polley）以同名电影将其搬上银幕，其再版更名背后亦蕴含了作者颇多深意。

故事讲述的是身为教授的格兰特（Grant）曾经与他的学生有染，迫于丑闻被暴露的压力，他选择了提早退休。门罗在故事中这样说："他没有错误地去忏悔自己的过失，而是答应给他的妻子菲奥娜（Fiona）一种全新的生活。"（without making the error of a confession—he promised Fiona a new life"）（门罗，2007）于是他们搬到了郊外湖边的一栋房子里，开始了一种平静的生活。20 年过去了，菲奥娜开始出现阿尔茨海默记忆障碍症的症候，在感觉自己的健康每况愈下的时候，她主动要求住进疗养院。就这样，丈夫格兰特依旧住在他们的家里，菲奥娜住进了疗养院，医院规定在入院后的前 30 天里，新的入住者不允许被探视。而当格兰特能够见到菲奥娜时，发现菲奥娜已经离不开一位叫作奥布里的患者，奥布里因一次事故成了不能讲话也不能行动的轮椅人。一向乐于助人的菲奥娜对奥布里处处关爱备至。当菲奥娜再次见到丈夫格兰特时，她就像对待任何一位普通男人一样彬彬有礼，似乎认不出那是自己的丈夫。按照创伤叙事理论，受创者即使逃离了创伤事件发生的空间，也还是无法摆脱心理上的阴影。创伤的异常形式被编入记忆中，以闪回、梦境和幻觉等受创者无法控制的方式反复出现在个体心理中，增加受创者的痛苦。门罗小说叙事的微妙之处至此开始体现出来。

在门罗这部唯一的中篇小说里，作者采用的是一种超性别、跨性别或是一种去性别化的叙事视角，这里的去性别化，指的是不再有任何强加在男人或者女人身上的符码或标签，不再拘泥于女性的立场或者男性的立场。处于西方后工业时代，父权制规则和基于性别的期待皆随社会经济文化的变化而发生重大变化，人们的性别认同也随之产生变迁。门罗的《远离她》让老年的男女主人公的记忆或伤痛伴随着现实场景徐徐开启它的帷幕，让生命呈现出它本有的状态。

5.3.1　菲奥娜：亦真亦幻的阿尔茨海默症患者

书中男主人公格兰特到疗养院探视自己年轻时曾经在情感上伤害过的妻子，妻子在疗养院中真假难辨的表现又深深地伤害了他的自尊，小说就在这样一种复杂的情感纠葛中无声地展开着，持续着，直至结尾，菲奥娜的病情越发成为一个不解之谜。菲奥娜是真的失忆，还是出于对格兰特的某种报复，这种报复是病情本身造成的，还是菲奥娜对格兰特的又一次嘲讽？因为生活中的菲奥娜向来喜欢揶揄讽刺。他曾一再向管理人员了解妻子与瘫痪的奥布里之间感情的深度，是男人主动还是女人主动，但得到的答案依旧是模棱两可的：“你可能觉得这是那种好色的老男人爬上老女人床头的故事，可你应当明白，有一半的情况其实是反过来的。”然而管理员又反复说：“菲奥娜可是位大家闺秀。”总之，在他们之间的关系中，谁主动谁被动，确实扑朔迷离。

小说《远离她》是男主人公格兰特第一次作为局外人展开的对于他们夫妻关系的反思，这也许就构成了小说的名字的含义之一，远离夫妻关系的丈夫来看望妻子，探视妻子的过程也成了丈夫反思他们过往的过程。“他开始透过一些人和事来观察这个地方，好像他就是个自由自在的访客一样，可以视察一番或者做做社会研究。”他们曾经答应对方不离不弃，但是在婚姻过程中依然无法履行那样郑重的承诺，可是当他一旦离开了她，却又为什么不能了无牵挂？在格兰特那里，他与菲奥娜之间的关系已经成为了难解的斯芬克斯之谜。

> 令他琢磨不定的是，她可能是在跟他开个玩笑罢了。她是做得出来的。最后她的一个小小的借口，跟他说话的时候的样子，都表明她觉得他大概是一位刚刚入住疗养院的人。
>
> 他不敢肯定她是否在伪装，或者这是否是一个借口。
>
> 但是玩笑开过之后，她又会不会追上他然后嘲笑他呢？她不可能只是回到原来的游戏之中，肯定不会假装已经忘记他了。那简直就是太残酷了。

《远离她》再一次印证了女性与精神疾患之间的渊源，也就是说常态下的主流男权社会不会容纳女性的真实自我，一切违反男权社会的价值观念的真实只能存在于女性的病态之中。女性主义作家试图以阁楼作为堑壕，以笔下的曾被极度边缘化了的疯女人作为主人公，向男性主宰的文坛发起攻势，以期毁灭男性对女性的欲望对象化。女性的病态上可追溯至《简·爱》中的梅森——一个典型的被闭锁在阁楼里的疯女人形象。女性主义者认为她是被正统文化熏陶的简·爱的另一个自我，带着冲击旧传统的破坏力，一把火烧毁了象征着男权文化的罗彻斯特庄园，但是小说中梅森毕竟是个次要人物，所以能够被社会所接受，在 19 世纪的早期，女性对于男权文化的对抗只能采取“化身”的方式。从《黄色墙纸》开始，文坛上第一次出现疯女人作为女主人公的作品，这不能不说是文坛上的一次大地震。发疯是顿悟的开始，是非理性对于理性的抗争，即使在男性文坛，古今中外的文学案例也无不述说着这样一个文学事实。

如果菲奥娜真正罹患失忆，也许那是一件幸事，曾经的痛苦记忆也许已经忘却，但是那些真切的曾经咬噬灵魂的记忆真的能够忘却吗？在失忆与记忆之间的是什么呢，是女性向男权社会的复仇吗？而这种伤害的记忆是否依靠复仇就能够疗伤呢？

5.3.2　格兰特：爱恋与嫉恨交织之中的反思

循着格兰特的思绪，我们了解到，身为年轻的春风得意的文学教授格兰特，曾经与他班上的学员、一位在各方面都迥异于妻子的女子有过一年的情爱关系。“她与菲奥娜截然相反——个子矮小，身体柔软，黝黑的眼睛，总是喜形于色，是一个不知揶揄讥讽为何物的女子 。”他们夫妻关系的疏离似乎也是顺理成章的，因为当时妻子忙于照顾生病的母亲。其实格兰特也并非是那种好色之徒。“他还从未让除了雅基（Jacqui）以外的女子靠近过他，他感到一种巨大的幸福感在体内快速生长。他感受了一种自12 岁以来就消失了的对于矮胖人的喜爱。”

我们可以看到格兰特的出轨与再次入轨，身为教授的他似乎进出自由，既天经地义，且游刃有余。出，是因为他从情人那里找回了一种与妻子完全不同的感受，也许那是一种心理和生理上的补偿；而入，则是迫于社会舆论的压力。

> 尽管有来自各方的一些不确定的因素，他其实未曾停止对菲奥娜的性爱。他从未夜不归宿，也没有编织一些理由来为自己在旧金山度周末或是在马尼图林岛群岛（加拿大）的野营开脱。他小心翼翼地对待麻醉饮品，继续发表论文，继续在专业委员会中任职，在自己的事业中精进。他从未想过丢下自己的工作和婚姻，去乡下重操木匠活或是去养蜜蜂。

而对菲奥娜来说，如果她的生活中有一段经历称得上是她的一种全新的情感历程的话，那就是她入住疗养院之后。或许可以说那是一种本能的，或是在一种病态下的对于同伴奥布里的关爱。进入疗养院的菲奥娜进入了一个全封闭的世界，有自己独特的习惯和独有的关系网络。而局外人则只能是旁观者，这有点像大学校园：一个与世隔绝的世界也有自己的习俗与关系网络。她将格兰特视作了一位普通的朋友、一个局外的人。而此时的格兰特，除了心理上难以接受之外，更多的是感受到自己作为男人的尊严的丧失。正如管理员向格兰特讲述的那样：“你来到他们的房间里住上一年，他们却根本不知道你到底是谁。然后某一天，他们会说：‘啊，你好！我们何时回家？’一时之间他们似乎完全恢复了常态。然而过不了多久，哇，正当你觉得他们恢复正常了，而后，他们就又不知去向何处了。”

小说就是在这样一种失忆与记忆中进行着，在格兰特的探视与探视后的反思中进行着，他已经明显发现，在妻子与奥布里的相处中，她的身体状况在逐渐好转。奥布里的妻子却将奥布里定时接回家照顾，这样一来，菲奥娜的状况又在不断恶化。无奈之中，为了妻子的康复，格兰特决定到奥布里的家中动员他的妻子将奥布里送回疗养院。但是他从奥布里妻子那里体会到了一种超乎他想象的状况，他似乎体验到了另外一位女性的力量。在奥布里的妻子看来，“他们已经与现实失去联系。有教养的人，那些文人，像格兰特的妻子那样的富有的社会主义者们，他们已经与现实生活脱离联系”。

格兰特原以为奥布里的妻子会因为她的丈夫与菲奥娜之间的暧昧关系而心生憎恨与嫉妒，才将丈夫接回家中。而事实全然不是这么回事。他错误地估计了奥布里的妻子。在登门拜访了奥布里家，经过与其妻子的详细谈话后，他才了解到，原来奥布里的妻子是为了维持自己的生活，她不愿意卖掉自己的房子来支付医疗费，才将丈夫接回家中的。

在开车回家的路上，他看到曾经被冰雪和树枝覆盖的沼泽地深处现在已经开满靓丽浓郁的百合花。盘口大小的叶子鲜嫩诱人，向上开放的花朵如同烛光的光焰一般，偌大一片，明黄的色泽在他如此阴郁的日子里好似从大地上点亮了一束光。菲奥娜曾经告诉过他，这些花也是能发出热量的。她说她曾经尝试过，但是她不敢肯定她感觉到的到底是热还是她的想象。这种热气竟然能引来虫子。“大自然绝不是闲散虚度，仅为装点的。”

从生态女性主义视角来看，作为弱势群体的女性，与大自然的万物一样也有着顽强的生命力，她们不仅仅是男人世界的点缀物，她们自身也在释放着不息的生命的光与热，是男人们须臾不可离的生命源泉。通过奥布里的妻子，格兰特也在某种程度上努力去理解自己的妻子和女人。之后格兰特常来疗养院。菲奥娜不在，他却觉得越来越离不开她了。菲奥娜一向喜欢讽刺挖苦，她不是那么容易就被驳倒的。格兰特突然悟到，她亲近奥布里，莫非是她有意讥讽他先前在大学校园里的那段生活吧。

当格兰特再一次见到菲奥娜时，两人之间有这样的一幕：

> “你本该开车离开的，”她说。“放弃我在世上，无牵挂

地离开这里。放弃我，放弃吧。”他把脸颊抵在她的白发上，粉色的头皮，她的姣好的颅骨上面。他说，再没有这样的机会了。

小说到这里就结束了，留给读者足够回味的空间，菲奥娜是否真正罹患失忆症，是否是借机对男权社会的一种讽刺，或是对丈夫的一个教训，因为她一向是个喜欢开玩笑的人。她在记忆与失忆之间，是否是向男权社会复仇？或是唤起男权社会对于女性与弱势群体的关怀与反思？

美国著名女性主义学与性别问题学者贝蒂·弗里丹研究发现，父母角色完成以后，出现性别角色转换。在不同文化中，男性在晚年会出现诸如被动、喜抚育、好沉思等“女性化”的品质；而女性则显露出勇敢、自信、喜指挥、好冒险等“男性化”品质。马卓瑞菲克斯的一项对旧金山的老年男女调查发现，妇女挣扎着度过了焦虑与沮丧阶段，开始尝试“自己独立做事”；而丈夫的朋友越来越少，越来越依赖妻子。男性变得越来越易怒，而妻子变得越来越自信，除了照顾丈夫以外，妻子开始做更多的事情。

从男主人公格兰特的经历中，我们不难发现他的心路历程，他年轻时春风得意，迎娶了出身高贵的菲奥娜，体验了不同类型的情感，并且不知忏悔与反思，以许诺给妻子一种全新的生活为交换，无处不体现出他的大男子主义倾向。而到了晚年，特别是在菲奥娜患病住进疗养院之后，他却越来越显示出对妻子情感上的依赖与难以自拔，甚至被嫉妒等情绪所控制。同时，他也开始通过与疗养院的管理者，以及“情敌”的妻子的交流来反思自己对两性之间情感的认识，不再以自我为中心，不再以自己的阶层为中心来看待两性情感与周围的人群。他最后再也不给自己“离开她”的机会了。

5.3.3 门罗的叙事风格：像云像雾又像风

艾利丝·门罗不愧为短篇小说创作的大师。她已经将她的名字与短篇小说融为了一体，而且那是一些多么精彩的故事啊，那些丰富的细节描写堪比安东尼·契诃夫的手法。门罗笔下的人物往往是加拿大安大略省西南一个小镇上的男人和女人。她的那些精彩的故事都是寻常人家的寻常事，以不同寻常的方式展示出来的，是作者对其略施魔法而已。作为加拿大的主要作家之一，门罗极少在她的作品里渗透那些无谓的道德说教，她的故事不给读者提供任何解答，她总是让读者自己根据她所塑造的主人公的无法预言的所作所为，来让读者自己得出解答。因此，《远离她》中女主人公菲奥娜到底是真失忆还是假失忆，皆交由读者自己做出判断了。艾兰·霍林赫斯特（Alan Hollinghurst）认为，门罗的小说总给读者留下足够宽广的阐释空间，她具备了一种才能，能够唤起一种别样的人与人之间的关系，尤其是那种令人难以启齿的压力和希冀。借用亨利·詹姆士的话，她的确是一位“滴水不漏的人”（upon whom nothing is lost），短篇小说的形式彰显了她的创作天赋，因为她一直能够将其驾驭得很好。她带着一种前所未有的复杂的洞察与精细的写作风格，将短篇小说赋予了长篇小说的厚重感。

《远离她》也是这样一篇能够充分体现门罗艺术特色的小说，为读者留下了无尽的想象与阐释空间。从题目上看，小说无疑是男性视角下的两性关系。在故事的开始，格兰特与菲奥娜在他们一同上大学的小城相识，这里也是菲奥娜一直与父母居住的地方，在格兰特这样一个外乡人眼里，菲奥娜过着衣食无忧、众星捧月一般的生活，她的母亲是一个很好强的冰岛人，对左派政治很感兴趣，父亲是受人尊敬的心脏科医生，家中整日高朋满座，操着各式口音的演说者在这里云集，这是菲奥娜连大学女生联谊会都不参加的重要原因。她一直把包括格兰特在内的众多追求者当成揶揄打趣的对象，直到有一天：

> 在斯坦利港海滩一个寒冷的、晴朗的日子里，当她向他求婚时，他觉得她一定是在开玩笑。沙尘在抽打着他们的脸庞，海浪卷起的成堆的砂石在他们脚下滚动着。
>
> “你觉得是不是很有趣——”菲奥娜大声说，“我们要是结婚，你觉得是不是很有趣？”
>
> 他把她举了起来，大声喊道：“是的。”他想永远不再离开她。她拥有生活的激情火花。

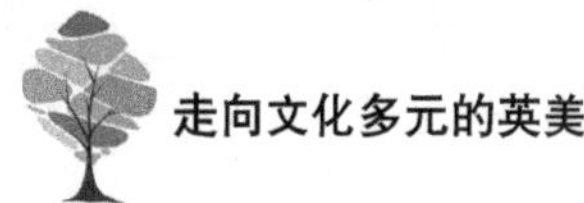

回顾一下她的早期创作，如《我一直想告诉你的事》（*Something I have Been Meaning to Tell You*，1974），读者会感觉到这个小说集里的13篇小说主题略同。这些小说似乎是在强调女性运动的某些意识，经过多年写作技巧的磨砺，她的叙事更为精致细腻，带着一种灵巧的幽默和一种与神秘为伴的意愿。的确，她的写作像迷雾一样神秘，一如《远离她》中的菲奥娜的风格，有时令人琢磨不定，有时扑朔迷离。

安·泰勒（Anne Tyler）在《新共和国》（*New Republic*）杂志上撰文认为，在门罗的小说《爱的进程》（*The Progress of Love*，1986）中，她的重心或焦点似乎改变了，在这11个短篇里，书中人物并非过多关注爱这一旅程本身所具有的意义，而关注如何看待爱的旅程，如何从爱中提取意义等。门罗不再仅仅关注离婚、分居和死亡之后如何安置爱的问题，而是更加关注爱的进展，以及历经时间的考验和种种变故之后爱的方式等。这一切的最终结果就是呈现生活中的一幅幅图景，是各种关系和爱的图景，是透过一系列的“镜子和框架”（Mirror and Frame）来观看的，这些画卷常常带着主人公的苦痛和对生命的直觉，是清晰可辨的艺术的辐射。在《远离她》中，主人公菲奥娜是带着伤痛主动要求住进疗养院的，在记忆与失忆的交替与纠结之中疗救自己的伤痛。男主人公格兰特则是在带着内疚、对妻子的疼爱，其中还夹杂着嫉恨等情感出现在读者面前的。门罗的短篇小说无论是从道德、情感还是历史的层面上看，都有着长篇小说才有的密度，这一论断也得到其他批评者的回应。作者剖析了我们曾坚定不移地以爱的名义欺骗我们自己的事实，我们所看到的悲凉皆被作者细致入微的耳目所捕捉与丰富。生活是令人心碎的，然而也会在不经意之间呈现些许的善意与和谐。

我们可以将门罗与俄罗斯著名小说家、剧作家安东·契诃夫进行比较，虽说有些老生常谈，但是不能不说是极为恰切的（加兰，2005）。在《我青春的朋友》（*Friend of My Youth*，1990）中，门罗继续探寻在斗转星移的时光中人与人之间的关系，在这些人物的生活中，结局总是让步给初始，凯特·沃伯特（Kate Walbert）也强调，“寻找自我身份是值得为之奋战的战利品，对于女主人公来说，是一种严格的‘自我审视’（self-scrutinization）的需要，就如同人要呼吸一样，是一种习惯，女性的问题并非是她们过去发生的事件，如第一次婚姻、孤独的童年、割裂的友谊，而是在那些事件中她们是谁的问题，当她们在追踪她们的足迹时，会质疑我怎么会来到这里了。在一个寻找她们是谁的近乎西西弗式的徒劳中，努力提取一个‘我’字，因为她们的一切努力皆被放置于男权的准则之下来审视的。”（沃伯特，1990）在《远离她》中，菲奥娜还未来得及审视自己，已经罹患失忆，她的“自我”是通过丈夫格兰特晚年对妻子的依恋而渐渐获得，也通过与其他女性的交往渐渐明晰。

5.3.4　记忆与失忆：对生命创伤之痛的拯救

笔者很喜欢同为诺贝尔文学奖获得者赫塔·米勒《我所拥有的我都带着》中的一段话：“我所拥有的我都带着，我本是一只受伤的小兽，很想前行，却无路可寻。在茫然中，是你的手将我牵引。是的，你是在上天的安排下出现的，而我必定将在你的命令下消失。”

不管是门罗的小熊还是米勒的小兽（因为门罗的《远离她》原名为《熊从山那边来》），皆是带着伤痛的记忆在前行。主人公的失忆，不应仅仅被看作病态或女性对于男性社会的报复，而更是一种人的生存状态，既是男人的，也是女人的存在状态，是男人与女人在一起交织起来的一种无法逃脱的生存的常态，时而意趣盎然，令人流连忘返，时而荒诞不经，让人急于挣脱，时而充满无奈与妥协，时而又是无奈、妥协与抗争之后的和谐，循环往复，直至生命的终点。在这一生命的过程中，时而男人居上，时而女人优先，然而终究抵御不了无情的岁月这把利剑，还要经受大自然的漠视与冰冷的磨砺。在小说的结尾处，当格兰特前去疗养院接菲奥娜回家时，细节描写颇耐人寻味，菲奥娜在阅读一本摊开的有关冰岛的书，格兰特说他带给菲奥娜一个“惊喜”，问她是否还记得“奥布里”，菲奥娜只深情地凝望着格兰特，菲奥娜似乎根本就无法集结起记忆的碎片。她只是淡淡

地说了句："名字这东西我老是搞不懂。"接着作者又用了这样几个令人难以言喻的字眼，说"她的皮肤和她的气息散发出一种鲜花浸泡于水中太久了的味道"。而菲奥娜依旧是那种客套的寒暄："你本来应该离开我的，不要接我回家了，放弃我，放了我吧。"她用了"放弃"这个动词的不同时态和形式来表达自己的情绪。这一表述显示出她这样一个失忆的人在努力地搜寻一个合适的词汇来表达自己，在读者看来这又表明一种时间的概念：过去的，现在的，已经发生在他们之间的过往等。格兰特的回答则是"没有机会了"。然后他的脸抵在她的白发里，她粉色的发根和她的好看的头颅上。至此，读者一方面会因为甜蜜、和谐与平静的生活重新回归而感到释然，另一方面也会担心这平静与安然将会维持多久，这又是一种什么样的生命与情感的体验，会是永恒的吗？或许只有"生的意义永远是未解之谜"这一点将是永恒的吧，也或许只有失忆才能了结生之痛楚吧。

第 6 章　女性自我的回归：女性经验与多元文化的书写

6.1　被缚的“自由女性”：莱辛和她的《金色笔记》

莱辛居住了 24 年的房子坐落在伦敦北部一个小山岗上，宽宽大大，足有三层，她一个人住在那里。我们谈话的 L 型房间在一楼，屋子里到处摆满了书。她对《每日电讯》的记者说：“书一直是我的生活，我是依赖这些书获得教育的。在你已经不年轻的某个日子里，忽然间竟有人央求你去写一些你已经挚爱了多年的书。这该是一份多么高的奖赏啊！”难怪登门征求制作电影《多丽丝》的人络绎不绝，“我总说不，我看不出这有什么意义，他们总可以从阅读那些书中找出我是什么样子的。”但她确实曾把她的四部曲小说之一《暴力的孩子》改编为电视剧，书中的玛莎·奎斯特是她的另一个自我。“我遗憾没有人尝试过，我觉得这会很不错，但我不会在乎好坏，我不在乎我离开这个世界以后，人们会怎么去做，我不像有些作家那样一味担忧自己的身后名。”

——接受《每日电讯》的采访（2004 年 9 月 25 日）

6.1.1 诺奖光环之下的莱辛：“还是以前的我”

对莱辛的采访，把我们带回到1962年的岁月，那是在她最雄心勃勃的小说《金色笔记》出版后不久的日子里。带些印第安女人相貌特征的莱辛，的确已不再年轻，但是她身上确实有一种不服老的东西：她要喝Diet Coke，她知道trash television，当然，她还没有在电脑上工作，相信某一天她会用电脑的。

若是换了另一个作家，你可能会觉得她的无所畏惧是由于她的年龄和阅历的缘故，但莱辛一直愿意保持这个样子。她对政治的一贯正确性和对语言的攻击表示遗憾。在她的新作品集里，她记述了她所访问的美国的一所学校，“我不明白他们为什么这么喜欢走极端。他们是一个非常歇斯底里的民族，我希望我们不要接受美国最新的时尚，可我们总在接受。”

这就是莱辛的真实面目：一个实实在在的写作者和一个理性的思想者，面对这些真正的大主题，她知道问题出在哪里，却又不知道如何将其摆正。这正好说明了阅读正在渐趋死亡。

“我常常告诫自己这并不重要，事实是这种文化正走向灭亡，或已经死亡，怎么办？每当我想到读书所带来的乐趣，就不免感到受伤害。曾几何时，尊重书籍、尊重阅读是那样盛行，而今这种情形已经不复存在。受到尊重的已经不再是文学、学问以及教育，而竟成为一种作家的魅惑。”

莱辛已经完成了另外一本有关“囤积物资”（on the stockpile）的中篇小说，但是自从1月份以来（2004年1月）却只字未写，“这在先前是不可能的，想想自己竟只字未写，简直是要发疯了。并不是这个世界的发展于它不利，只是我确实喜欢讲故事而已。你需要从你内心深处写起”。

取而代之的是，她为《查特莱夫人的情人》写了一篇序言，鉴于她曾经诅咒过劳伦斯（ D. H. Lawrence ）的那些语言，他的那些书迷们是否要接受更糟的咒语呢？

她说："这是一本漏洞百出的书，但是我一直记得我第一次读它时的那份激动。"

"我之所以喜欢劳伦斯，是因为他能把你融入一种经验之中，书中的一个个场景，我几乎不在乎他想说什么，我不知道我们应当看重作家的哪一点，但可以肯定的是，不是他们的蓝图。我们总是努力把作家想象得完全不一样，并不看重作家竭尽全力提供给我们的东西。"

"我已经拥有了所能想象到的（加在我头上的）任何一个标签。我曾经因撰写种族问题而成为作家，然后是共产主义者，又是女权主义者，而后是一个神秘主义者。"

那么，现在呢？多丽丝·莱辛是谁呢？

"我依旧是原来的我，还是老样子。"

莱辛堪称我们这个时代颂扬爱之神秘的伟大的"桂冠诗人"，对于爱的困惑，她有这样的提问：为什么会有两个人一见倾心？你是否听说有关相配基因的理论？对于我爱的人，我为什么找不到一个模式？而且为什么堕入爱情的能力并非随年龄的增加而有所减弱？

这一主题最先是在她 1996 年出版的《又见爱情》（*Love, Again*）一书中得到阐述，这也许是她最精致的小说，"这完全是一个谜，尽管现在人们对它不予理睬，但它却并非不再发生了，你也在某个人身上看到了这一切，觉得的确，它还在那儿。"

在两卷本的自传《我的皮肤之下》（*Under My Skin*）和《行走在阴影中》（*Walking in the Shade*）中，莱辛为我们描绘了她的童年。

——莱辛接受《每日电讯》的采访

6.1.2 莱辛不平凡的过去

多丽斯·莱辛 1919 年 10 月 22 日出生于波斯（今伊朗），父母均为英国人，当时她的父亲在波斯管理皇家银行。由于认清了商业事务的虚幻性，他于 1924 年极富浪漫情调地隐退到罗德西亚（今南非的赞比亚）的一个农场上，农场生活对于他决非天堂，反而成了他那位极富想象力的女儿理想的家园。年幼的莱辛是一个“神经质”的女孩，在学校里，她已尽了最大努力，才没有白白浪费更多的时间。她 14 岁时由于眼疾而中途辍学，此后她便依靠自学来弥补欠缺的学校教育。她的童年是孤寂的，孤独之中的她与 19 世纪的文学大师们结下了不解之缘，以此滋养了她那颗澄明的，且具批判性的灵魂。16 岁时，她在萨里斯伯里做护士，然后是速记打字员和电话接线生。第一次婚姻失败后，她开始卷入反种族歧视的激进的政治生活。1945 年她再婚，又一次婚变之后，她于 1949 年带着她与第二任丈夫莱辛先生所生的儿子回到英国。

起初，她在英国的立足确实是一场苦苦的挣扎。在战后那段乏味的岁月里，她生活在梦魇中，她的经济状况一度很窘迫。她的第一部小说《青草在歌唱》（*The Grass Is Singing*，1950）很快找到了出版商，于 1981 年被改编为电影 *Killing the Heat*，并被誉为战后最杰出的英语小说之一。如同她的《暴力的孩子》系列长篇的主人公玛莎·奎斯特一样，莱辛本人也曾在罗德西亚作为马克思主义者而被卷入左翼政党。回到英国 3 年之后，她正式加入了英国共产党，然后于 1956 年脱党。

这些早年的生活与创作显示了作者对于共产主义和社会公平的热衷。她特别擅长塑造那些意志坚定、自强自立的女性形象，以及她们在男权社会中所经受的情感危机，以期待众多女权主义者对女性问题的关注。这些作品，特别是《金色笔记》（*The Golden Notebook*，1962）和五卷本的《暴力的孩子》（*Children of Violence*，1952—1969）的最后一部《四门城》（*Four-Gated City*，1969），其复杂的具有创新意识的人物刻画与叙事技巧备受推崇。在评论家的眼里，莱辛的确是一位多产的、严肃的、极富探索精神的作家。而评判任何一位活跃在文坛上的作家往往是极其危险的，特别是莱辛，因为她总是在我们试图框定她或预言其未来时，将我们远远地抛在后面，所以她的创作对批评者常常构成一种反讽。她曾善意地质问过她的学生，如果仅就某一位作家或某一部作品进行评价是否是在浪费时间。总之，对于莱辛的评判往往是吃力而不讨好的。然而就是这样一位声言不要在她身上浪费过多时间的作家，据互联网最新资料表明，仅在北美地区就有 75 篇涉及莱辛的博士论文，硕士论文更是数不胜数。那么，莱辛的创作何以引起如此广泛的关注和争议呢？我想原因大概在于其主题的多样性，从宏观的种族问题到细微的男女私人情感，从对异域情调的情有独钟到对本土的都市“自由女性”生存问题的关注，无不诉诸她的笔端。综观女性写作的历史，鲜有以如此广博的主题与开阔的胸襟来探索女性自身及之外的广博世界的作家，她也正是以她的创作实力奠定了她在英国乃至世界文坛的尊崇地位。

莱辛对女性问题的探索集中体现在《金色笔记》和《暴力的孩子》系列小说之五《四门城》中的安娜·伍尔夫和玛莎·奎斯特身上，同时从她们身上也不难发现作者自身的影子。实际上，“奎斯特”（quest）一词意为“探寻”与“追索”，与“安娜”“伍尔夫”一样都是极具叛逆色彩和引起丰富联想的名字。如果说《金色笔记》中的安娜对人生意义的追索是重在过程的话，那么，《四门城》中的玛莎更加贴近作者本人的生活经历，她也曾义无反顾地逃离过家庭，经历过两次婚变，最后终于认识到自身的一些缺陷。这部小说是对莱辛个人情感和信仰的一次超越，是她内省式探索的开始。

6.1.3 《金色笔记》引发的论争

莱辛的创作以 1962 年出版的《金色笔记》达到顶峰，成为风起云涌的女权主义第二次浪潮的奠基石。这是一位名字叫安娜·伍尔夫的“自由女性”的人生剖析，她的生活、爱情和精神状况是处于一种极度分裂的状态之中。书中的几位女性人物承担着她们自己的生活，艰难独立地挣扎在工作、性爱、为人母亲和政治信念的旋涡里。该书出版之后，连莱辛自己也没有预料到作品所引发的众说纷纭的讨论。

批评家们对于莱辛《金色笔记》的争议，主要集中在作品的主题上，即莱辛是一位女权主义作家，还是一位带有某些反女权主义倾向的作家，如此相反的阅读感受，令批评者莫衷一是。

玛格丽特·德拉布尔在 1985 年出版的《牛津英国文学词典》中这样评说：

> 《金色笔记》是一本极易引起争议的鸿篇巨制，可以视作妇女解放运动的一块里程碑，书中部分传统叙述章节皆以“自由女性”为题，女作家安娜·伍尔夫分别在家庭、政治和写作诸方面挣扎而形成的四本笔记散布期间，交相辉映……

同时，读者不难看出，作者将主人公命名为伍尔夫也并非是无意的巧合，而是有意与公认的女权主义文学大师弗吉尼亚·伍尔夫寻找认同点吧。

柯林·斯沃特里奇编选的《英国著名小说家概要》中这样评价莱辛和她的《金色笔记》：

> 莱辛是一位十分投入的，而且是一位极具挑战性的作家，她有可能冒犯那些与她持不同观点的人。她的《金色笔记》会使得许多男性感到她为太多的事情辩护，其中的某些章节已完全将自己置于男性的批评之中。然而如果一部小说不仅仅满足于为读者提供娱乐的话，那么它必然会具有某些挑战性，小说家的任务就在于通过艺术探索大的主题，寻得对于时代的理解，这些主题无疑是既现代又逼人的。如果她的作品经常使读者感到“艰涩”，这是由于她不愿意选择轻车熟路，她有自己执着的政治观念和艺术信仰，她已承担起重大的挑战和巨大的目标，结果也总是极有价值的。

斯沃特里奇虽未直言莱辛是直接为捍卫女权而创作，却点明她是为所处的那个时代而写作的。而且“主人公安娜在与迈克尔的相爱中，经历了盲目的依附、困惑迷乱以及自我分裂。她是迈克尔的情妇、珍妮特的妈妈，又是一位才华横溢的职业作家。但迈克尔既不喜欢她的母亲角色，也不喜欢那个反叛的、有思想的安娜”，这使得安娜不得不在作家、母亲与情妇的三重角色中苦苦挣扎。最后，她对于这种否定自我及个性的两性关系的彻悟，引发了她初露端倪的女权意识（刘雪岚，1997）。

而很多评论者则从反女权主义视角来考察这部作品，“安娜最后意识到补救（破碎生活的）办法就是找个男人。她像开药方似的想出这个办法，安娜和莫莉（安娜的同性朋友）深信自己在各方面都是独立的自由女性，但是始终未能摆脱潜意识中的依赖感和对于异性的感情需求，她们力图挣脱资产阶级传统的观念和社会秩序的束缚，但是最后还是掉进了恋爱和婚姻的陷阱，回到了原来的起点”。在这派批评家看来，“自由女性”并不自由，她们面对着“外界的困扰”和内心的“各种压力”，陷入了难以挣脱的怪圈（瞿世镜，1998）。

无独有偶，当代英国女作家安妮塔·布鲁克纳在《伦敦书评》上作了这样的评价：“多丽斯·莱辛……制作了一个胚胎，几乎是一个临床案例，其中的女主人公再现了‘自由女性’原型中所有最可怕的处境，她把这个原型孤立起来，加以描绘，从而树立了一个靶子，以后的女权主义者们畏惧地、匆忙地、明智地与它分道扬镳，尽可能避免重蹈覆辙。”所以安娜不仅不是女权主义者们借以炫耀的成功的典范，相反，他们深深地体会到了所谓的“自由女性”的困境。由此可以看出，莱辛的这部小说实质上是在向女权主义提出质疑：这种思潮是否会给妇女带来真正意义上的解放，女性是否能借此走出男权的樊篱。

当然安娜的这种认识决非一蹴而就的，而是她经历了痛苦的心身分离，无所归依，精神崩溃，以至于无法写作，并失去时间概念等巨大的打击之后，才认识到自己的生活原来一直是一团糟。作为旁观者的汤米（安娜的女朋友莫丽的 18 岁的儿子）指出她的“失败”后，安娜认识到自己一直生活在虚幻之中，妄想以梦想代替现实，结果使自己成为实现梦想的工具。而在众多批评者眼里，女性主义思潮也只是一种过分理想化的境界罢了。

对于由《金色笔记》而引发的女权主义论争，我们再回过头来看一看莱辛本人的态度，在此书 1971 年的再版序言中，她明确表示："就妇女解放这一论题，我当然是支持的，因为众多国家的妇女都在竭尽全力地说自己是二等公民，单就她们的话有人听这一点，我认为她们胜利了，早先有很多人冷漠地说我支持她们的目标。其实我不喜欢她们那种尖叫声和令人作呕的样子。……这部小说，绝不是妇女解放的号角。"（莱辛，1981）作者坚决否认此书是在宣扬女权主义。她指出："我觉得妇女解放运动不会取得多大成就，原因并不在于这个运动的目的有什么错误之处，而是因为我们耳闻目睹的，社会上的政治大动荡已经把世界组合成一个新的格局，等到我们取得胜利的时候——假如能胜利的话，妇女解放运动的目标也许会显得微乎其微，离奇古怪。"

基于这样的自我宣言，我们不难看出，莱辛本人是不喜欢自己的作品轻易被标上女权主义标签的。无疑，莱辛的创作主题是多元的，加之写作技巧的变化多端，有论者形象地称之为一只"飞象"，令人难以捉摸。的确，《金色笔记》恰好是作者由写实到实验的过渡时期，作品中现实与梦境的交替出现，清醒与狂乱的难分难解，的确增加了读者解读的困难。而且作品一改往日女性写作只涉及"闺中情怨"的传统，展示了极为宽广的生活画面，有令读者应接不暇的感觉。读者不难发现女作家十分关注人类的命运，尤其是弱者与被压迫者的命运，无疑作者已将妇女的处境归于弱势群体与被压迫者来加以关注的。从殖民主义到种族歧视，从女性地位到战争、福利、教育、医疗以及人的心灵世界、梦境、宗教，无一不在她的关注之列，她还曾一度想研究马克思主义。20 世纪 60 年代初，她对伊斯兰教的神秘主义产生了极大兴趣。她后期的作品密切关注人类未来，以一种超性别的姿态，表现出对人类普遍价值的关怀。总之，20 世纪的重要思潮，各类主义如弗洛伊德和荣格心理学，乃至社会生物学无不在其作品中有所折射。

豪斯特 · W · 特雷彻是这样评价《金色笔记》的："这是一部自传性作品，还是一部社会学研究论著，应把它作为一篇政治论文，还是一件案例的记载呢？不管怎样说，莱辛已超越了纯粹个人关注的范围，对她来说，写作的目的就在于寻找交流思想的巨大可能性。”的确，莱辛在某种程度上为西方当代文学设置了一个“斯芬克斯之谜”，而对于这个谜底的揭示，引得众多评论者陷入了一个又一个陷阱。

《金色笔记》奇异的结构也异常令人着迷，也招来许多非议，许多批评家认为她的语言不够幽默、风趣，而且冗赘、絮烦，甚至有些漫不经心。莱辛承认她写作速度很快，她重灵感而非刻意雕琢。在再版序言中，莱辛说：“我的主要目的就是要让这本书的结构自己作评，是一种无言的表述，通过它的结构来说话。”“自由女性”部分支撑起全书的框架，是传统的写实的手法，仅有约 6 万字，可以独立成篇，它被黑、红、黄、蓝四本笔记隔开了。笔记的主人正是“自由女性”的女主人公安娜，由于她害怕混乱无序，才将笔记分颜色标记。所以读此书时，既可以依页码顺序，也可以按四种笔记的顺序，加上“金色笔记”和“自由女性”，这本书可以作为 6 个独立的部分来阅读（瞿世镜，1998）。

在世界范围之内，20 世纪 60 年代正是超文本写作的高潮，朱利安·克里斯特娃受巴赫金“复调小说”理论的启发，创立了完善的文本理论，提出了“文本间性”式，即“互文性”模式，认为任何文本都位于若干文本的交汇点，是这些文本的阐释、集中、浓缩、转移、深化。文本间性是在某单一文本内部所发生的文本间的相互影响，是一种文本解读历史并置身历史的方式，它赋予文本结构以显著的特点。

还有一种观点认为莱辛所尝试的是一种时髦的“元小说”（meta-fiction）。《金色笔记》中的女主人公安娜所写的故事的主人公到底是安娜还是莱辛？或者说到底是安娜的表象还是莱辛的表象？假如安娜所写的故事的主人公的自我是一种虚构的观念实在，那么似乎没有任何理由不可以说安娜的自我也是一种虚构的观念实在，但这种虚构的观念难道不是多丽斯·莱辛吗？那么莱辛是谁？莱辛就是书写自己的那个人。显然，这种推理可以导致莱辛是虚构的，常人所理解的那种“现实也是虚构”的结论，即这里有一个逻辑怪圈。或者反过来说，安娜所写的那个女人的自我是莱辛的自我的自我，安娜所写的那个女人的叙述是有关莱辛的叙述里的叙述

（阮炜，1998）。

她说："在我创作这本小说的时候，我并没有意识到我写了什么特别能引发熊熊烈火的东西。在所有那些我曾经参与过的政治运动中，我一直在聆听妇女们谈论妇女自己的问题，也谈论男人。当我写下她们在私下里的谈话时，人们就突然间惊呆了。好像我若不把它们写出来，女人们的那些话就不存在似的。"因此，莱辛再现的是女性真实的自我的内心呼声。

6.1.4 莱辛的立场：困境中的"自由女性"

在问及她是否是一个女权主义者，她的回答毫不含糊。

"当然，我是一个女权主义者，"她说，"我只是觉得她们有些过分。我并不赞赏对那些男孩子和年轻男子造成的伤害。"她比较崇尚女权主义者为一些具体的事情而发起的运动，譬如为争取平等报酬，建立好的护理学校等，但是令人失望的是，除了一些口号和高谈阔论之外，她并没有看到什么同心合力的运动。

她表示崇尚19世纪的女权运动（Women's Suffrage Movement），她们是在为一些具体而实在的权利而奋斗，例如为争取已婚妇女财产法案而进行的斗争，"她们走上街头，赢得了自己的力量，她们为法律条文的改变而游行示威。现在的妇女并不做这些事情，而我发现这着实令人沮丧，20世纪60年代的运动已经淡出了人们的谈话了"。她指出，在战争和战争刚结束的时候，由于工厂里需要大量的妇女，幼儿看护被视为当然的事。"刚到伦敦的时候，我的儿子彼得被送去幼儿园，在那里待了一到两年，到后来就没有这种事情了，因为他们不再需要妇女。"

然而她断然否认通过解放的渠道而取得的女权主义。"女性的自由要靠两样东西来获得：一是避孕药；二是省力的机械，例如洗衣机。要靠科学，而不是女权主义。"由此我们可以看出，莱辛反对那些空泛的、口号式的女权/女性主义，她更加主张为女性带来真正福祉的权利运动。

20世纪60年代，正是西方社会动荡不安的时期，各殖民地人民以及所有被压迫阶层争取独立自由的运动风起云涌。与此同时，伴随着美国民权运动的高涨，女权主义的又一次高潮已然到来，所以人们很自然地将女作家莱辛与女权主义挂上钩。当然，回顾英国的妇女解放运动历史以及女性写作的历史，确实不难找出其中的历史渊源。

女权主义运动曾在 19 世纪中后期形成第一个高潮，当时英国哲学家、下院议员约翰·斯图亚特·穆勒就 1867 年改革议案提出妇女选举权的问题，发表了《论女性的被奴役》，明确提出妇女在法律、教育等方面应享有的权利。而就女性创作而言，从简·奥斯汀到勃朗特姐妹，从乔治·艾略特到伍尔夫，英国文坛也有着悠久的传统。鉴于当时尤其是奥斯汀时代妇女解放的程度，女性的写作多自娱自乐，较少参与社会生活，题材也较为单一，而且为男权社会所轻视。因为在当时的批评家眼里，某部作品重要，因为它写的是战争；某部作品无足轻重，因为它写的是起居室里女人的感情。难怪伍尔夫在《自己的一间屋》中发出慨叹："……在纯父权制社会中，面对所有这些批评，要坚持妇女的见识而不退缩，需要怎样的天才，怎样忠贞的品格啊！"（黄梅选，1995）

进入 20 世纪之后，虽然女性在选举权方面有了重大突破，女权主义运动却在二战期间跌入谷底。二战之后，在一股反女权主义思潮的影响下，加之为男权所推崇的各种大众传媒的推波助澜，知识女性重返家庭成为一种时尚，她们相夫教子，过上了一种表面上其乐融融的家庭生活。然而不幸的是，妇女问题却越来越多。她们不安、恐惧、孤独、压抑，成为心理诊所里的常客。困惑之中，美国著名女权活动家兼新闻记者贝蒂·弗里丹（Betty Friedan）以《女性的奥秘》（*The Feminine Mystique*）一书帮助人们认清了所谓的"女性角色"的虚幻性。而当新女权主义运动在欧美各发达国家轰轰烈烈再次开展起来时，此时的女权活动家们不仅拥有祖辈成功的经验，又有母亲那辈人失败的教训，还有在法国存在主义思潮影响下催生出的西蒙·德·波伏娃的《第二性》——以此作为她们强大的理论基础，认为女性不是天生的，而是社会这架庞大的机器按男权意愿制造出来的。无形之中，男女两性之间的战争便酝酿而成。而在英国文学史上空前活跃，

曾经参加英国共产党的多丽斯·莱辛此时将她的《金色笔记》奉献给了读者。单就这部洋洋数十万言的小说的结构布局而言，就已经构成了一种对传统写作方式的反叛。

小说的总体框架由主人公，即女作家安娜的五本不同颜色的笔记构成，而在每本笔记之前，作者又别出心裁地冠名“自由女性”（Free Woman），且独立成篇。这样一种独特的反传统的写作方式，也就是当时极为盛行的超文本写作（Hypertext），加之女主人公在男权社会中所做的艰难探索，《金色笔记》深为女权主义者们所看重，他们认为此书是《第二性》的姊妹篇，吹响的是一曲妇女解放的号角。由于英国的女权主义运动一向被认为缺乏自己的理论作为指导，众多批评家，尤其是深受反女权运动影响的人便从艺术创作和个人经验的角度视莱辛为积极的女权主义者。

从传统意义上讲，在与男人的关系中，女人一直被认为是女儿、母亲、情妇、妻子，所以她们要么仅仅被视为对男人们至关重要的少女、引诱者、女巫或女神，要么在男权社会中仅起着社会或生物作用（嫁人或待嫁），这样一来，便从根本上否认了女性进行自我完善的可能性（鲁思文，1984）。伴随着女权运动的高涨，特别是进入 20 世纪以来，女性的社会角色向着多样化方向发展，“自由女性”这一形象通常是指那些性意识不再囿于传统观念的知识女性，她们以情感上不再依赖男性而自居，这在众多男女作家笔下有所体现。如易卜生笔下的娜拉，凯特·肖班的《觉醒》（*The Awakening*）中的埃德娜，作为觉醒了的一代知识女性，她们各自从禁锢她们的家庭中走了出来，成为自由女性。这些不再受传统家庭约束的所谓 “自由女性” 的处境又如何呢？出走后的娜拉是否会重新回去，我们已无从知晓，埃德娜却在无奈之中投入了大海的怀抱。难道“自由”了的女性反而无路可走？难道现代女性在成为传统家庭神话的打破者之后，又将自己逼进一条死胡同吗？在新世纪，那些曾经困扰着她们上一代的问题，诸如“女人是谁”“她应该怎样生活”，依旧在困扰着当今的女性。所谓男人角色与女人角色、女权主义与反女权主义之争依然在进行。如此看来，年轻的一代在此的确与她们的母亲找到了某种程度的认同，只是前者更加注重自己的策略，更加注重相互沟通与交流的可能性。所以，我们说，对于“自由女性”及女性的生存困境问题的探讨，远未像人们想象的那样已经过时。作为一名对女性的处境显示终极关怀的作家，莱辛在《金色笔记》中，对此作了最为自觉、最为详尽的表述。她的探索是极有意义的。可以说，在英国20世纪的女性创作中，莱辛是继伍尔夫之后颇得学界重视的作家之一，她的作品既有对世纪中叶的社会与政治动荡的不安的描述，又有分裂的个体对于完整性的追求。她的主人公，一如她本人，多为左翼活动家，无形之中，作品与作家的生活便有了一种亲和力，形成一种互文关系（intertextuality）。

6.1.5　困境中的思考：在破碎的生活中寻求生命的完整

就女性的出路或归途这个并不轻松又有些陈腐的话题，我们姑且抛开以上那些遮蔽了女性探求自我解放的无谓的论争和喋喋不休，也暂且忽略一下莱辛本人对此所持的态度。《金色笔记》的确以其独特的艺术魅力为我们展示了现代女性真实而又普遍的生存状态。正是为某些批评家所不屑的散乱的结构，将主人公分裂的心迹真切地表露出来，那是任何语言都无法描绘的一种处于疯狂边缘的心态，语言的囚笼已牢牢地困住了身为作家的安娜，一切挣扎都已成为徒劳，在尝试了为“自由”而付出的种种代价之后，她认清了“自由”的虚幻性，这似乎应验了鲁迅先生对出走的娜拉的预言，但我并不认为那是一种简单的回归或倒退。莱辛在《金色笔记》的序言中也曾郑重地警告一些男性，他们居然认为“女人全都是胆小鬼，这是由于她们身为奴隶的时间太久远，真正敢于同自己深爱着的人一起捍卫她们的思想、感情和经验的人毕竟是少数。当一个男人说，你真不像个女人，过于争强好胜，你让我没有了男人气概时，大多数女人会像挨打的小狗那样惊叫着跑开。这种男人是势利小人。他既不懂得他生活的这个世界，也缺乏最起码的历史知识。”这无疑是对男权社会的最好回敬（莱辛，

1981）。

另外，作为“自由女性”的安娜踏上一条寻求男性作为解救自己困境时，我们不能单纯地把这理解为一种“女性对于男性的依附”，从而得出女权主义运动的彻底失败这一结论。我更倾向于认为安娜在经受了人格裂变之后，寻求一种“完整性”或是完美人格。完美的人格在于两性的完美合作。莱辛在序言中借安娜之口说：“束缚与自由，善与恶，肯定与否定，资本主义与社会主义，性与爱情……”莱辛试图通过自己的创作，将这些对立而又统一的整体展示出来。我们说，这种对“整体性”的渴求与她所受的马克思主义影响是分不开的：“我从那些曾经的马克思主义者那里汲取了明智的批评。他们理解我所做的一切。这是因为马克思主义全面地看事物，有联系地看事物……”在书的末尾，安娜肯定了这种自我探索的价值，认为：“我相信，我经历的我自身的方方面面是任何女性所不曾拥有过的。”（莱辛，1981）

从莱辛的写作状态来看，安娜的狂乱、崩溃、罹患“写作障碍症”，一方面，这与作品所表现的主题相吻合；另一方面，我们也能追溯其历史渊源。这种“发疯”正是一座从无知到顿悟的桥梁。在莎翁笔下，李尔王在旷野上的狂呼乱喊终至醒悟，忏悔了自己的过失。安娜在神经崩溃之后，借助美国男友索尔的帮助，在同病相怜之下，完成“金色笔记”的创作，也是一个由无知到顿悟的过程。而先前那种混乱无序的生活和写作，各种颜色的笔记已被一个象征着新希望的“金色笔记”所替代，有了“金色笔记”，便有了一个完整的新希望，安娜破碎了的人生终于完整统一起来。莱辛以《金色笔记》冠名全书，而非“自由女性”或任何一种颜色的笔记，其用心也在于此吧。

在全书的末尾——《金色笔记》一章里，安娜于恍惚之中听到这样一种声音：

> 亲爱的安娜，我们并非如我们想象的那样是失败者，我们终其一生地努力着，使人们不至于像我们那样愚笨，让其接受伟人们早已懂得的真理。你和我，我们将穷极一生地，用尽我

们全部的力量、全部的才智将那块圆石往山上推进哪怕一英尺。

作者在此借用西西弗斯的神话，以一种乐观主义的眼光审视自身乃至整个人类为进步而付出的代价。也许在那些功利主义者眼里，这种求索并无助于改善人类的生存境况，更谈不上为女性自身的解放开辟一条通衢大道，然而我们不难从中找出已浸润在西方知识者血脉之中的那种上天入地找归宿的浮士德精神。当年浮士德在人生各个层面的探索皆无果而终，最终却在经过自己的双手改造过的封地上看到人类未来的希望时，他带着极大的，同时也是稍纵即逝的满足死去。那么，莱辛赋予安娜以及一切为女性自身解放而作出探索的人们的，不也正是这种精神吗？

6.2 徜徉在艺术与科学之间：玛格丽特·米德独特的人种论书写风格

诞生于20世纪第一年的玛格丽特·米德（Margaret Mead，1901—1978）几乎就是为人类学而来的。众所周知，严格意义上的文化人类学这一专业的肇始，正是在1901年。文化人类学是在美国大学作为广义人类学的属下、与体质人类学相对应的分支而独立出来的。米德堪称与美国文化人类学共同成长与相互见证的学者。身为文化人类学学者，玛格丽特·米德一直在学者和媒体明星之间寻求平衡，与其说她是一位实证主义科学的学者，倒不如说她是一位"科学幻想小说"的作者，或者她更像是一位文化人类学学科的普及者。总之学界对其评价莫衷一是，却也一直引发研究者的兴趣。

公认的英国社会文化人类学的创始人之一A. C. 海顿（Haddon）曾经暗示米德只不过是一个女性小说家，从而否认其作品的学术性（Hinston-Quiggen，1948）；几十年后，另一位英国人类学界翘楚伊文思-普里查德说她的作品如此女性化，应该被称为"风吹棕榈树林派"（school of rustling-of-the-wind-in-the-palm-trees）之类的人类学写作的典范（Evans-Prichard，1954）。以如此生造的合成词来形容她，足见正统学界对其身为女性学者所显露出的不屑与嘲讽。

6.2.1 来自学界的批评之声

纵观米德的学术生涯，她无时不在进行创新与实验。在 20 世纪 30 年代和 40 年代间，米德和她的丈夫格列高里・贝特森创造性地把静止的照片和电影胶片作为研究工具。她和贝特森对电影和照片的运用，使得人们对角色有了更多的关注，她认为视觉图像可以作为一种比较分析的手段，并且是可以超越时间和空间的（米德，贝特森，1942）。无疑她的观点在当今来看颇具预言与前瞻性。

20 世纪 50 年代初，米德首次尝试把电视脱口秀采访作为一种介绍人类学见识和发现的座谈会。在电视时代到来之前，米德已经为美国公众所认识。到了 60 年代，她在脱口秀上接受采访时，她的名字已经家喻户晓。她强烈地感觉到视觉图像以及大众媒体作为文化传播工具的力量，也认识到写作和口语之间的联系。正如她的同事罗达・密托中肯地指出的，“最能令她取得胜利的天赋是她做出迅速反应的能力，以及她风趣的回答”。每当问她一个问题，她会给出一个简明而有思想的答案，“有时是一个简单的单词，有时很尖锐，多数时候很风趣”（美特劳克斯，1980）。正是由于这样的表现技巧，她深得采访者和观众的喜爱。

米德还曾致力于“户外文化讲习会”（Chautauguas）的传统，这是一种始于 19 世纪美国纽约州乡间肖陶扩湖地区的教育学习型集会。米德相信民主一定是基于已约定的公众对话。她利用电视脱口秀作为一种“电子文化讲习会”形式，并且这种强大的媒体，能十分巧妙地宣讲她关于社会改革、种族、婚姻、家庭、孩子、男女关系和美国自由民主等的观点（鲁可豪斯，1993）。讽刺的是，随着米德在学界欢迎度的提高，她却被人类学学术圈边缘化了。这再次验证了由来已久的媒体或大众文化与美国知识精英之间的那种矛盾关系。

其实在诸多文化语境里，学者与大众文化相遇后都会产生那种欲说还休的尴尬，学者与学问似乎只有端坐象牙塔和故纸堆，而一旦触“电”或曝光并走红，其严肃性与科学性便会遭到质疑。与其纠结于那些过去的，或正在探讨的种种对米德所做工作的批评与责难，不如关注她写作中令人耳目一新的方面，尽管这些风格与人种论的主流的现代风格大相径庭。值得强调的是，米德把人类学的写作过程和人类学理论与方法的发展完美地结合了起来，这源自她对写作的情有独钟。我们不妨从米德广为人知的成名作出发，从她的第一本书《萨摩亚的成年仪式》开始，她运用在萨摩亚的发现和田野书信来反思美国的教育，我们可以管窥其写作有别于男性学界的独特性。这恰好预言了一个崭新时代的到来，即米德作为人种论作者的技巧将会从一个不同的视角展露出来。事实上，米德是一位积极地尝试人种论书写文化实验的女性，性别、种族等在她的选题模式与风格形成中起了重要作用。

6.2.2　一位像作家一样的科学家

可以说米德比任何一位人类学家都看重写作上的训练，她把写作视为科学素养所不可或缺的部分。写作，如她所言，应当具有“英语的文学性”，而不仅仅是“美国大学所主导的博士论文般凝重的德文的行文风格”（米德，1976）。值得一提的是，她对于写作的重要性的笃信深深植根于她的家庭出身。米德在她的自传《黑莓的冬天》中曾回忆说：“我父母是从事写作的，写作是我生命中如此重要的部分，就如同当时园艺和装罐头是农夫的女儿生活的部分一样。如今它却成为一种更特别的、我们周围的人都不肯做的事情。”（米德，1972）自幼写作就是父母与她交流的工具，同时也使她和她的家庭变得特殊起来。10岁的时候，她开始了第一本小说的创作，也创作了一些诗歌、短剧，为校报撰写文章，还与朋友有大量的书信往来。

在回忆录里，米德特别提到她的父母对待孩子的开明与开放态度，她被给予了在当时看来最为充分的自由、最为广阔的想象空间。由于父母的工作与对事业的追求，他们家一年要在费城与新泽西的老家之间迁徙四次。新泽西的老宅以及周围茂密的树木丛林，给予童年的米德以丰富的滋养，与祖母的游戏童趣盎然，母亲梳妆台上的瓷娃娃、银梳子等小物件，让她每每想起都思绪翻涌。这一时期，祖母的古训、自己的观察，让年轻的米德有了强烈的性别意识。在壁炉架上的一幅铜版画里，男孩子顽劣、任性、无拘无束，这一切给了米德一种为女孩处境的思考。长大以后的她只身去了南太平洋考察那里的年轻女孩，受到当时的语言学大家爱德华·萨皮尔（Edward Sapir）有意或无意的讥讽，说她还不如待在家里结婚生子呢。作为一种无声的抗议，米德写下了这样一首小诗略表自己苦涩与郁闷的心境："量好剪断缝衣线,/配好你的衣缝。/密密匝匝缝合好/勿给梦想留空隙。……/埋下头，切勿被人撞见/你竟在看大雁天空自由翱翔。"（米德，1972）

自此，米德已经深深体味到身为女性学者的处境，摒弃了一些天真的幻想，这同时也奠定了她作为女性研究者的坚定立场。

还在纽约城巴纳德学院读书的时候，米德就通过编辑学院报纸、与同学讨论和分享文学创作来继续她的写作兴趣。他/她们自称为"灰脸猫"（Ash Can Cats），戏称那些熬夜朗诵诗歌导致第二天上课迟到的女学生们无精打采。团队里有一位名叫莱奥尼·亚当斯的女子，是已经发表过诗作的女大学生。米德说她堪称天才诗人，米德自叹不如，这让她自己放弃了任何想成为诗人的念头。尽管如此，读研究生期间她也始终保持着对文学创作的兴趣，并且从她的私交朋友——同样爱好诗歌的哥伦比亚大学的人类学家露丝·本尼迪克特（Ruth Benedict）和语言学家爱德华·萨皮尔（Edward Sapir）那里得到过专业的滋养。由于担心不能得到她们的导师弗朗兹·博厄斯（Franz Boas）的认可，米德和本尼迪克特私下里继续着她们的诗歌创作，并且把她们的艺术或文学的表达与她们的学术工作剥离开来（米德，1959；达内尔，1990）。

由于米德认识到自己并非一个天才诗人，她只能另辟蹊径。她就把看上去相互对立的科学和艺术的两种不同的追求结合起来。这反映在她宁愿写人种论而不愿写小说上。后来米德解释了她为何会改变要成为作家的想法："我已经感到人类的文化比任何我能创造的东西都复杂和有趣，这令人无比欣慰。每当我要写小说时，我必须试着了解其中真实的情况，就像

我小时候遇到的一样，我再也没有写小说的欲望了。”（米德，1976）

尽管米德放弃了成为一个真正意义上的诗人或小说家的梦想，但是她从没放弃她自己的渴望——也有些人说那是她的“瘾”—— 就是写作。正如她的丈夫贝特森所说的：“这几乎是她唯一的动力…… 她像一艘拖船。她能端坐在那里一直写出3000字，直到上午11点，然后用一天里剩下的时间在博物馆里工作。”（霍华德，1984）但是对米德而言，写作上的激情并不是源于她的旁门左道或是剑走偏锋，而恰恰是来自她对科学的理解。因为她把人类学家的功劳看成搜集人类洞见的工具，并把艺术看成表达这些洞见的手段，并且认为人类学家的要务就是要将这两者结合起来，用以沟通关于人类生存境况的真相。在一封写给她朋友和同事的信中，米德探讨着人类学家和小说家之间的异同之处：

> 田野工作者必须选择、塑造、修剪，摒弃这一个而去搜集另外一个更加精确的细节，这很像小说家的作品，例如，小说家会担心一些次要人物会威胁并吞食重要主题，或者发现主角正快速从他应有的深度中浮出。但与小说家不同……田野工作者完全依赖于所发生的一切——出生与死亡、婚姻与争吵、纠纷与和解、沮丧与欣喜…… 一个人要不断地为一切事、所有的事做好准备，也许更具破坏性的是——为那些子虚乌有的事。

由此可见，米德就像一个地道的作家，不仅对人种史学的写作精雕细刻，还体现在她开展的田野工作的深度与厚度。直到最近在反思田野笔记在认识论中的地位时，人类学家才认识到这一点。田野笔记是人类学家在田野中书写的文献记录，在该领域，从“生”到“熟”的人种学都要在一段时间过后进行调整，而并非是直接成型的。她不满足于一个重述田野调查中信息提供人（informant）的角色，她想做的是一位具有人文关怀的观察者。因此，我们说对于人种学发现的诗意表达应当是人种学写作成熟的表现，而不能被简单地打上“不严肃”或“非科学”的标签。

6.2.3 关于《萨摩亚的成年仪式》的论争

《萨摩亚的一天》是米德成名作《萨摩亚的成年仪式》里的第二章，它以一种抒情诗般的方式开头，虽然略显老套："当黎明降临在浅褐色的屋顶时，纤细的棕榈树在清一色的、泛着微光的海水衬托下，凸显出来。情人们在棕树下或沙滩木舟背阴下的幽会也结束了，正悄悄地赶回家。那一刻的晨光会在他们约会的地方捕捉到每一位入眠者。"（米德，1961）

但是这种优美的散文式开头与结尾的布道式风格形成了鲜明的对比，米德在结尾处倡导美国的教育改革，两种文字体现了米德的跳跃式思维，呈现出不同的修辞风格。米德决意在她的第一本书中独辟两章，把她在萨摩亚的发现与当代美国人的生活联系起来。这样一来，她偏离了人类学家一直以来所遵循的学院派风格。在出版商威廉·莫洛（William Morrow）的建议下，她写了《教育的问题》《教育的选择》两章作为结尾；在纽约，她给一个少女俱乐部做了一系列演讲，对诸如此类的问题给出了答案："微型内生式（ingrown）原生家庭将其封闭的生活圈子敞开有何好处？原生家庭中父母与子女之间的关系纽带十分紧密，隐含着一种活跃的个人关系。"她认为较大的家庭"似乎可以防止子女形成偏颇的生活态度，如恋母、恋父情结等"。但是由于米德过分重视写作者本人的感受及艺术性，不惜牺牲科学性或阳刚之气以换取更多的女性维度，为此她受到一些学者诟病。

米德认为，在《萨摩亚的成年仪式》结尾处的布道，是她在萨摩亚的发现与美国青少年教育之间进行比较研究的基础上得出的结论，是具有科学意义的信息或观点。她确信：

> 在我们所获得的东西中，必须估计好选择的概率，看清多种可能的生活方式；其他文明仅认识到一种可能的生活方式，只有一种释放满足的不确定的方式；而一个有多种标准的文明国度，为每一个不同个性特征的人，无论是神秘主义者，还是军人、商人或艺术家，都提供了不同的礼物和多样的兴趣，作为一种调整满足感的可能。

米德一改开篇的诗意风格，运用了萨摩亚寓言，这寓言与美国人从自己经验得到的教训不同，她的口气从温和的女性口吻转变为执着威严的阳刚之气，就像一位权威人士一样，告诫我们必须对我们引以为傲的文明进行重新评估，再充分利用它们。此时的米德年仅 27 岁。有人认为，她假借男性口吻以消解人们对她的作品所产生的负面影响，与她的女性特色或小说家般的调子是一样的。她愿意做这样的概括并向国人解释其含义，这一事实致使她在人类学家中毁誉参半。不过这样反而拉近了她与公众的距离，因为她的结论阐述了一种民主文明社会的乌托邦理想观点，使得一代又一代美国人读来饶有兴趣。在对所谓的“米德式缺陷”重新审视后，人们会发现她的著作预示了后世的人类学家，如乔治 · E · 马库斯（George E. Marcus）与米歇尔 · 费斯切（Michael Fischer）所认同的人类学话语的任务是用于“文化批判”的一种形式（马库斯，费希尔，1986）。

其实，从一开始，米德的人种史学写作风格的初衷就是要与公众展开交流与对话。米德撰写《萨摩亚的成人仪式》不是为了某一特定的读者群，但是她的确踏上了一条不同寻常的写作之路。她旨在写成一本让相关的人，特别是那些与年轻人打交道的人能读懂的书，当然，米德忽视了这一事实。她关于教育、年轻人、家庭等主题的演讲极具煽动性、时效性，引发了学界内外的普遍关注。

6.2.4　米德对人种学书写方式的改写

有关《萨摩亚的成年仪式》的评论一经发表，已经预示了这本书在公众中的成功，这在人种学的任何领域都是极为罕见的现象，表明米德已经在此领域的写作上另辟蹊径了。后来她基于在新几内亚的经历，写成《在新几内亚成长》《三个原始社会的性与性情》《男人与女人》，不断推出个人的发现，并以清新的文笔向西方社会解释其发现的内涵与启发，她对外来词汇与人类学术语信手拈来。

《男人与女人》的副标题为《在变幻世界中的性别研究》，是她之前有关新几内亚人种论逻辑的延伸。她不再仅限于写一两个部落社会，而是跨越了文化差异去描写男人和女人，就如同一位把控全局的专家，在综合了对原始部落和西方现代社会的观察后，陈述其独到的观点。为了引导读者，她在序言中写了“人类学家是如何写作的”，她从讨论习语“从我待的地方出发”（from where I sit）的内涵出发，认为“这是一种承认，即承认从未有人看到过真相的全部，承认一个性别、一种文化或一门科学的贡献总是有偏颇的，总是需要等待他人来完善该真理”（米德，1949）。她认为，对于真理的片面理解和异议是后现代主义者、男性人类学者的显著特征。米德继续强调自己作为著作者的立场:“这本书是站在一个中年妇女、一个美国人、一个人类学家的立场上写的。”女性主义者后来常常质问米德与其他中产阶级白人女作家或社会科学家，为什么不把种族与阶级等因素考虑进去。其实，那些支持实验人类学与女性主义人类学的人都忽视了一种洞察力，一种记述历史对现代主义经典的挑战的洞察力，因为米德从不问政治，她是一个文化相对论者，她认为只有以男女各自不同的视角去观察，才能全面认识人类。实际上某些观点与权力和权威相关，而另一些观点注定是从属性的，这样的见解并非是米德遭受诟病的一部分。或许在这一点上，米德成了她自己理论盲点的牺牲品。

直至20世纪中叶，米德的名字随着人类学的普及而广为流传。获得公众的认可不仅仅是出于偶然，也是实至名归。她凭借自己的努力获得了人们的认可，她并非是以沽名钓誉为初衷。她一直倡导文化相对论这一科学理论，这与她在哥伦比亚大学师从博厄斯有很大关系。文化相对论构建的西方世界的信念与价值观，是通过与非西方社会的制度、价值与信仰比较而得出的。这也是她1925年受雇于美国国家自然历史博物馆的要务：把人类学的发现公之于众，以公众教育为目标。她认真对待馆长给她的挑战：使人种学就像考古学一样广为公众熟知。但是最根本的是米德的写作技巧及她对写作的兴趣。在学生时代，她就清楚：“写作是非常有用的工具，像马林诺夫斯基那样从事写作的人类学家，已经赢得了相当广泛的读者群，与那些在天赋上稍显逊色的同龄人相比，有一种巨大的优势。”（米德，1976）巧合的是，马林诺夫斯基和米德都致力于开发他们在写作上的“天赋”，也都是因为他们在公众中的成功而受到其他人类学家的批评。

为什么公众认为米德的写作如此具有吸引力，而学院派人类学家却对此大加斥责？在一篇题为《米德，科学还是科幻》的文章中，英国社会学家彼得 · M · 沃斯里（Peter M. Worsley）分析了米德的写作风格。虽然米德的写作早于克里夫德（Clifford）、马库斯（Marcus）以及其他人二三十年，她的作品开始让我们关注在人种学写作上占据权威地位的修辞艺术。沃斯里评判了在他和一些人眼里米德的优势之所在，同时又解答了为什么这也是她的弱点。正如文章的题目，论争集中在客观科学的实践，而不是科幻作品的艺术或技巧。沃斯里说米德的写作“相对活泼，虽然众口难调，她也给读者带去了一种景致、一次争吵或是一个完整的社会”。当然这不对沃斯里的口味。他接着说，米德“让读者感受到了一种亲自参与所带来的兴奋，这令侦探小说家都十分羡慕，她说，‘你我一起想想怎样解决问题’”。沃斯里暗示的是米德写作中强调的“科幻小说”的成分。这样，“她告诉读者，‘这个问题十分迫切，具有重要的理论意义’。为解决问题，读者远离了乏味的波士顿或者是唐布里奇维尔斯，与玛格丽特 · 米德一起飞到浪漫的‘南大西洋’”。沃斯里本人的这种修辞手法暗示了这是充满幻想与虚构的小说，而非严谨的科学论文。在展示了《三个原始部落的性与性情》中的一段田园风格的章节后，沃斯里得出结论，说“罗曼史的成分相当高”，又提到伊文思 · 普里查德关于米德作品中虚伪的人物刻画作为例子，来印证前文提到的人种学的“风吹棕榈树”般的写作风格（沃斯里，1957）。

沃斯里在对米德大胆而充满飞扬的幻想的写作风格的评论结束之后，接着转向对她写作主题的讨论。他说“米德认真地处理这些非常重要的主题”。在此他提及米德的跨文化研究——关于“文化决定论”对人类行为如儿童成长、性等重要方面的影响，以及这些结果在对种族中心主义做出的人类学攻击上所产生的持续性贡献。

沃斯里表面是对米德研究主题的严肃性给予赞誉，实则是暗示米德通过为她的读者提供低级趣味来阐述其科学原则的方式无异于“妓女拉皮

条”，意在贬损米德所受到的赞扬。“总之，她涉及性。尽管解决了一些严肃的问题，但毫无疑问的是，她利用了许多读者对其作品中的性而不是科学所产生的兴趣，通过篇名和标题暗示各种潜在的色情的可能性，比如，‘父亲、母亲和性萌动’，‘普通女孩的经历’，《萨摩亚人的成年仪式》……或者采用简洁的标题 ‘女人、性与罪恶’。”（米德，1956）为了解释米德的作品拥有众多读者，同时也包括那些有经验的专业读者，沃斯里认为严肃的读者之所以被吸引，不仅仅是因为米德涉及性，而是她将其“原始的”发现与文明社会相关联（沃斯里，1957）。纵观其作品，体现的是一种温情的自由和人文主义者的呼声，这种心声能够激起那些进步开放者的共鸣。所有一切都建立在乐观和信心之上。米德给予读者的永远是信念、力量与鼓舞。

米德认为每个性别都拥有从社会的角度看所存在的潜能与天赋，沃斯里实质上并不同情米德对获得更大自由的恳请，沃斯里说这些话的时候，恰逢英美第二次女权运动前夕，表明了男性对于女性追求自由的再度敏感。其实，沃斯里所指的性问题实际只是童年、青春期、亲子关系、家庭、代沟、婚姻以及男女关系，而不是性与性行为本身。尽管米德也会顾及这些主题，却是在男女关系、儿童以及家庭问题等更加宽泛的背景下进行考虑的。这些被学术界及激进派女权主义一致认同的精髓观点，一直被男性人类学家诋毁为政治及经济组织才持有的观点，是不值得进行科学研究的。

可以说，沃斯里对米德的分析，表面上看似对米德文风的理解与尊重，采取的是一种还原论（reductionism），或者说是一种简单化的批评。他的观点代表了英国文人惯有的视女性写作为长篇累牍式的观点的延续。无独有偶，海顿（Haddon）影射米德只不过是一位写作风格上略带有些伊文思·普里查德特征的女性小说家。这种对于米德作品风格的论争，其思路难免让人想到这只不过是前女权主义的产物，其实，米德是从她作为一个社会性别人，也就是女性的角度来理解这些问题的。她的“经验权威”的形成不仅仅在于相距遥远的、只有作者到场的那种“我去过那儿”——因为这一点已被男性现代主义人种论者当成一种基本的修辞策略，却让米德更直接地传达她的作品中的女性特质。

随着时间的流逝和米德人种论写作风格的变化，恰恰是那些被沃斯里指出的米德写作上的"过度"，渐渐地不仅被当成人种论的权威观点而被采纳，而且也成为人类学承担起文化批判角色的根本。米德前期的经典著作《萨摩亚人的成年仪式》《三种原始社会中的性与性情》《男人与女人》树立了她作为公众人物的形象，并奠定了她成为人类学的普及者的地位。然而，其他一些不那么出名的作品，比如田野考察时的书信，揭示了米德在写作文化方面所做的实验的广度。

6.2.5　小结

经过对米德使用过和试验过的写作体裁进行考察后发现，人们很难找到另一位有如此开阔的胸襟、如此多才多艺的人类学家，也很难找到一位能受到如此爱戴的科学工作者。从《萨摩亚人的成年仪式》出版到现在，当评论写作文化历史的时候，一些人类学家已经不考虑把她的著作作为女性的作品，也不会完全忽视她。

正是米德的试验削弱了她在男性主宰学术时代的地位，并且损坏了她作为庄重学者的声誉。正是因为这些试验，她获得了公众的爱戴。自相矛盾的是，随着受爱戴程度的提高，米德的学术声誉却经受了一些磨难。一直有人嫉妒她的成功。然而就像当今一些学者的遭遇一样，很多学者对米德的负面评价仅仅是出于嫉妒。更让人不安的是，他们基于更复杂的目的、难以想象的偏见和关注，这种人可能带有无意的、反对流行文化和"女性"主题的学术偏见。

一方面，人类学家还没有从知识分子对流行文化的学术反感之中获得免疫力，其中人类学的传播似乎已经被一些人认为是一个耀眼的例子，所以像马林诺夫斯基一样的学者有时也被人看不起。另一方面，我们也看到了米德的作品如何遭到男性人类学家的批评，像沃斯里对米德所关注的女性主题潜在的污蔑，如儿童时代、青少年时期、婚姻、家庭等。这些主题

在男性主宰的学术领域还没有获得较高的声誉，米德的关注被贬低为对严肃的科学和人类学家所关注的问题没有价值。同大多男性作家形成对照的是，米德的写作直接基于她对生活经历的感知，并非纯粹的自传或自我中心主义，而是她对人种学研究方法思考后的选择。米德最根本的呼吁并不是单纯的、充满女性色彩的，而是把男性和女性的能力结合起来。因为米德也提出了一些通常并非女性所提出的问题，像核威胁、环境、美国的民主、世界的状况。她也涉及异常的事物，神或人，源于其超凡的特征，米德认为它们也是值得尊敬的。

其实，以男性权威为主导的人类学人种论学界，如果对于米德的人种论写作与米德对于人种论的见解稍稍加以认真倾听与理解的话，我们可能会看到她可能比任何其他人类学家都更有意识地尝试着人种论写作的实验与探索。然而她的诗性写作风格饱受一些正统学界的诟病，认为是对于严肃的科学的不尊重，或者就是因为其写作所流露出的女性特质，而被认为缺乏深刻性。但是鉴于当今的作家对于人类学的兴趣，以及女性主义学者对于女作家的兴趣，米德与众不同的写作风格和她作为美国的知识者和作家等多重的公众角色，使得我们有必要再度观察她对文化人类学的书写所做出的贡献。本书认为，传统的人类学写作没有认真倾听米德对于文化人类学的独到的理解，没有给予米德独特的书写风格以尊重，实质上是以男性为主导的人类学界对于女性人类学者在某种程度上的傲慢与偏见，是西方惯有的将科学与艺术、男人与女人、理性与非理性对立起来的二元思维模式。本书认为科学与艺术之间不应有人为的、不可以逾越的鸿沟，科学文献也需要人文的、艺术的表现形式，艺术地展现科学发现并不会辱没科学真理的光明。相反，能为大众所接受与触及的科学发现，能更好地产生它的社会溢出效应，更好地让人类思考自身的处境，从而更好地推进人类文明前行的脚步。

6.3 多元文化的书写者：玛格丽特·阿特伍德的创作主题探究

作为加拿大的诗人、小说家和批评家，以女性主义和神话为主题，阿特伍德的作品向来被人们视为女权主义思想的晴雨表。也是诺贝尔文学奖热门人选之一。她的主人公往往是那些"平常女人"，或是社会中的弱者。阿特伍德的几篇小说可以被归类为科幻小说，尽管她的创作超越了这一文类的惯常形式。研究者多从女性主义、后现代主义、身体政治、身份理论、寓言与神话等角度探究其作品，但是显然这一切远远不能概括她或定位她的风格与主题。

如果从玛格丽特·阿特伍德（1939— ）19岁开始发表诗歌作品算起，在长达60年的写作中，大概不会有人否认她是迄今为止最多产、最善变，写作题材、主题最为广博多元的女性作家了。迄今为止，她已经出版了17本诗集、16部长篇小说、10部非虚构作品、8部短篇小说集、8部儿童作品，还有一部绘本小说（graphic novel）。阿特伍德和她的作品斩获无数奖项，包括加拿大总督奖、布克奖、卡夫卡奖等，她本人还开发了一项与远程技术相关的机器人写作的奖项，被称为LongPen。的确，无人能预知她的下一部作品会以怎样的面目呈现在读者面前。可以说，她不愧是我们这个时代多元文化的代言人和书写者。

6.3.1 "荒野中的鸟一样惊异的眼神"

在她的短篇小说集《好骨头》（*Good Bone*）里，在对女性小说与男性的小说作了一番对比之后，她语出惊人，她说她特别喜欢的一句话就是："'她有荒野中的鸟一样惊异的眼神'。我可以为这样一句话发疯痴迷，我可以毫无愧色地说我能够写出这样的语句。读出这样的语句，我觉得，这样我就可以像被包裹在天鹅绒里的珍珠一样度过我在地球上有限的时光了。"（阿特伍德，1992）玛格丽特·阿特伍德出生于加拿大的渥太华，是三个孩子中的老二，她的父亲是一位森林里的昆虫学家，他们一家人只

在圣诞节前后才回到渥太华，其他时间几乎全在野外度过，主要是在苏必利尔湖北岸的沼泽地带，她早年的一部分时光是在魁北克的北部度过的，在那里她的父母从事昆虫研究工作。父母对他们兄妹的教育一直是自由开放式的，没有为他们限定严格的性别界限。幼年的玛格丽特除了不够淑女之外，她可能什么特征都有。她早年的启蒙教育显然是非正统、非学校式的。这些童年的经历为她后来的创作提供了源头与素材。

1946年，阿特伍德的家搬到多伦多。她直到11岁才开始读全日制学校。1959年，她高中毕业，来到多伦多大学学习。在那里她遇到了文学批评家诺思罗普·弗莱。他的神话批评和“荣格式”的观念深深地影响了她。她获得过 Woodrow Wilson 奖学金，在拉德克利夫大学、剑桥大学、麻省攻读研究生，1962年获得文学硕士学位。阿特伍德在哈佛继续她的维多利亚文学研究，为了获得博士学位而苦读，1967年由于未能完成学位论文《英国玄学小说》而从此中断了研究。此后她开始在多伦多一家市场研究公司工作，在温哥华的英属哥伦比亚大学（UBC）教授英语。她获得众多学术职位，成为众多加拿大和美国大学的常驻作家。

她在19岁时就以诗集《双重的珀尔塞福涅》（*Double Persephone*，1961）初涉文坛。她的著作获得 E.J. Pratt 奖章。另有一本诗歌作品《圆圈游戏》（*The Circle Game*，1964），修改再版后获得1966年加拿大为诗歌而颁发的总督奖。

阿特伍德的早期长篇小说《可以吃的女人》（*The Edible Woman*，1969）被认为是女性主义文本，尽管她自己并不承认。故事是关于一个在消费者服务公司工作的年轻女子的既滑稽可笑又令人畏惧的故事。而她的长篇小说《使女的故事》（*The Handmaid' s Tale*，1985）则是一部反乌托邦小说（dystopia），受奥威尔的政治寓言小说《1984》影响很大。故事的背景设定在美国不远的未来，这个州被极端的基督教基要主义者控制。女性所赢得的权利全部被驳回，语言只被男性精英所操纵。女主人公名叫 Offred，是一位女仆，因其卵巢而价值连城。因发电厂的化学污染和辐射，她是为数不多的几位生殖系统幸免于难的女人。这本书于1990年被搬上银幕。在电影版本中，主人公是一名积极的革命者，她最终割破了她上司的咽喉。然而，在阿特伍德的书中，是通过主要人物的眼睛来观察事件的，她的武器是讽刺和敏锐的观察，她一直在秘密地记日记。故事与她早年的生活交织在一起，她有一位名叫卢克的丈夫和一个 5 岁的女儿。

《猫眼》（*Cats' s Eye*，1989）则讲述的是一位画家的故事，她在探索童年的记忆。《阿里亚斯·格蕾丝》（*Alias Grace*，1996）运用了一个发生在 19 世纪真实的格雷斯·玛克斯的犯罪案例，她是加拿大名声极坏的女人之一。1843 年，在她 16 岁的时候，她入狱了，几乎在 30 年里她一直被作为谋杀她的雇主托马斯·吉尼尔的情妇管家南希的同谋。她的罪行从来就不是无可争辩的，但的确引起了新闻工作者和研究者的兴趣。在她被捕之前，她曾经与另外一个仆人 James McDermott 逃到了美国。阿特伍德首先从 19 世纪女作家苏珊娜·穆迪的《林中空地上的生活》（*Life in the Clearings*，1853）中发现了这个故事。阿特伍德笔下的《盲刺客》（*The Blind Assassin*，2000）是关于两个姐妹的故事，其中劳拉·切斯 1945 年死于一场不明原因的车祸。两年之后，杰出的实业家理查德·E·格里芬死亡。1975 年，艾米·格里芬被人扼死，唯一知晓这些死亡背后的情形的就是艾瑞斯·切斯——劳拉的姐姐、理查德的妻子、艾米的母亲。这个层峦叠起的故事继续作为小说中的小说展开，运用劳拉·切斯 1947 年匿名发表的小说《盲刺客》中的一些章节。小说是关于一位有钱的少妇和她的情人的故事，情人是一个参与竞选的激进分子，小说的大部分情节含有某种幻想成分，由主人公想象而成。

阿特伍德的小说常常是象征性的。她游刃有余地回旋在讽刺和幻想作品之间，开拓了传统的现实主义的疆域。她的第一部和第三部小说是娱乐性的，第四部《男人之前的生活》（*Life Before Man*，1979）呈现给我们的是一种荒凉严苛的人类生活图景，其中婚姻成了一种衰微的生活方式。《羚羊与秧鸡》（*Oryx and Crake*，2003）是以不远的未来为场景的三角恋，那时人类几近摧毁了整个星球。“然而极尽阿特伍德的想象力，缜密的研究，以及她对于笛福、斯威夫特和 H·G·威尔斯的聪明的暗指之能事，这也是一篇无法令人满意的小说，未能使读者全身心投入其中。”（佩品斯特，2003）一些评论者将其标识为科幻作品，然而阿特伍德本人认为它是推理小说。“若是我 20 年前写出的话，我就称其为科幻小说了。”在一次采访中她如是说，“但现在请相信我它是一部推理小说。” 她多年来一直与作家 Graeme Gibson 和他们的女儿生活在安大略省阿里斯顿的一个农场。《盲刺客》（*The Blind Assassin*）为阿特伍德赢得了 2000 年英国小说的最高奖项——布克奖。

2000 年是阿特伍德忙碌的一年。这本书在多个国家成为畅销书。她此前的三部小说也获得布克奖提名，即《使女的故事》（*The Handmaid' s Tale*）、《猫眼》（*Cat' s Eye*）、《艾里亚斯·格蕾丝》（*Alias Grace*）。有时我们很难想象文坛若没有玛格丽特·阿特伍德会是什么样子。

有时令人难以想象的是，她的名字不仅代表了一种不同寻常的世界，也蒙上了一层异域的神秘色彩。自从 1969 年她的第一部小说《可以吃的女人》发表之日起，阿特伍德的声音就注定是强有力的、清晰的和不同凡响的。她已经不仅以一个作家的身份创造了自己，而且创造了一个随心所欲地以她自己的方式来讲故事的作家的身份。其实没有什么选择的余地，如她所言，自从她最初想当一名作家开始，加拿大就没有一个能够成为女性所效仿的活生生的榜样，也许她一直就是自己想要的样子。

阿特伍德的创作题材与创作主题令人目不暇接、眼花缭乱，然而她始终无缘诺贝尔文学奖，如同村上春树。也许是因为瑞典皇家学院真的无法遴选出到底哪部作品能够代表阿特伍德吧，也不知该如何为她起草获奖理由吧。一千个读者眼中就有一千个哈姆莱特，这句话同样适用于我们对阿特伍德的解读。

> “你有很好的框架。”他们总是说，我没有在意。我在乎好的框架做什么呢？ 我更在意覆盖它们的东西。我更关心欲望和一些细节的东西，骨架只是支撑而已。

在她的短篇小说集《好骨头》的末尾，阿特伍德用一种怜爱的口吻与自己忠实的狗说话，催促它爬上楼梯的最高层：“上去吧，我们到了最高层。好骨头！好骨头！勇往直前，不要停步。”阿特伍德似乎是在通过这个短篇小说集告诉世人，好东西永远在前面。她从未放弃过自己对文学想象力所具有的使事物变形的魔力。她曾说：“我们也许没有能力改变世界，却有能力改变自己看世界的方法。”（阿特伍德，1997）

6.3.2　对加拿大身份理论的探寻

20 世纪 70 年代早期，当阿特伍德作为多伦多一家出版社的编辑时，她出版了后来争议颇多的研究文集《生存——加拿大文学主题指南》（*Survival*：*A Thematic Guide to Canadian Literature*，1972），对于一些学者来说，阿特伍德的那种始终“言不由衷式”的（tongue-in-cheek）幽默，让人很难接受。特别是当她肯定了加拿大文学由于一种谦卑的殖民心态，而一直处于一种困境之中。她在该书中进一步解读了弗莱的加拿大民族身份中的边哨心态。后来她又在《咄咄怪事——加拿大文学中的敌意的北方》（*Strange Things*：*The Malevolent North in Canadian Literature*，1995）回到了主题，阿特伍德一直努力寻找的是“寓言中的加拿大身份”。

在《生存》一书中，阿特伍德提出加拿大文学延伸至加拿大身份，是以生存这一象征作为特点的（阿特伍德，1997）。而这一象征表现为加拿大文学中的一种无处不在的“受害者立场”。这些立场代表了某种程度上对“胜利者 / 受害者”关系的自我意识和自我实现，在这些场景中，“胜利者”可以是人类、自然、荒野，或者是其他内部和外部的因素，它们对“受害者”皆构成了压迫。阿特伍德的《生存》受到诺斯洛普 · 弗莱的“边哨理论”影响颇深，阿特伍德运用了弗莱的观点，即加拿大的欲望就是建立一堵与外界隔绝的大墙，她便将此作为一种批评工具解析加拿大文学（Pache，2002）。依照她在《生存》这类著作中的理论，以及她在类似虚构小说创作主题中的探索，阿特伍德认为加拿大文学就是加拿大身份的表达。按照这样的文学理念，加拿大身份被恐惧自然、定居者历史、对群体的毫无质疑的依赖所界定（阿特伍德，1972）。

弗莱首次提出的“防御心态”，或者“边哨心态”（garrison mentality）理论，在加拿大文学和艺术中普遍存在，无论是英语区还是法语区，在带有“防御心态”的文本里，书中人物大都建立起一堵心理上的防护大墙，以此抵御外部世界。这种心态被认为部分源自加拿大身份，惧怕加拿大地理景观上的空旷性，惧怕来自其他民族的压迫。“边哨心态”这一术语由文学批评家诺斯洛普·弗莱首次使用，后由阿特伍德将其继承与发展，她在《生存》一书中特别探讨了加拿大对这一主题的情有独钟。此后诸多其他作家和批评家也对“边哨心态”作出过自己的阐释，Julie Spergel呼吁应当在加拿大边界建立一种多元文化身份，并依此来审视这一术语。这种边哨与隔离的心态，以及与社会群体的互动大背景下而形成的隔离与分裂，尤其值得探讨。

对于阿特伍德来说，加拿大文学的中心意象就是对于生存的关注，相当于英国文学的“岛屿”（island）和美国文学的“边疆”（frontier），加拿大文学的中心人物就是“受害者”（victim）。阿特伍德宣称，无论是英语还是法语的长篇小说、短篇小说、戏剧、诗歌，全都参与到对这一文学主题的讨论中来。“受害者”的中心意象并不是静止不变的，阿特伍德认为有以下四种可见的不同形式的“受害者”：第一种，拒绝承认受害者这一事实。这一受害群体的立场是否认他们是受害者，并且会谴责这个群体中那些造成自己处于受害者地位的人；第二种，承认受害这一事实，但是把这一切解释为命中注定、上帝的意愿、生理的支配（如果受害者是女人）、历史的必然、经济状况、潜意识，或是其他更强大、更普遍的原因。在这种情形下，受害者只好听天由命；第三种，承认是受害者，但是拒绝接受这一角色是不可避免的这一事实。这是一种动态的情形，受害者因为自己的受害“角色”与受害“经历”而有所不同；第四种，成为一种具有创造力的非受害者。曾经的受害者，现在已经充满各种创造力。

阿特伍德对于加拿大身份的探求在她的一些虚构作品中也有所体现，例如《苏珊娜·穆迪的日记》（*The Journals of Susanna Moodie*）、《艾里亚斯·格蕾丝》（*Alias Grace*）、《盲刺客》（*The Blind Assassin*）

以及早期的《浮升》（*Surfacing*），这些作品被后现代主义理论家 Linda Hutcheon 称为“编史元小说”（Historiographic Metatiction）（豪厄尔斯，2006）。在这些作品中，阿特伍德公开探讨了历史、叙事和创造历史（creating history）这一过程之间的关系。

阿特伍德在写作生涯中一直践行着对加拿大文化身份的找寻，从未停息。继《生存》之后，对于加拿大文学主题的探索，阿特伍德在后来的一系列作品中都有所暗示，如 1995 年出版的《咄咄怪事——加拿大文学中的敌意的北方》。阿特伍德用这部睿智、俏皮而又包含知识信息的著作聚焦于对加拿大北方那种荒野的神秘想象。她探讨了白人作家来到北方后的“灰色猫头鹰综合征”（Grey Owl Syndrome），她还探讨了自然写作与新哥特式写作之间的关系，以及新一代加拿大女性作家是如何将加拿大北部的意象改编后纳入当代的性别、家庭和性的主题的。在这部著作中，她涉及了 Robert Service、Robertson Davies、Alice Munro、E.J. Pratt、Marian Engel、Margaret 劳伦斯、Gwendolyn MacEwan 等作家。将加拿大神秘北方作出如此精湛刻画的论著一经问世，就立刻引发人们对加拿大想象的更深层次的发掘。“加拿大人喜欢好的灾难，特别是当它含有冰、水或雪的时候。你认为那面国旗是一片枫叶，是吗？仔细看看，那是人在雪地里被斧头砍倒的地方。”

6.3.3　阿特伍德独特的女性立场

身为女作家，阿特伍德自然无法回避的就是她的女性身份。然而她的女性主义主题或她的女性立场有别于大多数西方女性作家。如同她一直坚持的写作主题，她的女性主义立场也具有多元色彩。她拒绝将他人眼中的女性主义标签任意地贴在自己身上，她眼中的女性主义绝非是被女性主义者或其他主义者“刻板印象化”的概念（图兰，2007）。自从第一部小说《可以吃的女人》问世以来，阿特伍德就特别强调“我不认为这是一本女性主义的书，我倒觉得是一种社会现实主义”（卡明，1990）。1979 年，在《可

以吃的女人》出版10年后，阿特伍德在爱丁堡写下了这样的自序：

> 我在1965年11月完成《可以吃的女人》，把手稿送给一个对我以前的作品感兴趣的出版商。一开始他回了封信，语气颇为肯定，但之后便没了下文。我当时正忙于准备博士学位论文答辩，没有时间去追问。一年半之后，我进行了查询，结果发现出版商把手稿弄丢了。那时我的诗歌已经获奖，多少也算有了点小名气，因此出版商便约我出去吃饭。"你这本书我们要出。"他说，却避开了我的眼睛。"你看过了吗？"我问。"还没有，不过我正准备要看呢。"他说。或许这并不是他第一次纯粹出于尴尬而出版的书。1969年，在写成4年之后，《可以吃的女人》终获出版，它恰好碰上了北美女权主义运动的兴起。有人立刻声称这本书是女权主义运动的产物。我自己却认为，与其说它是女权主义，还不如说它是前女权主义的作品。因为当我在1965年着手写作时，根本没有什么妇女解放运动，我并没有什么远见卓识，尽管我也同当时许多人一样，锁起房门，读过贝蒂·弗里丹和西蒙·德·波伏娃的作品。值得注意的是，本书女主角所面临的选择在全书中并没有多大的不同：不是重新选择一个前途渺茫的职业，就是结婚嫁人。但是这些就是60年代初期加拿大妇女的选择，即使受过良好教育的年轻女子也是如此。

人们往往期冀通过某一场运动，就可以改变自己的处境，而如果将目光再放长远一些，就会发现，情况远非人们所预期的那样简单。在阿特伍德看来，女权主义者所预想的目标并没有实现，那些宣称后女权时代已经到来的人们犯了一个可悲的错误，就是厌倦于对这一问题作全面的思考。尽管阿特伍德不时地拒绝这样的标签化，然而批评者还是以女权/女性主义来透视分析其作品中的性别政治、神话原型、寓言故事以及被性别化了的各种关系（莎伦，1993）。20世纪60年代，北美女性主义已经初露端倪。书中的玛丽安被描绘成厌食症患者，这是一种到80年代才为公众注意到的女性特殊疾病。其实阿特伍德本人早就关注到女权主义者们所关注的一些问题，尽管她在写《可以吃的女人》时只有20多岁，但她的观念要比当时许多周围的人超前很多，尽管当时人们在谈话中并不用“女权主义”“男女平等”这些术语，当时的雇主们大多认为，工作对于女人来说，只是一个通向婚姻的过渡阶段。阿特伍德对此十分反感。她自然将自己的这种反感投射到了《可以吃的女人》中的主角玛丽安身上。如同其他同龄的年轻女子一样，玛丽安对婚姻有着一种既向往又害怕的心理。加之在职场上又受到无处不在的性别歧视，这种矛盾心理在玛丽安身上发展到极端，演变成一种病症——饮食习惯失调或厌食症。这是她内心精神失调的外在反应。现在人们对厌食症已经见多不怪，有较深的理解，但是20世纪60年代的人大多未听说过这种饮食失调的病症（傅俊，2003）。

女性与饮食的确有着天然的、千丝万缕的联系，书中的玛丽安的厌食症最终得以治愈，是因为她按照自己的外形烘烤了一只女人形状的蛋糕，并最终将其吃掉。这一灵感来自阿特伍德早年对各种形状的蛋糕的好奇。根据阿特伍德的回忆，“关于那块女人形状的蛋糕，我所能告诉你的就是，我曾经很擅长点缀蛋糕，人们常邀请我为他们制作用酥油、糖霜等点缀的各种形状的蛋糕。还有，我散步时路过糕饼店，会看到各种令人惊讶不已的蛋糕——比如，仿制成新娘、新郎或者米老鼠等，世间万物皆可制成蛋糕——然后被人们吃掉”（阿特伍德，1990）。

即使阿特伍德不接受自己的这部著作被标识为女性主义，然而她也无法改变读者的感受。作品一经问世，其社会效果已经成为公众事件，一如法国结构主义思想家罗兰·巴特提出的：作者已死。就像尼采提出上帝死了一样石破天惊。既然作者已死，那么读者无论怎么样解读都无所谓了吧。像伊格尔顿所说的那样：我们的荷马并不是中世纪的荷马，我们的莎士比亚也不是他同时代人心目中的莎士比亚，情况很可能是，一切文学作品都被阅读它们的社会所改写，即使仅仅是无意识的改写。

对女性主义标签所带来的种种不适或反感，她后来又进行了澄清：“我一直想知道人们所说的女性主义这个词到底是什么意思，有人认为它相当负面，另有人认为它非常正面；有人用它时是广义的，而有人却有具体所指。所以，为了寻找到答案，你就不得不去问一下此人到底指的是哪一种意义上的女性主义。”（McNamara，2017）在与《卫报》（*The Guardian*）的谈话中，她说：“譬如，有些女性主义者历来反对女性用口红，并让变性女人进入女洗手间。这些做法，我不敢苟同。”后来她在与《爱尔兰时报》的访谈中也曾重复过这样的立场（Allardice，2018）。

2018 年 1 月，阿特伍德撰文给《环球邮报》（*The Globe and Mail*），表达了自己的意见，文章标题为《我是否是一个坏女性主义者？》，此文是对社交媒体的一次回应，阿特伍德曾经于 2016 年在一份涉及对不列颠哥伦比亚大学曾经的教授、小说家 Steven Galloway 作开除处理的请愿书上签名，要求对其展开独立调查，因为该教授被一名学生以性骚扰等罪名举报。女性主义批评家们谴责阿特伍德站在 Galloway 一边，而阿特伍德强调她支持的是合法的调查程序，因为该事件先前一直是秘密进行调查。与其说阿特伍德关注关怀女性的命运，倒不如说她更加关注人类的公平与正义。

6.3.4 推理、科幻抑或反乌托邦

阿特伍德对于自己被认为是科幻作家同样予以否认。2003 年，一篇《卫报》文章认为《使女的故事》和《羚羊与秧鸡》是悬疑或推测小说，而不是科幻作品（Potts，2013）。尽管一些读者将《使女的故事》看作一部科幻小说，然而阿特伍德极力否认，她在自传中解释说：“科幻作品中充满了像火星人、飞向外太空的旅行等元素以及类似内容。而《使女的故事》则属于一种截然不同的类型，它承袭了自赫胥黎的《美妙的新世界》（*Brave New World*）和《1984》以来的推测性社会小说的传统。《1984》不是科幻小说，只是对未来的 1984 年可能的生活景况的推断。同样，《使女的故事》也只是对我们生存其中的当今社会略微迂回的表现。”（库克，1998）

在《使女的故事》中，现有的美国政府被国内的极端分子所掌控，成为了神权统治的基列共和国。在这里，当权者对《圣经》顶礼膜拜，对其

作纯粹的字面上的解读，对民众不断进行洗脑式的教育，稍有抗拒便会招致酷刑和死刑。当权者认为只有这样才能够抵御人类共同面临的种种威胁：社会动乱、道德堕落、环境污染、生育率低下等当代社会问题。在基列共和国，女性的地位发生了根本性的改变，由当今社会的男女性别平等，而沦为社会的弱势群体，被剥夺了财产和工作，退居家中，即使是主教的夫人们也是如此。女性被严格地进行等级化管理，她们能够发挥的作用就是采购、烧煮、洗刷、生育、管家，而生育是她们的第一要务，她们就是行走的子宫。而那些年老色衰，失去生育能力，或者越轨反叛的“坏女人”则要被发配到类似纳粹集中营一样的隔离区，承担处理核废料等任务。而小说中的“使女”是一群身份暧昧的女人，她们被剥夺了自己的真实姓名，代之以她们要服务的大主教的姓名，前面加上表示从属关系的介词 of。女主人公即是 Offred，意为她是 Fred 的女人，只为 Fred 生孩子，因为 Fred 的夫人由于遭遇环境辐射等原因无法生育健康的下一代。这里的“使女”都是已经被证实能够生育健康儿童的女人，她们因此被从自己的丈夫和孩子身边抓捕过来。她们是“国有资源”，其职责就是国家的精子容器和婴儿制造机器。主教们以此举为荣，对外宣传发布他们的成功经验（傅俊，2003）。

阿特伍德也曾告诉美国的图书俱乐部（Book of the Month Club）：《羚羊与秧鸡》（*Oryx and Crake*）是一本推理小说，本身不是科幻小说。它没有星际空间旅行，没有瞬间心灵转移（teleportation），也没有火星人。她解释道，科幻小说是在“谈论外层空间的墨鱼（撒谎）”，而她写的东西却不是的。此言一出，让那些科幻爱好者因为受伤而怨愤不已（劳福德，2003）。阿特伍德说自己有时会写一些社会幻想小说，《使女的故事》和《羚羊与秧鸡》当属此类。她澄清了推理小说与科幻作品之间的区别。她承认一些人会将这些术语交替使用，“于我而言，科幻作品主要是指那些我们尚未能做成的事情……推理小说则意味着我们在地球上采用现有的手段所做的事情。科幻叙事给予作者一种现实小说所不能够给予的探索主题的方式”（阿特伍德，2005）。也就是说，阿特伍德承认自己没有能力驾驭写

作科幻作品，期待读者能够正确认识她的写作主题与写作意图，不要与任何其他作者在这一主题上进行无谓的比较。

阿特伍德是立足现实社会来寻找创作主题的。她在作品中不断探讨人与动物之间的关系，《羚羊与秧鸡》中相当多的篇幅建立在转基因和改变基因技术之上的动物与人的“反乌托邦”主题之上。这些源于已有的对诸多动物的杂交技术，例如 pigoons（一种巨型转基因猪）、rakunks（浣熊和臭鼬的杂交动物）、wolvogs（狼和狗的杂交动物），都属于两种动物的杂交。这一切引发了人们对于科学与技术伦理的质疑，以及人之所以为人的质疑。

小说一开始就是主人公“雪人”在一场大灾难中苏醒过来，面对一个被毁灭了的世界，他开始怀疑自己是地球上唯一的一个幸存者，因为随着故事的展开，读者发现正是他本人曾经负责推销的一种人工合成的“神奇”药品后来失去了控制，才引来人类的灭顶之灾。故事中有两条平行的线索：一条是雪人在大灾难之后的地球上寻觅可以吃的东西，维持生命，不停地在炙热的地面上行走；另一条是雪人恍惚、混乱的思维，他痛苦的回忆与反思。他在尽力回忆自己如何一步步沦落到如今这种绝望的地步。显然，阿特伍德更加关注雪人的回忆，他的回忆更加引人深思：人类出于美好的初衷而构建起来的科学殿堂，为何又将人类毁灭？这是一种可怕的自我毁灭。其实，这样的质疑早已在两个多世纪之前的玛丽·雪莱笔下的弗兰肯斯坦身上出现过，这种源于德国惊悚神话的主题在当今世界再次给我们带来了新的忧思。也就是说，这里阿特伍德强烈的“生存”意识，已经超越了加拿大，成为世界主题。

雪人的原名叫作吉米，父母是生物工程领域的科学家，但是他缺少父母的科学基因，他对语言文字有着特殊的敏感，他在学校与大部分同学格格不入，常遭到讥讽。后来他结识了同样孤独的男孩格兰，自称为“秧鸡”，他们成为亲密的玩伴。再后来他们又结识了一位美丽的亚裔小姑娘“羚羊”，吉米与“羚羊”一见钟情。大学毕业以后，“秧鸡”逐渐成为遗传工程领域的权威人士，主持研发一种让人类长生不老的药物以及人造人，他还参与研发一种病毒，这是一种可以有效减少世界人口的“人造瘟疫”。这个项目的失控终于导致人类的灭顶之灾，而吉米却是这个所谓的“天堂项目”的传播者和推广者。最终，绿眼睛的“秧鸡的儿女”——它们都是遗传工程的产品，美丽又温顺，却不会读写，它们来到雪人身边，听他讲述它们的身世——它们的创造者“秧鸡”和“羚羊”的故事。也许，等雪人消失以后，留在这个地球上的就是“羚羊”和“秧鸡”的“儿女”记忆中残存的故事了。这个故事给人的启示在于，由于科技的日新月异，人类的许多能力都在退化，人类的生存能力或许要面临新的挑战，也许会变得比以往任何时候都更加脆弱。因此，如果科学技术无边界，一切都仰仗机器和人工智能，无底限地任由其践踏人类的伦理与道德，其后果注定引发人类的高度忧虑，这绝非杞人忧天，也绝非幻想，可能就是残酷的现实。

阿特伍德在她的作品中自始至终充满了对人类、对动物、对生存环境的无限关怀。早期作品《浮升》（*Surfacing*）中的人物在评论人类食用动物时说：“动物们死了，我们人活着，它们替代了人，……我们从罐头里吃掉了它们，或者换句话说，我们吃掉的是死亡，死掉的基督——肉体在我们身体内复活，赋予我们生命。”我们看到阿特伍德笔下的人物对于动物充满了一种犯罪感，好像是在忏悔一样。她的书里也有人物将性压迫与食肉相联系，随后他便放弃了食肉。在《可以吃的女人》中，玛丽安对于猎物给予巨大的同情，当她得知她的未婚夫猎获一只兔子并且除去内脏的经历后，她大哭了一场，不再吃肉，直到后来才恢复。

在《猫眼》一书中，叙述者看到火鸡和婴儿之间极为相似。她端详着火鸡：“火鸡，就像一个被捆绑的、无头的婴儿一样，它已经去掉了一切包装而成为了一餐饭食，它本来的样子呈现在我面前——一只巨大的死鸟。”阿特伍德对人们日常饮食中的动物给予了无限的同情。在《浮升》中，一只死去的鹭鸶代表了一次漫无目的的杀害，让人们由此联想到人类其他无意义的杀戮。

6.3.5　小结

纵观阿特伍德长达半个世纪的创作，不仅创作体裁多样，涵盖诗歌、

散文、虚构与非虚构作品、文学批评等，叙述风格也特别丰富，作品中大量运用了意识流、魔幻现实主义、不可靠叙事者、不确定的开放式结局、元小说、戏仿、反讽等手法，更加丰富了作品的内涵，创作的主题极具有多元性，既具有女权倾向、民族意识，又具有生态与环境的关怀，最终是对人类的关怀，可以说阿特伍德的创作体现了一位有道义、有担当的写作者对于文学使命的理解与深度思考。她笔下对于加拿大文学主题——生存的探索，已经从最原初的物质世界的生存、荒野中人与自然的矛盾与对立，渐渐发展为对于整个地球生命的关怀；由对弱势的女性的关怀，上升到对男性和对于整个人类命运的忧虑，她的视野与胸襟愈加开阔。阿特伍德特别善于吸纳新思想、新理论、新方法，她将新世纪的各种新技术吸纳进她的文学创作之中，加以借鉴或者批判；特别是她对科学技术与人类未来命运的深度忧思，值得我们当今这个技术至上的时代的人们警醒：生存，还是毁灭——依然是摆在我们面前的重大和两难的问题。当我们已经走出蛮荒时代、丛林时代的物质需求时，我们依然未能走出精神层面的荒野与丛林。

总 结

文化多元与人类命运共通

在文化多元、价值多维的时代，本书梳理了迥异的中西文化积淀对于女性写作的影响，以“夏娃的探索”喻指西方女性在几个世纪里不断地求索自身解放的大道，以“女娲的眼睛”喻指在中国文化背景下中国女性对于西方女性运动的观察与醒悟，而无论在何种文化框架中，女性的命运是相通的，人类的文明与价值是可以互识与互鉴的。本书主要以肖瓦尔特（Elaine Showalter）所倡导的女性亚文化的建构理论，来尝试解读代表性英语女性创作文本，旨在为女性文学研究寻求新的解析视角与出路。这种女性亚文化思想与后殖民主义的少数民族文化具有很大的相似性，带有受压抑的族群的共同心理感受。肖瓦尔特根据文学亚文化的共性，将女作家的创作分成了三个阶段：一、“女人气”阶段（Feminine），这是一个较长摹仿（imitation）男性主导传统的阶段，这也是一个将主导传统的艺术标准及关于社会作用的观点内在化（internalization）的阶段；二、“女权主义”阶段（Feminist），这是一个挑战（Protest ）男权主导标准和价值，倡导（advocacy）弱势群体的权利、价值和自主权的时期；三、“女性”阶段（Female），这是一个自我发现（self-discover），一个摆脱了对对立面的依赖而把目光投向内心、寻找自我身份（self-identity）的过程。女人气阶段可从1840年出现男性笔名开始，到1880年艾略特（George Eliot）去世为止；女权主义阶段从1880年到1920年或到女性获得选举权那一年；女性阶段指1920年到现在。对于“女性阶段的创作，肖瓦尔特持赞扬态度。她认为，这些小说家兼具“女人气”和 “女权主义” 两个阶段的特征，既像“女人气”小说家那样涉及艺术与爱、自我实现与责任之间的冲突，又像“女权主义者”一样认识到自己在政治制度中的位置和自己同其他女性之间的联系，敢于突破性的禁区，敢于运用原先属于男性的语汇。其实这一阶段更是弱化两性之间区隔的阶段，是一个去性别化的阶段。

肖瓦尔特的女性亚文化理论无疑是对后现代与后殖民理论的呼应，也是对男权文化和中产阶级白人女性文化的挑战。被誉为女界的马丁·路德·金的美国20世纪著名的女性活动家贝蒂·弗里丹（Betty Friedan），通过自己的思考和实践，对自身的女性立场及女权主义本身作出不断的修正。从《女性的奥秘》（*The Feminine Mystique*，1963）到《第二阶段》（*The Second Stage*，1981），再到20世纪90年代的《生命之泉》（*The Fountain of Age*，1993），象征着女权主义由青年、中年，再到老年，也象征着步入老年的弗里丹对性政治的极端化作出的校正。从这一点上看，女权运动的第一次浪潮对于选举权的盲目追求而不顾其他，为女权运动的第二次高涨留下了广阔的发展空间。女权主义就是在对自身的不断修正中成长起来了。同时，对于这次运动成败得失的思考，也为后来女权主义理论的迅猛发展找到了适宜的生长点。弗里丹借助《女性的奥秘》成为影响美国文化，特别是性别文化的重量级人物之一。

女性的启蒙、女性的解放、女性主义、女性文化的建构这些概念不仅仅属于女性个人，也不仅仅属于西方，在全球化的大潮中，东西方文化更是一种交响与合唱，是一种交融与互动，这样的文化碰撞在百年以前就曾经出现在我们的土地上，尽管它在20世纪几经波折，而在新世纪与新时代的今天，我们再一次处于风口浪尖之上，也许我们耳畔不时传来各种逆潮流的不和谐的音符，但是我们始终与之保持统一的节奏。我们会走向共同的价值，实现共同的理想与目标。

女性以各自多元的、独特的视角，以自己的笔触在男权文化为中心的世界里诉说着各自的爱与痛，这是女性个人的言说，同时也是男性的，这一切无疑也是全人类共有的。文学艺术如同其他艺术形式一样，不应该也不必要人为设置性别的、阶层的、地域的、国别的限制。已经进入后现代与后殖民时代的我们，其实已经不难发现女性主义与其他各色“主义”与思潮一样，一直处于变动不居之中，特别是在经济、社会、文化一体化的过程中，伴随着互联网与人工智能的迅猛发展，无论我们如何试图选择逃避，显然，都无法逃脱人类所面临的共同命运。相反，我们更应当以开放与包容的姿态放弃一元独霸的思维模式，主动接纳、主动拥抱一个多元的、五彩斑斓的世界。

在文化走向多元、书写风格迥异的时代，研读这些来自异域的女性书写者的独特文字，反思并审视她们的境遇，令我们或唏嘘或赞叹，却无一不是长久以来罹患失语症的我们内心深处意欲发出的声音，一如亚里士多德所言的“宣泄”（Catharsis），这一切皆是她们爱与痛的书写，读后或许是一种如释重负的恬淡与悠然吧。

本书获得上海交通大学外国语学院著作出版专项基金的资助。在此特别感谢学院领导常辉教授、彭青龙教授的大力支持，也要感谢学院的科研秘书金云溪老师积极的协调工作，还要特别感谢三仓学术出版策划的李娜编辑、何编辑等细致入微的编校工作。值此拙作付梓之际，谨向各位致以由衷的感谢之意。同时，特别期待同行专家以及一切对女性文学感兴趣的读者对本书提出宝贵的意见和建议，将不胜感激。

参考文献

一、中文文献

[1] 贝蒂·弗里丹.女性白皮书[M].哈尔滨：北方文艺出版社，2000.

[2] 贝蒂·弗里丹.女性的奥秘[M].巫漪云，等，译.南京：江苏人民出版社，1988.

[3] 畅引婷.中国近代知识女性与妇女解放[J].青海师范大学学报：哲学社会科学版，1999（1）：85-91.

[4] 陈惇，孙景尧，谢天振.比较文学[M].北京：高等教育出版社，1997.

[5] 陈炎.积淀与突破[M].桂林：广西师范大学出版社，1997.

[6] 陈炎.美学积淀与突破[M].桂林：广西师范大学出版社，1997.

[7] 程锡麟.当代美国文学理论[J].外国文学评论，1990（1）:134-137.

[8] 程锡麟.肖沃尔特与《姐妹的选择》[J].外国文学，1998（5）:51-57.

[9] 丁娟.20世纪的中国女性主义[C].邱仁宗，等.中国妇女与女性主义思想.北京：中国社会科学出版社，1998.

[10] 董衡巽等.美国文学简史修订本[M]北京：人民文学出版社，2003.

[11] 杜芳琴.中国社会的历史文化寻踪[M].天津：天津社会科学出版社，

1998.
[12]范文美.自由女性、互文关系和翻译[J].中国比较文学，1999(2)：110-121.
[13]房春生.赏析文学的形象美[J].科学教育导刊，2012(3)：124-25.
[14]傅俊.玛格丽特·阿特伍德研究[M].南京：译林出版社，2003.
[15]黑格尔.历史哲学摘录[M].王造时，译.上海：上海书店出版社，2001.
[16]黄梅选.自己的一间屋(前言)[C]//蓝袜子丛书(英国卷).石家庄：河北教育出版社，1995.
[17]李秋零.孝：中国文化与基督教文化冲突的一个症结[J].基督教文化学刊，1999(2)：5-10.
[18]李霞.生态人类学的产生和发展[J].国外社会科学，2000(6):4-8.
[19]李霞.女性主义与后现代主义的对立与融合[J].国外社会科学，1998(1):17-22.
[20]李小江.50年，我们走到了哪里？——中国妇女解放与发展历程回顾[J].浙江学刊，2000(1):59-65.
[21]李小江.关于女人的问答[M].南京：江苏人民出版社，1997.
[22]李杨.美国"南方文艺复兴"——一个文学运动的阶级视角[M].北京：商务印书馆，2011.
[23]梁春芳.贝蒂·弗里丹，女性白皮书[M].哈尔滨：北方文艺出版社，2000.
[24]刘晶晶.对生命与性别的追问——波伏娃小说的哲学思想探析[D].南京师范大学，2006.
[25]刘霓.西方女性学[M].北京：社会科学文献出版社，2001.
[26]刘雪岚.多丽斯·莱辛和她的《金色笔记》[C]//陆建德.英国小说研究.北京：中国社会科学出版社，1997.
[27]刘真福.话说文学形象[EB/OL].人教网.(2008-10-29)[2014-05-23].http://www.pep.com.cn/czyw/jszx/grzj/zyszj/lzf/wzjs/201008/

t20100825_733039.htm.
[28] 露西 · 莫德 · 蒙哥马利 . 绿山墙的安妮 [M] . 郭萍萍 , 译 . 南京：译林出版社，2012.
[29] 路易斯 · 亨利 · 摩尔根 . 古代社会导读 [M] . 陈德正，李焕丽 , 译 . 天津：天津人民出版社，2010.
[30] 玛格丽特 · 阿特伍德 . 可以吃的女人 [M] . 刘凯芳 , 译 . 上海：上海译文出版社，1999.
[31] 钱满素 . 我生为女人 [C] . 石家庄：河北教育出版社，1995.
[32]覃雪源 . 严复、孙中山和李大钊的妇女解放思想之比较[J]. 学术论坛，1998（6）：79-82.
[33] 瞿世镜，当代英国小说 [M] . 北京：外语教学与研究出版社，1998.
[34] 阮炜 . 社会语境中的文本 [M] . 北京：社会科学文献出版社，1998.
[35] 盛宁 . 二十世纪美国文选 [M] . 北京：北京大学出版社，1995.
[36] 唐正序 . 谈谈文学形象的特点 [J] . 文谭，1983（4）:45-49.
[37] 陶洁 . 事情在悄悄地变化 [J] . 译林，2000（1）：191-196.
[38] 田家英 . 中国妇女生活史话 [M] . 北京：中国妇女出版社，1998.
[39] 童庆炳 . 文学概论 [M] . 北京：北京大学出版社，2007.
[40] 托马斯 · 弗里克 . 多丽斯 · 莱辛访问记 [J] . 巴黎评论，1988 春季号：9-11.
[41] 西蒙 · 德 · 波伏娃 . 第二性 [M] . 晓宜，张亚莉，等，译 . 北京：中国广播出版社，1988.
[42] 西蒙 · 德 · 波伏娃 . 第二性 [M] . 陶铁柱，译 . 北京：中国书籍出版社，2004.
[43] 夏宗凤 .《绿山墙的安妮》的人物及叙述视角分析 [J] . 吉林省教育学院学报，2011（6）:80-81.
[44] 杨莉馨 . 扭曲的镜像 [J] . 中国比较文学，1998（3）：45-54.
[45] 叶舒宪 . 高唐神女与维纳斯：中西文化中的爱与美主题 [M] . 北京：中国社会科学出版社，1997.

[46] 约翰·雅科多·巴霍芬．母权论：对古代世界母权制宗教性和法权性的探究［M］．孜子，译．北京：生活·读书·新知三联书店，2018.

[47] 张京媛．当代女性主义文学批评［M］．北京：北京大学出版社，1992.

[48] 张宽．关于女性批评的笔记［J］．外国文学评论，1995（2）：34–41.

[49] 张念．不咬人的女权主义［M］．西安：陕西师范大学出版社，2001.

[50] 张岩冰．女权主义文论［M］．济南：山东教育出版社，2001.

[51] 朱虹．奥斯丁研究［M］．北京：中国文联出版社，1985.

[52] 朱虹．美国女作家短篇小说选［M］．北京：中国社会科学出版社，1983.

[53] 朱易安．女娲的眼睛［M］．上海：上海人民出版社，1999.

二、英文文献

[54] Adams，Carol J. The Sexual Politics of Meat：A Feminist–Vegetarian Critical Theory［M］. New York：The Continuum International Publishing Group，2006.

[55] Allardice，Lisa and Atwood，Margaret. I Am not a Prophet. Science Fiction is Really about Now［N］The Guardian，2018–01–20.

[56] Ann Sherman，Janann. Interviews With Betty Friedan［M］. New York：University Press of Mississippi 2002.

[57] Arendt，Hannah. Thinking，Judging，Freedom［M］. Edited by Gisela T. Karlan and Clive S. Kessler，Sydney：Allen & Unwin，1989.

[58] Atwood，Margaret. Aliens Have Taken the Place of Angels：Margaret Atwood on Why We Need Science Fiction［N］. The Guardian，2005–06–17.

[59] Atwood，Margaret. Good Bones and Simple Murders［M］. Toronto：

Coach House Press，1992.

[60] Atwood，Margaret. Survival：A Thematic Guide to Canadian Literature. Toronto：Anansi.，1972.

[61] Atwood，Margaret and Oates，Joyce Carol. Dancing on the Edge of the Precipice [N] Ontario Review，1990.

[62] Bender Bert. The Teeth of Desire：The Awakening and The Descent of Man [J] . American Literature，1991，63（3）：459–473.

[63] Brooks，Cleanth. American Literature The Makers and the Making [M] . New York：St. Martin' s Press，1973.

[64] Caruth，Cathy. Unclaimed Experience：Trauma，Narrative and History [M] . Baltimore：Johns Hopkins UP，1996.

[65] Chopin，Kate. The Awakening [M] . New York：A Bantam Book，1998.

[66] Clifford，J. Notes on（Field）Notes [A] //Fieldnotes：The Makings of Anthropology. Roger Sanjek ed. Ithaca：Cornell University Press，1990.

[67] Conroy，Catherine and Atwood，Margaret. When Did It Become the Norm to Expect a Porn Star on the First Date? [N] . The Irish Times，2018-03-01.

[68] Cooke，Nathalie. Margaret Atwood：A Biography [M] . Toronto：ECW Press，1998.

[69] Cutter，Martha. The Search for a Feminine Voice in the Works of Kate Chopin [C] //Unruly Tongue：Identity and Voice in American Women' s Writing. Jackson：University Press of Mississippi，1999.

[70] Darnell，R. Edward Sapir：Linguist，Anthropologist，Humanist [M] . Berkley：University of California Press，1990.

[71] Drabble，Margaret. Oxford Companion of Literature（the Fifth Edition）[M] . New York：Oxford University Press，1993.

[72] Evans-Pritchard，E. E. Social Anthropology [M] .Glencoe：Free

Press, 1954.

[73] Ewell, Barbara C. Kate Chopin and the Dream of Female Selfhood [M] . New York: Frederick Ungar Pub Co, 1986.

[74] Fiona, Tolan. Margaret Atwood: Feminism and Fiction [M] . Amsterdam: Rodopi, 2007.

[75] Fox, Margalit. Betty Friedan, Who Ignited Cause in "Feminine Mystique" Dies at 85 [N] . The New York Times, 2006-02-05.

[76] Friedan, Betty. "It Changed My Life" : Writings on the Women' s Movement [M] . New York: Harvard University Press, 1976.

[77] Friedan, Betty. Life So Far: A Memoir. New York: Simon & Schuster Touchstone Book, 2000.

[78] Friedan, Betty. The Feminine Mystique [M] . London: Penguin Books, 2010.

[79] Friedan, Betty. The Feminine Mystique [M] . New York: W.W. Norton & Company, 1963.

[80] Friedan, Betty. The Fountain of Age [M] . New York: Simon & Schuster, 1993.

[81] Friedan, Betty. Up From the Kitchen Floor [J] . New York Times, 1973 (4) : 18-22.

[82] Gilbert, S and Gubar, S. The Madwoman in the Attic: The Woman Writer and the Nineteenth Century Literary Imagination [M] .New Haven: Yale University Press, 1979.

[83] Gilbert, Sandra M and Gubar, Susan. The Norton Anthology of Literature by Women: The Tradition in English [M] . New York London: W. W. Norton Company, 1985.

[84] Gordon, Deborah. The Politics of Ethnographic Authority: Race and Writing in the Ethnography of Margaret Mead and Zora Neal Hurston [M]. in Modernist Anthropology: From Fieldwork to Text. Princeton: Princeton

University Press，1990：146–62.

［85］Hauser，Marianne. A Curtain of Green［N］. The New York Times，2011–09–28.

［86］Hawthorne，Nathaniel. The Scarlet Letter［M］. New York：Bantam Classics，1965.

［87］Hennessee，Judith. Betty Friedan：Her Life［M］. New York：Random House，1999.

［88］Hinston–Quiggen，A. Haddon，the Head Hunter［M］. Cambridge：Cambridge University Press，1948.

［89］Horowitz，Daniel. Rethinking Betty Friedan and the Feminine Mystique：Labor Union Radicalism and Feminism in Cold War America［J］. American Quarterly，1996，48（1）：1–42.

［90］Howard，J. Margaret Mead：A Life［M］. New York：Simon and Schuster，1984.

［91］Howells，Coral Ann and John Moss. Writing History from The Journals of Susanna Moodie to The Blind Assassin［C］//Margaret Atwood：The Open Eye. Ottawa：University of Ottawa Press，1995.

［92］Isserman，Maurice. If I Had A Hammer：The Death of the Old Left and the Birth of the New Left［M］. New York：Basic Books，1987.

［93］Korstad，Robert and Lichtenstein，Nelson. Opportunities Found and Lost：Labor，Radicals，and the Early Civil Rights Movement［J］. Journal of American History，1988（11）：786–811.

［94］Langford，David. Bits and Pieces［N］. SFX Magazine，2003–08.

［95］劳伦斯，Margaret. A Jest of God［M］. Toronto：McClelland and Stewart–Bantam Limited，1985.

［96］劳伦斯，Margaret. The Diviners［M］. New York：Bantam Books，1975.

［97］劳伦斯，Margaret. The Stone Angel［M］. Toronto：McClelland and

Stewart–Bantam Limited, 1985.

[98] Lecky, William and Hartpole, Edward. History of European Morals from Augustus to Charlemagne [M] New York: D. Appleton and Co., 2017.

[99] Lessing, Doris. The Golden Notebook [M] . New York: Bantam Books, 1981.

[100] Lombroso, Cesare and Ferrero, Guglielmo. Criminal Woman, the Prostitute, and the Montgomery, Normal Woman [M] . Durham: Duke University Press, 2004.

[101] Lucy Maud. Anne of Green Gables [M] . New York: Modern Library, 2008.

[102] Lutkehaus, N. Margaret Mead as Media Icon [C] . American Anthropological Association Annual Meeting, Washington D.C., 1993.

[103] Maupassant, Guy de. "Night" trans Kate Chopin [C] //The Kate Chopin Companion: With Chopin' s Translations from French Fiction. Edited by Thomas Bonner. New York: Greenwood Press, 1988.

[104] Mead, M. An Anthropologist at Work [M] . Boston: Houghton Mifflin, 1959.

[105] Mead, M. Blackberry Winter [M] . New York: Morrow, 1972.

[106] Mead, M. Coming of Age in Samoa [M] . New York: Morrow, 1961.

[107] Mead, M. Complete Bibliography: 1925–1975 [M] . Joan Gordon (ed.) The Hague: Mouton Press, 1976.

[108] Mead, M. Male and Female : A Study of the Sexes in a Changing World [M] .New York: Morrow, 1949.

[109] Mead, Margaret. Growing Up in New Guinea: A Comparative Study of Primitive Education [M] . New York: Morrow, 1930.

[110] Mead, Margaret. Science or Science Fiction? [J] . Science and Society, 1957 (21) : 122–34.

[111] Mead, Margaret. Sex and Temperament in Three Primitive Societies [M] .

New York: Morrow, 1935.

[112] Mead, Margaret. New Lives for Old: Cultural Transformation—Manus, 1928—1953[J]. Quarterly Review of Biology, 1975, 253(4): 62 - 70.

[113] Mead, M and Bateson G. 1942. Balinese Character: A photographic Analysis [M] . New York: New York Academy of Sciences, 1942.

[114] Marcus G. and Fischer, M. Anthropology as Cultural Critique [M] . Chicago: University of Chicago Press, 1986.

[115] Martin, Wendy. An American Triptych: Anne Bradstreet, Emily Dickinson, Adrienne Rich [M] . Chapel Hill: The University of North Carolina Press, 1984.

[116] McNamara, Mary. Margaret Atwood Answers the Question: Is "The Handmaid's Tale" a Feminist Book? [J] . Culture Columnist and Critic, 2017, 4 (24) : 87–90.

[117] Metraux, R. Aspect of the Present [M] . New York: William Morrow, 1980.

[118] Munro, Alice. Alice Munro's Best Selected Stories [M] . Toronto: McClelland & Stewart Ltd. 2006.

[119] Munro, Alice. Lives of Girls and Women [M] . Toronto: Penguin Books, 2005.

[120] Munro, Alice. Away from Her [M] . Toronto: Penguin Books, 2007.

[121] Pache, Walter. A Certain Frivolity: Margaret Atwood's Literary Criticism [C] //Margaret Atwood: Works and Impact. Toronto: Anansi, 2002.

[122] Potts, Robert. Light in the Wilderness [N] . The Guardian, 2013–04–26.

[123] Richardson, Robert D. Anne Bradstreet: The Worldly Puritan: An Introduction to Her Poetry by Stanford [J] . William & Mary

Quarterly，1976，33（4）：696.

[124] Richardson，Robert D. The Puritan Poetry of Anne Bradstreet [J] . Texas Studies in Literature & Language，1967，9（3）：317–331.

[125] Rose Wilson，Sharon. Margaret Atwood's Fairy–tale Sexual Politics [M]. Mississippi：University Press of Mississippi，1993.

[126] Rosenmeier，Rosamund. Anne Bradstreet Revisited [M] . New York：Twayne，1991.

[127] Ruthven，K. K. Feminist Literary Studies：An Introduction [M] . Cambridge：Cambridge University Press，1984.

[128] Said，Edward. Orientalism [M] . New York：Vintage Books，1979.

[129] Seyersted，Per and Wilson，Edmund. The Complete Works of Kate Chopin [M.] Baton Rouge：Louisiana State University Press，2006.

[130] Showalter，Elaine. A Literature of Their Own：British Women Novelist from Bronte to Lessing [M] . Princeton：Princeton University Press，1977.

[131] Silver Catherine B. Gendered Identities in Old Age：Toward（De）gendering? [J] . Journal of Aging Studies，2003，17（4）：379–397.

[132] Stanford，Ann. Anne Bradstreet. Major Writers of Early American Literature [G] . Ed. by Everett Emerson. Madison：University of Wisconsin Press，1972.

[133] Stevi，Jackson. Women' s Studies：Essential Readings [M] . New York：New York University Press，1993.

[134] Swatridge，Collions. British Fiction—A Students' A–Z [M] . London：Macmillan World Publishing House，1985.

[135] Toth，Emily. The Shadows of the First Biographer：The Case of Kate Chopin [J] . Southern Review，1990（26）：102–124.

[136] Toth，Emily. Unveiling Kate Chopin [M] . Jackson：UP of Mississippi.

1999.

[137] Ussher, Jane. Madness and Misogyny: My Mother and Myself and Misogyny, Women and Madness: Misogyny or Mental Illness [M] . Amhurst: University of Massachusetts Press, 1991.

[138] White, Elizabeth Wade. Anne Bradstreet, "The Tenth Muse" . New York: Oxford University Press, 1971.